QUIROGA
CUENTOS ESCOGIDOS

Current and forthcoming titles
in the BCP Spanish Texts Series:

HORACIO QUIROGA
CUENTOS ESCOGIDOS

EDITED WITH INTRODUCTION,
NOTES & VOCABULARY
BY JEAN FRANCO

SECOND EDITION

PUBLISHED BY BRISTOL CLASSICAL PRESS
GENERAL EDITOR: JOHN H. BETTS
SPANISH TEXTS SERIES EDITOR: PAUL LEWIS-SMITH

Cover illustration from an original drawing of Quiroga
by Charles Fisher

First published in 1968 by Pergamon Press Ltd

This revised edition published 1995 by
Bristol Classical Press
an imprint of
Gerald Duckworth & Co. Ltd
The Old Piano Factory
48 Hoxton Square, London N1 6PB

A catalogue record for this book is available
from the British Library

ISBN 1-85399-462-6

Available in USA and Canada from:
Focus Information Group
PO Box 369
Newburyport
MA 01950

Printed in Great Britain by
Booksprint, Bristol

CONTENTS

INTRODUCTION

HORACIO QUIROGA was born in 1878, a time when Argentina and Uruguay, once the home of nomadic gauchos and Indians, were undergoing great social changes. The year following his birth saw the victorious return of an Argentinian army from a desert campaign which virtually wiped out the wandering tribes of Indians. "De las antiguas tribus belicosas no queda una sola en pie" wrote a contemporary. With their disappearance, the Argentine pampa was no longer a frontier area or a place of adventure. Railways brought modernity to the interior. They also brought European immigrants, men and women who knew little Spanish and for whom the gaucho, his songs and lore as recorded in the famous poem *Martín Fierro* (1872), had no meaning. Between 1857 and 1930, six million immigrants entered the country and by 1914 the population of Buenos Aires had reached one and a half million.

These social changes were matched by changes in the arts. In the 1890's Buenos Aires became one of the centres of the Modernist movement; it attracted eminent foreign poets such as the Nicaraguan, Rubén Darío (1867–1916) and the Bolivian, Ricardo Jaimes Freyre (1868–1933). Across the River Plate, in Montevideo, capital of the Republic of Uruguay, there was no less ferment. The year 1900 saw the emergence there of a brilliant generation of intellectuals and writers which included two thinkers, José Enrique Rodó (1871–1917) and Carlos Vaz Ferreira (1875–1958), the poets Julio Herrera y Reissig (1875–1910) and Delmira Agustini (1886–1914), the novelist Carlos Reyles (1868–1938), the dramatist Florencio Sánchez (1875–1910) and the short-story writers Javier de Viana (1868–1926) and Horacio Quiroga (1878–1937).

Both the Argentinian Modernists and many of the Uruguayan

1

generation of 1900 wanted to bring to Spanish American writing the refinement, elegance and civilized values which they found in the best European writing. They regarded themselves as an élite and identified themselves with the advanced sectors of European culture. Yet their cosmopolitanism, their cultivation of elegance and refinement was a reflection on an artistic plane of the process of modernization that was going on in the Plate region.

The cultivation of style, however, could become an arid exercise when pursued far from the well-springs of experience. And the domination of nature could lead to an exaggerated sense of human power without a corresponding sense of limitation. Quiroga and some others of his generation were to perceive these drawbacks and attempt to restore the sense of nature as both terrifying and sublime. It was nature too that makes Latin America a place different from every other, one where human endeavour is constantly tested.

THE LIFE OF QUIROGA

Little in Quiroga's early life suggested the future pioneer. He was the son of a prosperous middle-class merchant who lived in the town of Salto, Uruguay. Despite his father's early death in a shooting accident, Horacio's childhood was peaceful and conventional. A cultivated young man, he showed some literary ability and in 1897 published his first articles. Like countless other young provincial Latin Americans who wished to make a mark, he founded a magazine, the *Revista del Salto*, which lasted about a year from 1899 to 1900. The magazine was described as a "semanario de literatura y ciencias sociales"; characteristically, Quiroga contributed an article on sadism and masochism, thus showing an early interest in abnormal psychology which he was to sustain for many years. The next step was obviously Paris, the Mecca of all young Latin American writers. On 30 March 1900 the young Quiroga embarked for France. Here, his experience diverges from that of most of his contemporaries, for he was quite unable to succumb to the magic of the French capital. He made eager attempts to take part in its excitement. He took up the latest fad of bicycling and, when his money ran out, found himself sharing the lot of the poor bohemians. But it was not to his taste. He wrote these significant words about his experience: "La estada en París ha sido una sucesión de desastres inesperados, una implacable restricción de todo lo que se va a coger. No tengo fibra de bohemia." His subsequent experiences show that it was not poverty that he feared but rather the quality of life in the big city. Quiroga was back in Uruguay within a few months. This time he stayed in Montevideo where he helped to found a literary circle, El Consistorio del Gay Saber, and where he published a volume of prose poems and verse, *Los arrecifes de coral* (1901). The publication was not welcomed with any warmth, but, for once, the public were not to blame. Quiroga's poems were weak, full of gimmicks and sensationalism and with no evidence of poetic talent, although some show a characteristic preoccupation with death and violence: the following is an example:

El Juglar Triste

La campana toca a muerto
En las largas avenidas,
Y las largas avenidas
Despiertan cosas de muertos.

De los manzanos del huerto
Penden nucas de suicidas,
Y hay sangre de las heridas
De un perro que huye del huerto.

En el pabellón desierto
Están las violas dormidas;
Las violas están dormidas,
En el pabellón desierto.
Y las violas doloridas
En el pabellón desierto,

Donde canta el desacierto
Sus victorias más cumplidas,
Abren mis viejas heridas
como campanas de muerto,
Las viejas violas dormidas
En el pabellón desierto.

Soon after Quiroga's failure with *Los arrecifes de coral*, a tragedy occurred which changed the whole course of his life. He was examining a gun which went off and killed one of his best friends. Although it was an accident, Quiroga felt that he could not stay in Montevideo; as soon as he had cleared himself with the authorities, he left for Buenos Aires where he took a teaching job. The unhappy event had unexpected consequences. In Buenos Aires Quiroga was offered the chance of visiting Misiones, the area whose peoples and landscape was to give him the material for his finest short stories.

Misiones is a region in the extreme north-east of Argentina on the upper Paraná River, bordered by Paraguay to the west and Brazil to the east. Here the Jesuits had once owned and run an entire colony before their expulsion from the Spanish colonies in the eighteenth century. During the nineteenth century the region had been neglected, the plantations had reverted to jungle and the mission houses had fallen into ruins. It was to excavate and study these ruins that an expedition set out in 1903; and thanks to the friendship of the Modernist poet, Leopoldo Lugones, who was a member of the expedition, Quiroga was taken on as a photographer. This first visit to a tropical region caught Quiroga's imagination and led him to return there as a settler.

Quiroga's first taste of pioneering was not, however, in Misiones but in the Chaco, a tropical region in the north-west of the country. Here he spent the remains of his paternal inheritance in buying a cotton plantation. Life in the Chaco was arduous and Quiroga soon found himself in financial difficulties which forced him to return to Buenos Aires. Despite this setback, the experience provided him with some material for his stories; "La insolación" and "Yaguaí", both included in this anthology, are set in the Chaco.

Up to this point, Quiroga's chief literary master had been the North American, Edgar Allan Poe (1809–49). He was to declare later that Poe was "el único autor que yo leía. Ese maldito loco había llegado a dominarme por completo. No había sobre la mesa un solo libro que no fuera de él." In 1904 he published

"El crimen del otro", a story closely resembling Poe's "The Cask of Amontillado".

Poe was especially interesting to Quiroga because of his obsession with the themes of death and madness. Quiroga had always been interested in the abnormal and he found Poe's use of the supernatural an effective technique for showing the human personality under duress. After his stay in the Chaco, however, Quiroga saw that by setting his own stories in the tropics, he could create extreme situations without recourse to the supernatural. Quiroga turned from his early imitations of Poe to draw increasingly on his real experiences—which, in any case, were often as bizarre as Poe's fantasies.

When he came back from the Chaco, Quiroga taught briefly at the Escuela Normal in Buenos Aires. In 1906 he profited from a government scheme for settling the tropics and bought 185 hectares of cheap land in San Ignacio, Misiones. Here he built his own house upon the *meseta* which appears in so many of his stories (in "Los fabricantes de carbón", for instance). In 1910 after several visits to Misiones to oversee the building of his house, he moved there as a settler. Many of his subsequent adventures and experiments are enshrined in his stories. He seems to have been fascinated by technology and to have spent a considerable amount of time on "inventions"; he attempted to manufacture wine from oranges, to invent a machine for killing ants; the furnace in "Los fabricantes de carbón" was based on one of his own experiments. Meanwhile he had married in 1909, an unfortunate step as it turned out. In 1915 his wife, unable to stand the loneliness of life in Misiones, took poison and died. Alone once more, Quiroga returned to Buenos Aires and was there given a post in a consulate. He did not return to Misiones again until after his second marriage in 1925.

Most of Quiroga's best collections of stories were published during this stay in Buenos Aires between his first and second marriage. These collections included *Cuentos de amor de locura y de muerte* (1917), *Cuentos de la selva para niños* (1918), *El salvaje* (1919), *Anaconda* (1921). The majority of the stories in these collections had, however, been published many years previously in newspapers and periodicals.

On his return to Misiones his output decreased although he published one more fine collection, *Los desterrados* (1926). After this his personal life and his life as a writer underwent a slow and sad decline. The younger generation of Argentine writers ignored his work, preferring that of Ricardo Güiraldes (1886–1927) whose *Don Segundo Sombra* had appeared in 1926. Nor was Quiroga's marriage as happy as he had hoped. As the years went by, he began to feel more and more isolated, one of his few friends being the Argentine writer Ezequiel Martínez Estrada (1895–1965), with whom he exchanged correspondence. Martínez Estrada's friendship was the only consolation at a period when he even lost his one source of income—that from his post as Uruguayan consul in Misiones. In 1934 this post was taken away from him on the grounds of "la indiferencia que ese señor ha demostrado siempre . . . por su tierra a la que ha sido indiferente en alguna oportunidad en que se le invitó a volver a ella". Thanks to the help of one or two friends, he was made honorary consul in 1935 although this did little to relieve his poverty. Ill, old, poor and lonely as he was, Quiroga did not fear death. In a letter written on 29 April 1936 to Martínez Estrada, he said:

> Hablemos ahora de la muerte. Yo fui o me sentía creador en mi juventud y madurez, al punto de temer exclusivamente a la muerte si prematura. Quería hacer mi obra . . . Cuando consideré que había cumplido mi obra—es decir, que había dado ya de mí todo la más fuerte—comencé a ver la muerte de otro modo. Algunos dolores, ingratitudes, desengaños, acentuaron esa visión. Yo hoy no temo a la muerte, amigo, porque ella significa descanso. That is the question. Esperanza de olvidar dolores, aplacar ingratitudes, purificarse de desengaños. Borrar las heces de la vida ya demasiado vivida, infantilizarse de nuevo; más todavía retornar al no ser primitivo; antes de la gestación de toda existencia: todo esto es lo que nos ofrece la muerte en su descanso sin pesadillas. ¿Y si reaparecemos en un fosfato, en un brote, en el haz de un prisma? Tanto mejor entonces. Pero el asunto capital es la certeza, la seguridad incontrastable de que hay un talismán para el mucho vivir o el mucho sufrir o la constante desesperanza. Y él es el infinitamente dulce descanso del sueño a que llamamos muerte.

Towards the end of 1936 Quiroga left Misiones for the last time and went into a clinic in Buenos Aires where it was found that he was suffering from cancer. Early in 1937 he took his own life, not in desperation but simply to avoid any further suffering. The stoical choice of death will surprise no one who has read his stories.

QUIROGA'S VIEW OF MAN AND NATURE

Quiroga's preference for life in the remote regions of the Chaco or Misiones, his dislike of the Parisian bohemian life seem to indicate a rejection of urban civilization. However, we would be wrong if we interpreted his stay in Misiones as a flight back to nature. Quiroga did not share the romantic attitude to rural life. The key to an understanding of his choice of Misiones both as a setting for his life as well as the background for his short stories lies in his view of the human personality.

Quiroga's psychology is based on a non-religious premise. Man is an evolved animal. He differs from the animal because he can reason in abstract terms and plan rationally. However, this does not make him necessarily superior to the animal. On the contrary, human reason and ingenuity are frequently put to the service of greed or ambition. Quiroga often shows characters who have excessive pride or confidence in their ability to control nature. This leads them to ignore the knowledge which is transmitted through instinct and sense impressions. An example of such a character is Mr. Jones, the Chaco plantation owner who is the protagonist of "La insolación". Mr. Jones is a man whose life is completely devoted to his plantation; he spends his nights alone, drinking, and his days supervising the work of weeding with a stoical indifference to the extreme heat. Significantly, Quiroga chooses to show us Mr. Jones through the eyes of his dogs who, unlike their master, refuse to exert themselves when it gets too hot. As observed by the dogs, the man's actions seem absurd; in heat which kills a horse, he goes off to find a screw for the weeding machine so that the work will not be interrupted. As he returns, the dogs see a phantom approaching him and know that he will die of sunstroke. In this way, Quiroga challenges our preconceived ideas about the superiority of man to the animal world. Superior he may be in certain respects, but, having lost his instinctive insight, he is also in some ways inferior to it.

THE ANIMAL STORIES

Quiroga's attitude to animals is not sentimental. He endows them with speech but does not make them mouthpieces for human attitudes. Indeed, he shows a preference for those animals whose natures have not been changed by human contact, animals like Anaconda, the boa-constrictor, Yaguaí, the fox-terrier, and the bull of "El alambre de púa". Through this type of animal-character he shows the difficulties and dangers of trying to alter the balance of nature.

In the story "Anaconda", for instance, Quiroga shows how the attempts of a snake-serum institute to immunize animals against snakes arouse a rebellion in the jungle. One of the leaders of this rebellion is a foreign snake, Hamadrías, who knows nothing of the region for she is an imported Indian cobra. Outside her natural habitat, she feels a suicidal fury which makes her try and lead the snakes to mass death against their enemy, man, and she would have succeeded but for Anaconda, the native-born boa-constrictor, who kills her in order to save the species. Both the men of the snake-serum institute and Hamadrías act against nature whilst Anaconda, the real heroine of the story, acts in a natural way in her attempt to save the species.

"Yaguaí" deals with a similar conflict, between nature and human attempts to change nature. The dog, Yaguaí, is an English fox-terrier whose breed has been perfected in temperate climates and whose natural talent is for sport. For this reason, he has never learned to hunt for food and cannot be trained as a hunting dog. His owner, Mr. Cooper, gives him away to a certain Fragoso who tries to train him for hunting with little success. Fragoso remains obstinately blind to the dog's real qualities which only emerge when, during a drought, there is a plague of rats. Yaguaí fearlessly holds his own against the rats. Unfortunately, however, he does not profit from his success. He is shot by his former master, Mr. Cooper, who mistakes him for a marauder when, in fact, Yaguaí is simply paying him a friendly visit. Thus throughout the story, men are blind to the dog's virtues and obstinately attempt to change his nature.

A tragic death is also the fate of the bull of "El alambre de púa" when he fails to recognize man's right to fence in his property. This story is told through the experience of two freedom-loving horses who escape from the field to roam the area. Here they meet a herd of cows who have no respect for the Rural Law Code; and the bull who tears down wire fences. But man refuses to recognize the freedom of nature. All his ingenuity is employed in dividing up the land and controlling nature; and the bull meets his death when charging against a new and dangerous wire fence.

RATIONAL MAN; IRRATIONAL NATURE

As we have seen in "El alambre de púa", man claims to control nature and, in doing so, behaves in a heartless fashion. However, this does not mean that Quiroga condemns man for trying to dominate his environment. Rather he sees domination as the inevitable extension of human will; man must express himself in activity. This activity leads to tragedy only when man fails to understand the limitations of human reason. Many of Quiroga's stories stop before the point of tragedy is reached, and occasionally the conflict takes on almost comic overtones. In "Los fabricantes de carbón", two partners, Dréver and Rienzi, wish to build a furnace for the manufacture of charcoal in Misiones. They spend months planning the furnace, making careful calculations; every detail of the apparatus is given—its volume, dimensions, capacity, the distance of the site from Dréver's house. Indeed, the whole story abounds in measurements—the thickness of the metal, the number of rivets, the temperature of the region. But all this careful calculation is upset by the incalculables. The weather behaves in a completely freakish way, dropping below zero despite the supposedly tropical climate; Dréver's child falls ill and has a high temperature (*measuring* the temperature cannot cure her illness) and because of this they leave the Indian labourer to fire the furnace. Since the Indian has no understanding of science, he leaves the vents open and the furnace goes up in flames. At the end of the story, Rienzi abandons the project and the men face failure. Yet, for Quiroga the experience has not been worthless. As Dréver says, "Con una cosa concluida no nos hubiéramos dado cuenta de una porción de cosas".

HUMAN EFFORT

For Quiroga, human effort *is* the man. A man's worth is not to be measured by his dreams, his high-sounding ideals or the images of himself that he tries to project, but only by his deeds, by the way he faces difficulty and danger. That is why so many of Quiroga's stories show men in extreme situations, risking their lives or facing certain death. In many stories, we know little of the protagonist. Sometimes even his name is kept from us. Yet the way he reacts to danger reveals the essence of his personality. Three stories in this anthology, "En la noche", "Los pescadores de vigas" and "La voluntad", reveal different types of human beings in such situations. In two of these stories, characters rise to heights of heroic courage stimulated by the most trivial of motives. The Indian protagonist, Candiyú, of "Los pescadores de vigas", has set his heart on a gramophone owned by an astute Englishman, Mr. Hall, who offers to exchange it for some rose wood. Candiyú takes his canoe across the flooded River Paraná and displays enormous skill and courage in order to steal a few dozen logs which are drifting down river from the tree-felling sites. Courage is thus shown to be a quality quite separate from lofty ideals. Again, in "En la noche", a couple of immigrants row down the Paraná and back to their store in the hope of selling a little market produce. When the man is stung by a sting-ray, the woman is forced to row down river and then make a terrible night journey over rapids and in water thick with weeds. Only great courage and physical resistance enable her to complete the journey. At the end of the story, Quiroga contrasts the despicable motive—a few cents profit—and the incredible valour of the woman "pues allí, tal cual, desconocido de ellos mismos, estaba el heroísmo a la espalda de los míseros comerciantes".

The story "La voluntad" shows a completely contrasting situation to that of "En la noche". Here the protagonist, Bibikoff, is already a "hero", the veteran of wars, an ex-officer in the Russian army. But this hero is quite unable to make a living in Misiones where he has tried to start a tobacco plantation. Since he has heart trouble, he spends most of the day in his hammock whilst his wife must undertake the back-breaking work of clearing the ground, fighting snakes and poisonous insects, cutting down trees and bush. To Quiroga, the woman is worth infinitely more than the man who, it transpires, has come to Misiones as a pioneer in order to prove a theory—that a man may remain free in his spirit whatever situation he is in. Quiroga scorns the theory: "... este fue su error, empleando un noble material para la finalidad de una pobre retórica. Pero el material mismo, los puños de la pareja, su feroz voluntad para no hundirse del todo, esto vale mucho más que ellos mismos."

ACCIDENT AND DESTINY

In Quiroga's stories, man is not fully in command of his own destiny. Very often he may find himself in a desperate situation through an accident or a series of accidents over which he does not have entire control. In "La insolación", for instance, the tragedy arises partly because of the protagonist's insistence on working during a heat-wave, but it also arises in part because of an accident—Mr. Jones' weeder broke down because a new screw was needed. Such accidents are always lying in wait for us; and in a region like Misiones, the slightest of accidents is potentially a tragedy—the loss of a screw, a moment of carelessness and fatigue, a change in the weather.

In two of the stories in this anthology, the accident is fatal. "A la deriva" describes the last moments of a man who has been bitten by a poisonous snake and who jumps into his canoe to go down the river for help. But unfortunately he has quarrelled with his nearest neighbour so that when he calls for help, there is no reply. Back in his canoe, the man drifts down stream, dying. His death has come about through an accident, but an accident of a type that would only be fatal in circumstances where remoteness from help make cure impossible.

In "El hombre muerto"—one of Quiroga's best stories—there is a similar situation. A man is clearing the weeds from between the rows of his banana plants. He has weeded all but two of the avenues and he feels a sense of achievement and pride in the ownership of the plantation and in "his" property. He decides to climb over the wire fence and lie down to rest. Then the accident happens. He slips on a piece of loose bark: "mientras caía, el hombre tuvo la impresión sumamente lejana de no ver el machete de plano en el suelo". Thus the man is wounded fatally by his own knife. Again an accident—but again, one to which the man's character and circumstances contribute. He had been so confident that it was "his" property when in fact one slight mischance, the wrong placing of his feet, was to remove him from the plantation forever.

DEATH AND MAN

In "A la deriva" and "El hombre muerto", we know nothing of the protagonists except through the manner of their dying and their final thoughts. Both are stoical, even valiant. In "A la deriva", the man does not rail against his fate but sizes up the situation coolly and then makes a final bid to save his own life. In "El hombre muerto", the man has no hope of saving himself. He too makes a cool appraisal of his situation. He cannot fight against his fate but his mind refuses to accept it. His thoughts move obsessively over the objects that had belonged to him—the banana plantation, the wire fence, his horse—and beyond them "his" landscape—the bush in the distance, the road and the ditch he has dug. Only gradually does it become evident to him that these are no longer his because he has changed. "Desde hace dos minutos, su personal, su personalidad viviente nada tiene ya que ver ni con el potrero, que formó él mismo a azada . . . Ni con su familia . . .". Nothing is "his" any more. At the end of the story, he feels a sense of detachment as if he is soaring over the land and seeing all in miniature and at this moment he dies. The story is no longer presented through the man but shifts to the horse who is grazing at the other side of the fence. The horse senses that the "master" has disappeared although the body is lying there and he moves unafraid around the corner of the fence.

Few writers have penetrated into the attitudes and reactions of the dying man with such economy and verisimilitude.

THE TRAGEDY OF THE PIONEER

Quiroga's stories reflect the values of a pioneer society which places emphasis on qualities of independence and hardiness. But there are other aspects of pioneer life. Its hardships can be disastrous to the weak; its remoteness from the rest of society attracts those who have renounced civilized life. In "El Yaciyateré", we are given a picture of a family living in complete isolation in the middle of the jungle. When one of their children falls ill, they hear the song of the mysterious bird, the "Yaciyateré", with its promise of disaster. Subsequently we know nothing of the fate of this wretched family except that, years later, the narrator sees an idiot child wandering along the edge of the river. Of the rest of the family, there is no trace. Pioneering then has its anonymous victims as well as its anonymous heroes.

Quiroga's best stories dealing with the outsiders who form the bulk of pioneer society were included in his collection, *Los desterrados*. One of these stories, "Tacuara-Mansión", is included in this anthology and concerns two brilliant men who have ruined their lives and turned to drink. Both are engineers. The story tells of a night of drinking which ends in tragedy when the drink runs out and the men start on the spirit from the lamp. In the early morning mist, they lose their way home and one of them dies of exposure a few yards from his house.

"El Yaciyateré" and "Tacuara-Mansión" both deal with the weaker members of the pioneer society; in neither case does Quiroga show any sentimentality nor indeed sympathy for the victims. With unemotional directness, he describes their fate and in "Tacuara-Mansión" there is even a grotesque and comic side to the horror. This presentation does not mean that Quiroga is himself heartless or indifferent. Rather it shows his realization that the best way of conveying horror is by an objective technique which puts as few barriers as possible between the events and their impact upon the reader.

NUESTRO PRIMER CIGARRO

This same lack of sentimentality is a feature of "Nuestro primer cigarro", the only story in the collection to be set entirely out of the Chaco or Misiones region. In this story the lack of sentimentality is all the more effective since the story deals with two subjects which are often treated with sentiment—children and death. But Quiroga is not concerned with pathetic effect; rather he wants to show that a child's mind does not work like that of an adult, that his scale of values are different. The child is still exploring the world of objects; and people, for him, are themselves objects since he has not yet realized the reality of their feelings. The protagonist of this story, Eduardo, is excited when his aunt dies, the more so because it involves a change of house. He and his sister give themselves up to exploration of the house and garden, resenting any encroachment by the adult world on their freedom. In particular they come to hate an interfering uncle and Eduardo does not hesitate to feign a suicide in order to avenge himself on the hated adult. The fact that the feigned suicide might cause serious distress to his mother simply does not enter his child's imagination.

Psychological verisimilitude is always put before sentiment in Quiroga's stories. Indeed love, loyalty, high ideals are just so many words unless they can withstand the severest of tests. Thus in "El Simún", a lifelong friendship between two army officers ends when the hot desert wind whips their nerves to breaking point.

LANDSCAPE IN THE SHORT STORIES

The jungle, woods and plantations of the Chaco and Misiones, the Paraná river with its high cliffs and rapids are an indispensable setting in Quiroga's stories but this landscape is never described for its own sake, merely because it is "beautiful". It always has a function in the story. Sometimes the landscape serves as an objective reference point for evaluating human beings, or as a metaphor for their state of mind. This is most evident in "A la deriva" where, through a description of the landscape, Quiroga indicates that the protagonist is approaching death. At this point of the story, the canoe with the dying man aboard is drifting between the sombre cliffs of the Paraná at twilight. Suddenly the scene is bathed in a rosy light which heralds the coming of night. At this moment, the dying man stops feeling pain; he experiences a momentary feeling of well-being. But just as we know that the rosy sky will soon be covered with darkness, so we know that this feeling of well-being will fade into the night of death.

More commonly, the cliffs of the Paraná and the thick, impenetrable forest are the physical obstacles against which man pits himself. Quiroga always stresses the constant threat of the dark line of jungle at the edge of the plantations, eternally threatening to wipe out man's puny efforts, certain to outlast him and his efforts. Notice, for instance, in "La voluntad" how the 25 hectares of land owned by Bibikoff are hemmed in by virgin forest, plagued by every type of poisonous insect and almost cut off from civilization. In "El Yaciyateré", "En la noche" and "El pescador de vigas", the Paraná is almost a character of the story; it is no passive antagonist as this passage from "En la noche" shows:

> ... Estos acantilados de piedra cortan perpendicularmente el río, avanzan en él hasta reducir su cauce a la tercera parte. El Paraná entero tropieza

con ellos, busca salida, formando una serie de rápidos casi insalvables aun con aguas bajas, por poco que el remero no esté alerta. Y tampoco hay manera de evitarlos, porque la corriente central del río se precipita por la angostura formada, abriéndose desde la restinga en una curva tumultuosa que rasa el remanso inferior y se delimita de él por una larga fila de espumas fijas.

Nature is therefore presented as a mighty force against which man can pit himself—but he will never subdue it or triumph over it. Extreme natural conditions can break the hardiest man or woman—or as in the story "El Simún" can destroy a lifelong friendship. For Quiroga, then, there is no question of standing back and admiring nature.

QUIROGA AND THE ART OF THE SHORT STORY

Though the short story is a very ancient form of art, it was eclipsed from the seventeenth to the nineteenth century by the novel whose range and density gave writers the amplitude they needed for the depiction of social and individual relationships. However, towards the middle of the nineteenth century, a number of writers deliberately chose the short story rather than the novel because its very brevity offered them the vehicle they needed to evoke and suggest rather than to describe at length. Guy de Maupassant (France, 1850–93) and Edgar Allan Poe were two masters of the genre and both, it is interesting to observe, were masters of shock. The basis of Maupassant's short story was an anecdote whose final revelation was often a blow at conventional values and morality. Poe, on the other hand, was primarily interested in the weird, the supernatural or the extraordinary. Quiroga combines something of both masters for he shares Poe's interest in the strange and the abnormal; but he seldom strays from a realistic setting, or psychological verisimilitude. Indeed the more monstrous the event, the more ordinary are the people involved. The army captain of "El simún", for instance, is a man any reader could identify himself with—a sane, ordinary person.

His rising hysteria brought about by the hot desert wind is therefore all the more understandable—and horrible.

Quiroga's technique is essentially dramatic. Conflict between man and environment (nearly always the theme of his stories) is presented through action. The defeat and death of the protagonist may be a foregone conclusion but this by no means lessens the dramatic tension. In "A la deriva" and "El hombre muerto" the fatal accident which brings about the death of the protagonist occurs in the first sentence or two of the story. The story, in each case, ends with the death of the protagonist a few minutes later. Within this restricted framework, Quiroga achieves great depth and subtlety. The tension is heightened rather than diminished by the helplessness of the protagonists. In "A la deriva" the man drifts along in his canoe; in "El hombre muerto" he is pinned to the ground with a machete knife. In both cases, the drama of this final struggle to retain a hold on life is entirely within the man's mind. Despite this, there is no impression of passivity but rather of a battle waged against an inevitable victor.

Quiroga's technique has also been described as objective. This means that he does not tell the reader what he is to think of the characters or how he is to react. He simply presents conflict and leaves the reader to pass his own judgment. For this reason, he only narrates in the first person when he wishes to give a personal testimony—for instance, in the opening of "En la noche" where he needs to show through his own personal experience how dangerous the Paraná can be. If he, a man, is afraid of the Paraná, then the reader will be aware of the great courage of the woman protagonist. In other stories, however, he does not intrude. In "El hombre muerto", for instance, the entire story is presented through the mind of the dying man until the very last paragraph when the reader is made aware of the man's death because the centre of interest suddenly shifts away from him to the horse.

As a short-story writer, Quiroga was particularly aware of the virtues of economy. For this reason he does not bring in extraneous details. This means that he often does not tell us the names of his characters—"el hombre", "la mujer" is often sufficient indication. If he describes a place or certain details, it is because it is directly relevant to the story. Thus in "En la noche", he describes the neat clothing of the characters precisely because he wants to bring out the contrast between the unassuming appearance of his characters and the courage they are called upon to display. Quiroga obeyed to the letter his own maxim as set out in his *Decálogo del perfecto cuentista:* "Toma a tus personajes de la mano y llévalos firmemente hasta el final, sin ver otra cosa que el camino que les trazaste. No te distraigas viendo tú lo que ellos no pueden o no les importa ver."

This economy meant that he had to find the exact word for each situation. "Si quieres expresar con exactitud estas circunstancias: 'Desde el río soplaba un viento frío', no hay en lengua humana más palabras que las apuntadas para expresarla"—he wrote in his *Decálogo.* He deplored the use of unnecessary adjectives which weakened the effect and he laid special emphasis on the importance of the first lines of a story: "No empieces a escribir sin saber desde la primera palabra adónde vas. En un cuento bien logrado, las tres primeras líneas tienen casi la importancia de las tres últimas." He adhered to this rule with great fidelity. In "A la deriva", for instance, he begins: "El hombre pisó algo blanduzco y en seguida sintió la mordedura en el pie." In this way the reader is plunged immediately into the tragedy which terminates as tersely as it began: "Y cesó de respirar."

The terseness, compression and economy of Quiroga's stories certainly reflect something of his own stoical and unsentimental attitude to life. Indeed his fundamental belief that man's actions were more significant than his ideals or his words perhaps accounts for the fact that he chose the short story as his medium; for the intense illumination of a single test situation was, for him, more telling than the construction of a complex novelistic world.

Latin American critics have frequently criticized Quiroga's poor prose style. If by style they mean "fine or elegant writing", then it is true that this does not exist in his stories. Indeed he is sometimes slipshod in his grammatical usage and he frequently introduces local words or Gallicisms. However, we have to bear in mind that Spanish America is still forging its language. There is no standard usage which applies to the whole of the continent or even the whole of a country. This leads to a certain fluidity in the written language which the European reader might find disconcerting.

Whatever weaknesses of style Quiroga's stories show, they amply compensate in other ways. Both in subject-matter and in technique they reveal a vigorous and refreshing outlook. Contemporary short-story writers have tended to react away from the theme of man's struggle against nature, but this does not alter the fact that it is an essential part of Spanish American reality. Quiroga, who made the subject his own, is certainly one of the great masters of the past generation and one whose stories will have an appeal for as long as man is pitted against untamed nature.

FURTHER READING

The following collections have been mentioned:

El crimen del otro, Buenos Aires, 1904.
Cuentos de amor, de locura y de muerte, Buenos Aires, 1917.
Cuentos de la selva, Buenos Aires, 1918.
El salvaje, Buenos Aires, 1920.
Anaconda, Buenos Aires, 1921.
El desierto, Buenos Aires, 1924.
Los desterrados, Buenos Aires, 1926.

Modern editions

Cuentos escogidos, Aguilar, colección Crisol, 3rd ed., 1962, with a prologue by GUILLERMO DE TORRE. This anthology includes "El decálogo del perfecto cuentista".

Cuentos de amor, de locura y de muerte, Losada, Buenos Aires, 3rd ed., 1964.

Anaconda, Losada, Buenos Aires, 1963.

Los desterrados, Losada, Buenos Aires, 2nd ed. 1964.

Obras inéditas y desconocidas de Horacio Quiroga, 3 vols, Arca, 1967.

Cuentos, selected and introduced by E. RODRÍGUEZ MONEGAL, Biblioteca Ayacucho, Caracas, 1981.

Critical Works

E. MARTÍNEZ ESTRADA, *El hermano Quiroga*, Arca, Montevideo, 1966.

E. RODRÍGUEZ MONEGAL, *Las raíces de Horacio Quiroga*, Ediciones Asir, Montevideo, 1961.

E. RODRÍGUEZ MONEGAL, Narradores do esta Amèrica, Alfa, Montevideo (no date).

E. RODRÍGUEZ MONEGAL, *Genio y figura de Horacio Quiroga*, Editorial Universitaria de Buenos Aires, 1967.

NUESTRO PRIMER CIGARRO*

NINGUNA época de mayor alegría que la que nos proporcionó a María y a mí, nuestra tía con su muerte.

Lucía volvía de Buenos Aires, donde había pasado tres meses. Esa noche, cuando nos acostábamos, oímos que Lucía decía a mamá:

—¡Qué extraño!... Tengo las cejas hinchadas.

Mamá examinó seguramente las cejas de nuestra tía, pues después de un rato contestó:

—Es cierto... ¿No sientes nada?

—No... sueño.

Al día siguiente, hacia las dos de la tarde, notamos de pronto fuerte agitación en la casa, puertas que se abrían y no se cerraban, diálogos cortados de exclamaciones,[1] y semblantes asustados. Lucía tenía viruela, y de cierta especie hemorrágica[2] que había adquirido en Buenos Aires.

Desde luego, a mi hermana y a mí nos entusiasmó el drama. Las criaturas tienen casi siempre la desgracia de que las grandes cosas no pasen en su casa. Esta vez nuestra tía —¡casualmente nuestra tía![3] —¡enferma de viruela! Yo, chico feliz, contaba ya en mi orgullo la amistad de un agente de policía, y el contacto con un payaso que saltando las gradas había tomado asiento a mi lado. Pero ahora el gran acontecimiento pasaba en nuestra propia casa; y al comunicarlo al primer chico que se detuvo en la puerta de calle a mirar, había ya en mis ojos la vanidad con que una criatura de riguroso luto pasa por primera vez ante sus vecinillos atónitos y envidiosos.

Esa misma tarde salimos de casa, instalándonos en la única que

* First published as "El cigarro pateador", *Fray Mocho*, 29 and 30 January 1913. Later included in *Cuentos de amor, de locura y de muerte*, Buenos Aires, 1917.

21

pudimos hallar con tanta premura, una vieja quinta de los alrededores. Una hermana de mamá, que había tenido viruela en su niñez, quedó al lado de Lucía.

Seguramente en los primeros días mamá pasó crueles angustias por sus hijos que habían besado a la virolenta. Pero en cambio, nosotros, convertidos en furiosos Robinsones,[4] no teníamos tiempo para acordarnos de nuestra tía. Hacía mucho tiempo que la quinta dormía en su sombrío y húmedo sosiego. Naranjos blanquecinos de diaspis; duraznos rajados en la horqueta; membrillos con aspecto de mimbres; higueras rastreantes a fuerza de abandono, aquello daba, en su tupida hojarasca que ahogaba los pasos, fuerte sensación de paraíso.

Nosotros no éramos precisamente Adán y Eva; pero sí heroicos Robinsones, arrastrados a nuestro destierro por una desgracia de familia: la muerte de nuestra tía, acaecida cuatro días después de comenzar nuestra exploración.

Pasábamos el día entero huroneando por la quinta, bien que las higueras, demasiado tupidas al pie, nos inquietaran un poco. El pozo también suscitaba nuestras preocupaciones geográficas. Era éste un viejo pozo inconcluso, cuyos trabajos se habían detenido a los catorce metros sobre un fondo de piedra, y que desaparecía ahora entre los culantrillos y doradillas de sus paredes. Era, sin embargo, menester explorarlo, y por vía de avanzada logramos con infinitos esfuerzos llevar hasta su borde una gran piedra. Como el pozo quedaba oculto tras un macizo de cañas, nos fue permitida esta maniobra sin que mamá se enterase. No obstante, María, cuya inspiración poética privó ı siempre en nuestras empresas, obtuvo que aplazáramos el fenómeno hasta que una gran lluvia, llenando a medias el pozo, nos proporcionara satisfacción artística, a la par que científica.

Pero lo que sobre todo atrajo nuestros asaltos diarios, fue el cañaveral. Tardamos dos semanas enteras en explorar como era debido aquel diluviano enredo de varas verdes, varas secas, varas verticales, varas dobladas, atravesadas, rotas, hacia tierra. Las hojas secas, detenidas en su caída entretejían el macizo, que llenaba el aire de polvo y briznas al menor contacto.

Aclaramos el secreto, sin embargo, y sentado con mi hermana en la sombría guarida de algún rincón, bien juntos y mudos en la semioscuridad, gozamos horas enteras el orgullo de no sentir miedo.

Fue allí donde una tarde, avergonzados de nuestra poca iniciativa, inventamos fumar. Mamá era viuda; con nosotros vivían habitualmente dos hermanas suyas, y en aquellos momentos un hermano, precisamente el que había venido con Lucía de Buenos Aires.

Este tío de veinte años, muy elegante y presumido, habíase atribuido sobre nosotros dos cierta potestad que mamá, con el disgusto actual y su falta de carácter, fomentaba.

María y yo, por de pronto, profesábamos cordialísima antipatía al padrastrillo.

—Te aseguro—decía él a mamá, señalándonos con el mentón —que desearía vivir siempre contigo para vigilar a tus hijos. Te van a dar mucho trabajo.

—¡Déjalos!—respondía mamá, cansada.

Nosotros no decíamos nada; pero nos mirábamos por encima del plato de sopa.

A este severo personaje, pues, habíamos robado un paquete de cigarrillos; y aunque nos tentaba iniciarnos súbitamente en la viril virtud, esperamos el artefacto. Este consistía en una pipa que yo había fabricado con un trozo de caña, por depósito; una varilla de cortina, por boquilla; y por cemento, masilla de un vidrio recién colocado. La pipa era perfecta: grande, liviana y de varios colores.

En nuestra madriguera del cañaveral cargámosla María y yo con religiosa y firme unción. Cinco cigarrillos dejaron su tabaco adentro; y sentándonos entonces con las rodillas altas, encendí la pipa y aspiré. María, que devoraba mi acto con los ojos, notó que los míos se cubrían de lágrimas: jamás se ha visto ni verá cosa más abominable. Deglutí sin embargo, valerosamente, la nauseosa saliva.

—¿Rico?[5]—me preguntó María, ansiosa, tendiendo la mano.

—Rico—le contesté pasándole la horrible máquina.

María chupó, y con más fuerza aún. Yo, que la observaba atentamente, noté a mi vez sus lágrimas y el movimiento simultáneo de labios, lengua, y garganta, rechazando aquello. Su valor fue mayor que el mío.

—Es rico—dijo con los ojos llorosos y haciendo casi un puchero. Y se llevó heroicamente otra vez a la boca la varilla de bronce.

Era inminente salvarla. El orgullo, sólo él, la precipitaba de nuevo a aquel infernal humo con gusto a sal de Chantaud,[6] el mismo orgullo que me había hecho alabarle la nauseabunda fogata.

—¡Pst!— dije bruscamente, prestando oído—; me parece el gargantilla del otro día . . .; debe de tener nido aquí . . .

María se incorporó, dejando la pipa de lado; y con el oído atento y los ojos escudriñantes, nos alejamos de allí, ansiosos aparentemente de ver el animalito, pero en verdad, asidos como moribundos a aquel honorable pretexto de mi invención,[7] para retirarnos prudentemente del tabaco sin que nuestro orgullo sufriera.

Un mes más tarde volvía la pipa de caña, pero entonces con muy distinto resultado.

Por alguna que otra travesura nuestra, el padrastrillo habíanos ya levantado la voz mucho más duramente de lo que podíamos permitirle mi hermana y yo. Nos quejamos a mamá.

—¡Bah!, no hagan caso—nos respondió, sin oírnos casi—; él es así.

—¡Es que nos va a pegar un día—gimoteó María.

—Si ustedes no le dan motivo, no. ¿Qué le han hecho?— añadió dirigiéndose a mí.

—Nada, mamá . . . ¡Pero yo no quiero que me toque!—objeté a mi vez.

En ese momento entró nuestro tío.

—¡Ah! aquí está el buena pieza de tu Eduardo[8] . . .¡ Te va a sacar canas este hijo, ya verás!

—Se quejan de que quieres pegarles.

—¿Yo?—exclamó el padrastrillo, midiéndose—. No lo he pensado aún. Pero en cuanto me faltes al respeto . . .[9]

—Y harás bien—asintió mamá.

—¡Yo no quiero que me toque!—repetí enfurruñado y rojo—. ¡El no es papá!

—Pero a falta de tu pobre padre, es tu tío. ¡En fin, déjenme tranquila!—concluyó apartándonos.

Solos en el patio, María y yo nos miramos con altivo fuego en los ojos.

—¡Nadie me va a pegar a mí!—asenté.

—¡No . . . ni a mí tampoco!—apoyó ella, por la cuenta que le iba.[10]

—¡Es un zonzo!

Y la inspiración vino bruscamente, y como siempre, a mi hermana, con furibunda risa y marcha triunfal:

—¡Tío Alfonso . . . es un zonzo! ¡Tío Alfonso . . . es un zonzo!

Cuando un rato después tropecé con el padrastrillo, me pareció, por su mirada, que nos había oído. Pero ya habíamos planteado la historia del Cigarro pateador, epíteto éste a la mayor gloria de la mula Maud.[11]

El cigarro pateador, consistió, en sus líneas elementales, en un cohete que rodeado de papel de fumar, fue colocado en el atado de cigarrillos que tío Alfonso tenía siempre en su velador, usando de ellos a la siesta.

Un extremo había sido cortado a fin de que el cigarro no afectara excesivamente al fumador. Con el violento chorro de chispas había bastante, y en su total, todo el éxito estribaba en que nuestro tío, adormilado, no se diera cuenta de la singular rigidez de su cigarrillo.

Las cosas se precipitan a veces de tal modo, que no hay tiempo ni aliento para contarlas. Sólo se que una siesta el padrastrillo salió como una bomba de su cuarto, encontrando a mamá en el comedor.

—¡Ah, estás acá! ¿Sabes lo que han hecho? ¡Te juro que esta vez se van a acordar de mí!

—¡Alfonso!

—¿Qué? ¡No faltaba más que tú también! . . . ¡Si no sabes educar a tus hijos, yo lo voy a hacer!

Al oír la voz furiosa del tío, yo, que me ocupaba inocentemente con mi hermana en hacer rayitas en el brocal del aljibe, evolucioné hasta entrar por la segunda puerta del comedor, y colocarme detrás de mamá. El padrastrillo me vio entonces y se lanzó sobre mí.

—¡Yo no hice nada!—grité.

—¡Espérate!—rugió mi tío, corriendo tras de mí, alrededor de la mesa.

—¡Alfonso, déjalo!

—¡Después te lo dejaré!

—¡Yo no quiero que me toque!

—¡Vamos, Alfonso! ¡Pareces una criatura!

Esto era lo último que se podía decir al padrastrillo. Lanzó un juramento y sus piernas en mi persecución con tal velocidad, que estuvo a punto de alcanzarme. Pero en ese instante yo salía como de una honda por la puerta abierta, y disparaba hacia la quinta, con mi tío detrás.

En cinco segundos pasamos como una exhalación[18] por los durazneros, los naranjos y los perales, y fue en este momento cuando la idea del pozo, y su piedra surgió terriblemente nítida.

—¡No quiero que me toque!—grité aún.

—¡Espérate!

En ese instante llegamos al cañaveral.

—¡Me voy a tirar al pozo!—aullé para que mamá me oyera.

—¡Yo soy el que te voy a tirar!

Bruscamente desaparecí a sus ojos tras las cañas; corriendo siempre, di un empujón a la piedra exploradora que esperaba una lluvia, y salté de costado, hundiéndome bajo la hojarasca.

Tío desembocó en seguida, a tiempo que dejando de verme, sentía allá en el fondo del pozo el abominable zumbido de un cuerpo que se aplastaba.

El padrastrillo se detuvo, totalmente lívido; volvió a todas partes sus ojos dilatados, y se aproximó al pozo. Trató de mirar adentro, pero los culantrillos se lo impidieron. Entonces pareció reflexionar, y después de una atenta mirada al pozo y sus alrededores comenzó a buscarme.

Como desgraciadamente para el caso, hacía poco tiempo que el tío Alfonso cesara a su vez de esconderse para evitar los cuerpo a cuerpo con sus padres, conservaba aún muy frescas las estrategias subsecuentes, e hizo por mi persona cuanto era posible hacer para hallarme.

Descubrió en seguida mi cubil, volviendo pertinazmente a él con admirable olfato; pero aparte de que la hojarasca diluviana me ocultaba del todo, el ruido de mi cuerpo estrellándose obsediaba a mi tío, que no buscaba bien, en consecuencia.

Fue, pues, resuelto que yo yacía aplastado en el fondo del pozo, dando entonces principio a lo que llamaríamos mi venganza póstuma. El caso era bien claro: ¿ con qué cara mi tío contaría a mamá que yo me había suicidado para evitar que él me pegara?

Pasaron diez minutos.

—¡ Alfonso!—sonó de pronto la voz de mamá en el patio.

— ¿ Mercedes?—respondió aquél tras una brusca sacudida.

Seguramente mamá presintió algo, porque su voz sonó de nuevo alterada.

— ¿ Y Eduardo? ¿ Dónde está?—agregó avanzando.

—¡ Aquí, conmigo!—contestó riendo—. Ya hemos hecho las paces.

Como de lejos mamá no podía ver su palidez ni la ridícula mueca que él pretendía ser beatífica sonrisa, todo fue bien.

—No le pegaste, ¿ no?—insistío mamá.

—No. ¡ Si fue una broma!

Mamá entró de nuevo. ¡ Broma! Broma comenzaba a ser la mía para el padrastrillo.

Celia, mi tía mayor, que había concluído de dormir la siesta, cruzó el patio y Alfonso la llamó en silencio con la mano. Momentos después Celia lanzaba un ¡ oh! ahogado, llevándose las manos a la cabeza.

—¡ Pero, cómo! ¡ Qué horror! ¡ Pobre, pobre Mercedes! ¡ Qué golpe!

Era menester resolver algo antes que Mercedes se enterara. ¿ Sacarme con vida aún? . . . El pozo tenía catorce metros sobre piedra viva.[13] Tal vez, quién sabe . . . Pero para ello sería preciso traer sogas, hombres; y Mercedes . . .

—¡ Pobre, pobre madre!—repetía mi tía.

Justo es decir que para mí, el pequeño héroe, mártir de su dignidad corporal, no hubo una sola lágrima. Mamá acaparaba todos los entusiasmos de aquel dolor, sacrificándole ellos la remota probabilidad de vida que yo pudiera aún conservar allá abajo. Lo cual, hiriendo mi doble vanidad de muerto y de vivo, avivó mi sed de venganza.

Media hora después mamá volvió a preguntar por mí, respondiéndole Celia con tan pobre diplomacia, que mamá tuvo en seguida la seguridad de una catástrofe.

—¡ Eduardo, mi hijo!—clamó arrancándose de las manos de su hermana que pretendía sujetarla,[14] y precipitándose a la quinta.

—¡ Mercedes! ¡ Te juro que no! ¡ Ha salido!

—¡ Mi hijo! ¡ Mi hijo! ¡ Alfonso!

Alfonso corrió a su encuentro, deteniéndola al ver que se dirigía al pozo. Mamá no pensaba en nada concreto; pero al ver el gesto horrorizado de su hermano, recordó entonces mi exclamación de una hora antes y lanzó un espantoso alarido.

—¡ Ay! ¡ Mi hijo! ¡ Se ha matado! ¡ Déjame, déjame! ¡ Mi hijo, Alfonso! ¡ Me lo has muerto!

Se llevaron a mamá sin sentido. No me había conmovido en lo más mínimo la desesperación de mamá, puesto que yo—motivo de aquélla—estaba en verdad vivo y bien vivo, jugando simplemente en mis ocho años con la emoción, a manera de los grandes que usan de las sorpresas semitrágicas: ¡ el gusto que va a tener cuando me vea!

Entretanto, gozaba yo íntimo deleite con el fracaso del padrastrillo.

—¡ Hum! . . . ¡ Pegarme!—rezongaba yo, aun bajo la hojarasca. Levantándome entonces con cautela, sentéme en cuclillas en mi cubil y recogí la famosa pipa bien guardada entre el follaje. Aquel era el momento de dedicar toda mi seriedad a agotar la pipa.

El humo de aquel tabaco humedecido, seco, vuelto a humedecer y resecar infinitas veces,[15] tenía en aquel momento un gusto a cumbarí, solución Coirre y sulfato de soda,[16] mucho más ventajoso que la primera vez. Emprendí, sin embargo, la tarea que sabía dura, con el ceño contraído y los dientes crispados sobre la boquilla.

Fumé, quiero creer que la cuarta pipa. Sólo recuerdo que al final el cañaveral se puso completamente azul y comenzó a danzar a dos dedos de mis ojos.[17] Dos o tres martillos de cada lado de la cabeza comenzaron a destrozarme las sienes, mientras el estómago, instalado en plena boca, aspiraba él mismo directamente las últimas bocanadas de humo.

* * *

Volví en mí cuando me llevaban en brazos a casa. A pesar de lo horriblemente enfermo que me encontraba, tuve el tacto de continuar dormido, por lo que pudiera pasar. Sentí los brazos delirantes de mamá, sacudiéndome.

—¡ Mi hijo querido! ¡ Eduardo, mi hijo! ¡ Ah, Alfonso, nunca te perdonaré el dolor que me has causado!

—¡ Pero, vamos!—decíale mi tía mayor— ¡ no seas loca, Mercedes! ¡ Ya ves que no tiene nada!

—¡ Ah!—repuso mamá llevándose las manos al corazón en un inmenso suspiro—. ¡ Sí, ya pasó! . . . Pero dime, Alfonso, ¿ cómo pudo no haberse hecho nada? ¡ Ese pozo, Dios mío! . . .

El padrastrillo, quebrantado a su vez, habló vagamente de desmoronamiento, tierra blanda, prefiriendo dejar para un momento de mayor calma la solución verdadera, mientras la pobre mamá no se percataba de la horrible infección de tabaco que exhalaba su suicida.

Abrí al fin los ojos, me sonreí y volví a dormirme, esta vez honrada y profundamente.

Tarde ya, el tío Alfonso me despertó.

—¿ Qué merecerías que te hiciera?—me dijo con sibilante rencor—. ¡ Lo que es mañana, le cuento todo a tu madre, y ya verás lo que son gracias![18]

Yo veía aún bastante mal, las cosas bailaban un poco, y el estómago continuaba todavía adherido a la garganta. Sin embargo, le respondí:

—¡Si le cuentas algo a mamá, lo que es esta vez te juro que me tiro!

Los ojos de un joven suicida que fumó heroicamente su pipa, ¿expresan acaso desesperado valor?

Es posible que sí. De todos modos el padrastrillo, después de mirarme fijamente, se encogió de hombros, levantando hasta mi cuello la sábana un poco caída.

—Me parece que mejor haría en ser amigo de este microbio— murmuró.

—Creo lo mismo—le respondí.

Y me dormí.

NOTES

1. **diálogos ... exclamaciones:** "conversations interrupted by exclamations"

2. **Lucía . . . hemorrágica:** "Lucía had a certain type of smallpox which caused haemorrhage"

3. **casualmente nuestra tía:** "actually our aunt." The exclamation is one of pride

4. **convertidos en furiosos Robinsones:** "transformed into enthusiastic Robinson Crusoes", i.e. explorers

5. **¿Rico?:** "Does it taste good?"

6. **con gusto a sal de Chantaud:** "tasting of Chantaud salt." I have not been able to discover exactly what type of salt this is but it is evidently something with a bitter taste

7. **asidos . . . invención:** "clinging like dying men to (the straw of) that honourable excuse which I had invented"

8. **el buena pieza de tu Eduardo:** "your fine Edward"

9. **en cuanto . . . respeto:** "but the minute you're disrespectful to me . . ."

10. **por la cuenta que le iba:** "on her own account"

11. **la historia . . . Maud:** "the episode of the Kicking Cigar, the name of which redounded to the greater glory of Maud, the mule"

12. **pasamos como una exhalación:** "We flew like lightning"

13. **El pozo . . . viva:** "The well measured fourteen feet upon solid rock"

14. **que pretendía sujetarla:** "who was trying to hold her back"

15. **vuelto a . . . veces:** "which had been soaked and had dried again an infinite number of times"

16. **un gusto a cumbarí, solución Coirre y sulfato de soda:** *cumbarí* is a type of hot chile pepper, *solución de Coirre* a bitter solution containing *cascarin*, *gelsemium* and *capsicum*

17. **a dos dedos de mis ojos:** "within an inch of my eyes"

18. **ya verás ... gracias:** "the joke will be on you." Literally, "You'll soon see what a joke is"

LA INSOLACIÓN*

EL CACHORRO *Old* salió por la puerta y atravesó el patio con paso recto y perezoso. Se detuvo en la linde del pasto, estiró al monte, entrecerrando los ojos, la nariz vibrátil y se sentó tranquilo. Veía la monótona llanura del Chaco[1] con sus alternativas de campo y monte, monte y campo,[2] sin más color que el crema del pasto y el negro del monte. Este cerraba el horizonte, a doscientos metros, por tres lados de la chacra. Hacia el Oeste el campo se ensanchaba y extendía en abra, pero que la ineludible línea sombría enmarcaba a lo lejos.[3]

A esa hora temprana el confín, ofuscante de luz a mediodía, adquiría reposada nitidez. No había una nube ni un soplo de viento. Bajo la calma del cielo plateado, el campo emanaba tónica frescura, que traía al alma pensativa, ante la certeza de otro día de seca, melancolías de mejor compensado trabajo.[4]

Milk, el padre del cachorro, cruzó a su vez el patio y se sentó al lado de aquel, con perezoso quejido de bienestar. Ambos permanecían inmóviles, pues aún no había moscas.

Old, que miraba hacía rato la vera del monte, observó:

—La mañana es fresca.

Milk siguió la mirada del cachorro y quedó con la vista fija, parpadeando distraído. Después de un rato, dijo:

—En aquel arbol hay dos halcones.

Volvieron la vista indiferente a un buey que pasaba, y continuaron mirando por costumbre las cosas.

Entre tanto el Oriente comenzaba a empurpurarse en abanico y el horizonte había perdido ya su matinal precisión. *Milk* cruzó las patas delanteras y sintió leve dolor. Miró sus dedos sin

---

* First published 7 March 1908 in *Caras y Caretas*. Later included in *Cuentos de amor, de locura y de muerte*, Buenos Aires, 1917.

moverse, decidiéndose por fin a olfatearlos. El día anterior se había sacado un pique, y en recuerdo de lo que había sufrido lamió extensamente el dedo enfermo.

—No podía caminar—exclamó en conclusión.

Old no comprendió a qué se refería. *Milk* agregó:

—Hay muchos piques.

Esta vez el cachorro comprendió. Y repuso por su cuenta, después de largo rato:

—Hay muchos piques.

Uno y otro callaron de nuevo, convencidos.

El sol salió, y en el primer baño de luz, las pavas del monte lanzaron al aire puro el tumultuoso trompeteo de su charanga. Los perros, dorados al sol oblicuo, entornaron los ojos, dulcificando su molicie en beato pestañeo. Poco a poco la pareja aumentó con la llegada de los otros compañeros: *Dick*, el taciturno preferido; *Prince*, cuyo labio superior partido por un coatí,[5] dejaba ver los dientes, e *Isondú*, de nombre indígena. Los cinco *fox-terriers*, tendidos y muertos de bienestar, durmieron.

Al cabo de una hora irguieron la cabeza; por el lado opuesto del bizarro rancho de dos pisos—el inferior de barro y el alto de madera, con corredores y baranda de chalet—habían sentido los pasos de su dueño, que bajaba la escalera. Míster Jones, la toalla al hombro, se detuvo un momento en la esquina del rancho y miró el sol, alto ya. Tenía aún la mirada muerta y el labio pendiente, tras su solitaria velada de *whisky*,[6] más prolongada que las habituales.

Mientras se lavaba, los perros se acercaron y le olfatearon las botas, meneando con pereza el rabo. Como las fieras amaestradas, los perros conocen el menor indicio de borrachera en su amo. Se alejaron con lentitud a echarse de nuevo al sol. Pero el calor creciente les hizo presto abandonar aquel por la sombra de los corredores.

El día avanzaba igual a los precedentes de todo ese mes: seco, límpido, con catorce horas de sol calcinante, que parecía mantener el cielo en fusión y que en un instante resquebrajaba la tierra mojada en costras blanquecinas, Míster Jones fue a la chacra, miró el trabajo del día anterior y retornó al rancho. En toda esa mañana no hizo nada. Almorzó y subió a dormir la siesta.

Los peones volvieron a las dos a la carpición, no obstante la hora del fuego, pues los yuyos no dejaban el algodonal.[7] Tras ellos fueron los perros, muy amigos del cultivo desde que el invierno pasado hubieran aprendido a disputar a los halcones los gusanos blancos[8] que levantaba el arado. Cada perro se echó bajo un algodonero, acompañando con su jadeo los golpes sordos de la azada.

Entre tanto, el calor crecía. En el paisaje silencioso y enceguecientе de sol el aire vibraba a todos lados, dañando la vista. La tierra removida exhalaba vaho de horno, que los peones soportaban sobre la cabeza, envuelta hasta las orejas en el flotante pañuelo, con el mutismo de sus trabajos de chacra. Los perros cambiaban a cada rato de planta en procura de más fresca sombra. Tendíanse a lo largo, pero la fatiga los obligaba a sentarse sobre las patas traseras para respirar mejor.

Reverberaba ahora delante de ellos un pequeño páramo de greda que ni siquiera se había intentado arar. Allí el cachorro vio de pronto a míster Jones, que lo miraba fijamente, sentado sobre un tronco. *Old* se puso en pie, meneando el rabo. Los otros levantáronse también, pero erizados.

—¡Es el patrón!—exclamó el cachorro, sorprendido de la actitud de aquellos.

—No, no es él—replicó *Dick*.

Los cuatro perros estaban juntos gruñendo sordamente, sin apartar los ojos de míster Jones, que continuaba inmóvil, mirándolos. El cachorro, incrédulo, fue a avanzar, pero *Prince* le mostró los dientes:

—No es él, es la *Muerte*.

El cachorro se erizó de miedo y retrocedió al grupo.

—¿Es el patrón muerto?—preguntó ansiosamente.

Los otros, sin responderle, rompieron a ladrar con furia, siempre en actitud temerosa. Pero míster Jones se desvanecía ya en el aire ondulante.

Al oír los ladridos, los peones habían levantado la vísta, sin distinguir nada. Giraron la cabeza para ver si había entrado algún caballo a la chacra, y se doblaron de nuevo.

Los *fox-terriers* volvieron al paso al rancho. El cachorro, erizado aún, se adelantaba y retrocedía con cortos trotes nerviosos, y supo de la experiencia de sus compañeros que cuando una cosa va a morir, aparece antes.

—¿ Y cómo saben que ese que vimos no era el patrón vivo?— preguntó.

—Porque no era él—le respondieron displicentes.

¡ Luego la *Muerte*, y con ella el cambio de dueño, las miserias, las patadas, estaba sobre ellos! Pasaron el resto de la tarde al lado de su patrón, sombríos y alerta. Al menor ruido gruñían, sin saber hacia dónde. Míster Jones sentíase satisfecho de su guardiana inquietud.

Por fin el sol se hundió tras el negro palmar del arroyo, y en la calma de la noche plateada los perros se estacionaron alrededor del rancho, en cuyo piso alto míster Jones recomenzaba su velada de *whisky*. A medianoche oyeron sus pasos, luego la doble caída de las botas en el piso de tablas, y la luz se apagó. Los perros entonces sintieron más próximo el cambio de dueño, y solos, al pie de la casa dormida, comenzaron a llorar. Lloraban en coro, volcando sus sollozos convulsivos y secos como masticados, en un aullido de desolación, que la voz cazadora de *Prince* sostenía, mientras los otros tomaban el sollozo de nuevo. El cachorro ladraba. La noche avanzaba, y los cuatro perros de edad, agrupados a la luz de la luna, el hocico extendido e hinchados de lamentos—bien alimentados y acariciados por el dueño que iban a perder—continuaban llorando su doméstica miseria.

A la mañana siguiente míster Jones fue él mismo a buscar las mulas y las unció a la carpidora, trabajando hasta las nueve. No estaba satisfecho, sin embargo. Fuera de que la tierra no había sido nunca bien rastreada, las cuchillas no tenían filo, y con el paso rápido de las mulas la carpidora saltaba. Volvió con esta y afiló sus rejas; pero un tornillo en que ya al comprar la máquina había notado la falta, se rompió al armarla. Mandó un peón al obraje próximo, recomendándole cuidara del caballo, un buen animal, pero asoleado. Alzó la cabeza al sol fundente de mediodía e insistió en que no galopara un momento. Almorzó en seguida y subió. Los perros, que en la mañana no habían dejado un segundo a su patrón, se quedaron en los corredores.

La siesta pesaba, agobiada de luz y silencio. Todo el contorno estaba brumoso por las quemazones. Alrededor del rancho la tierra blancuzca del patio, deslumbrada por el sol a plomo, parecía deformarse en trémulo hervor, que adormecía los ojos parpadeantes de los *fox-terriers*.

—No ha aparecido más—dijo *Milk*.

Old, al oír *aparecido*, levantó vivamente las orejas.

Esta vez el cachorro, incitado por la evocación se puso en pie y ladró, buscando a qué.[10] Al rato calló, entregándose con el grupo a su defensiva cacería de moscas.

—No vino más—agregó *Isondú*.

—Había una lagartija bajo el raigón—recordó por primera vez *Prince*.

Una gallina, el pico abierto y las alas apartadas del cuerpo, cruzó el patio incandescente con su pesado trote de calor. *Prince* la siguió perezosamente con la vista y saltó de golpe.

—¡Viene otra vez!—gritó.

Por el norte del patio avanzaba solo el caballo en el que había ido el peón. Los perros se arquearon sobre las patas, ladrando con prudente furia a la *Muerte*, que se acercaba. El animal caminaba con la cabeza baja, aparentemente indeciso sobre el rumbo que debía seguir. Al pasar frente al rancho dio unos cuantos pasos en dirección al pozo y se desvaneció progresivamente en la cruda luz.

Míster Jones bajó; no tenía sueño. Disponíase a proseguir el montaje de la carpidora, cuando vio llegar inesperadamente al peón a caballo. A pesar de su orden, tenía que haber galopado para volver a esa hora. Culpólo con toda su lógica nacional, a lo que el otro respondía con evasivas razones. Apenas libre y concluida su misión, el pobre caballo, en cuyos ijares era imposible contar los latidos, tembló agachando la cabeza y cayó de costado.

Míster Jones mandó al peón a la chacra, con el rebenque aún en la mano, para no echarlo si continuaba oyendo sus jesúiticas disculpas.[11]

Pero los perros estaban contentos. La *Muerte*, que buscaba a su patrón, se había conformado con el caballo. Sentíanse alegres, libres de preocupación y, en consecuencia, disponíanse a ir a la chacra tras el peón, cuando oyeron a míster Jones que gritaba a éste, lejos ya, pidiéndole el tornillo. No había tornillo: el almacén estaba cerrado, el encargado dormía, etc. Míster Jones, sin replicar, descolgó su casco y salió él mismo en busca del utensilio. Resistía el sol como un peón, y el paseo era maravilloso contra su mal humor.

Los perros lo acompañaron, pero se detuvieron a la sombra del primer algarrobo[12] hacía demasiado calor. Desde allí, firmes en las patas, el ceño contraído y atento, lo veían alejarse. Al fin el temor a la soledad pudo más, y con agobiado trote siguieron tras él.

Míster Jones obtuvo su tornillo y volvió. Para acortar distancia, desde luego, evitando la polvorienta curva del camino, marchó en línea recta a su chacra. Llegó al riacho y se internó en el pajonal, el diluviano pajonal del Saladito, que ha crecido, secado y retoñado desde que hay paja en el mundo, sin conocer fuego. Las matas, arqueadas en bóveda a la altura del pecho, se entrelazan en bloques macizos. La tarea de cruzarlo, sería ya con día fresco, era muy dura a esa hora. Míster Jones lo atravesó, sin embargo, braceando entre la paja restallante y polvorienta por el barro que dejaban las crecientes, ahogado de fatiga y acres vahos de nitratos.

Salió, por fin, y se detuvo en la linde; pero era imposible permanecer quieto bajo ese sol y ese cansancio. Marchó de nuevo. Al calor quemante que crecía sin cesar desde tres días atrás agregábase ahora el sofocamiento del tiempo descompuesto. El cielo estaba blanco y no se sentía un soplo de viento. El aire faltaba, con angustia cardíaca[13] que no permitía concluir la respiración.

Míster Jones se convenció de que había traspasado su límite de resistencia. Desde hacía rato le golpeaba en los oídos el latido de las carótidas. Sentíase en el aire, como si de dentro de la cabeza le empujaran el cráneo hacia arriba. Se mareaba mirando el pasto. Apresuró la marcha para acabar con eso de una vez..., y de pronto volvió en sí y se halló en distinto paraje: había caminado media cuadra sin darse cuenta de nada. Miró atrás y la cabeza se le fue en un nuevo vértigo.

Entre tanto los perros seguían tras él, trotando con toda la lengua fuera. A veces, asfixiados, deteníanse en la sombra de un espartillo; se sentaban precipitando su jadeo, pero volvían al tormento del sol. Al fin, como la casa estaba próxima, apuraron el trote.

Fue en ese momento cuando *Old*, que iba adelante, vio tras el alambrado de la chacra a míster Jones, vestido de blanco, que caminaba hacia ellos. El cachorro, con súbito recuerdo, volvió la cabeza a su patrón y confrontó:

—¡La *Muerte*, la *Muerte!*—aulló.

Los otros lo habían visto también, y ladraban erizados. Vieron que atravesaba el alambrado, y un instante creyeron que se iba a equivocar; pero al llegar a cien metros se detuvo, miró el grupo con sus ojos celestes y marchó adelante.

—¡Que no camine ligero el patrón!—exclamó *Prince*.

—¡Va a tropezar con él!—aullaron todos.

En efecto, el otro, tras breve hesitación, había avanzado, pero no directamente sobre ellos, como antes, sino en línea oblicua y en apariencia errónea, pero que debía llevarlo justo al encuentro de míster Jones. Los perros comprendieron que esta vez todo concluía, porque su patrón continuaba caminando a igual paso, como un autómata, sin darse cuenta de nada. El otro llegaba ya. Los perros hundieron el rabo y corrieron de costado, aullando. Pasó un segundo y el encuentro se produjo. Míster Jones se detuvo, giró sobre sí mismo y se desplomó.

Los peones, que lo vieron caer, lo llevaron aprisa al rancho, pero fue inútil toda el agua; murió sin volver en sí. Míster Moore, su hermano materno, fue de Buenos Aires, estuvo una hora en la chacra y en cuatro días liquidó todo, volviéndose en seguida al Sur. Los indios se repartieron los perros, que vivieron en adelante flacos y sarnosos, e iban todas las noches, con hambriento sigilo, a robar espigas de maiz en las chacras ajenas.

NOTES

1. **Chaco**: tropical region between the Río Paraguay and the Andes. The region covers parts of Bolivia, Argentina and Paraguay

2. **monte y campo**: *monte* is the uncleared bush in contrast with *campo* or cultivated land

3. **la ineludible línea...a lo lejos**: "which the inevitable dark line framed in the distance." Quiroga is here referring to the surrounding jungle

4. **melancolías ... trabajo**: "melancholy (thoughts) of better rewarded work"

5. **coatí**: American tree-climbing carnivore

6. **tras...whisky**: "after his solitary evening of whisky drinking." *velada* usually means a party or reunion held at night

7. **los yuyos... el algodonal**: "the weeds did not abandon the cotton plantation"

Quiroga had owned a cotton plantation in the Chaco and therefore based the story on personal experience

8. **disputar...blancos**: "to fight with the falcons over white worms"

9. **de su guardiana inquietud**: "of their watchful anxiety". *Guardiana* is not often used as an adjective in this way. It is more usually found as the noun, *guardián*, meaning a guard or keeper

10. **buscando a qué**: "trying to find something (to bark at)"

11. **para no...disculpas**: "so as not to beat him with the whip if he went on listening to his Jesuitical excuses." Jesuitical because the Jesuits were noted for their facile and, it was believed, specious arguments

12. **algarrobo**: carob tree

13. **la angustia cardíaca**: "the anguish of a heart-sufferer." Literally "cardiac anguish"

EL ALAMBRE DE PÚA*

Durante quince días, el alazán había buscado en vano la senda por donde su compañero se escapaba del potrero. El formidable cerco, de capuera[1]—desmonte que ha rebrotado inextricable— no permitía paso ni aun a la cabeza del caballo. Evidentemente no era por ahí por donde la malacara pasaba.

Ahora recorría de nuevo la chacra, trotando inquieto con la cabeza alerta. De la profundidad del monte, el malacara[2] respondía a los relinchos vibrantes de su compañero, con los suyos cortos y rápidos,[3] en que había sin duda una fraternal promesa de abundante comida. Lo más irritante para el alazán era que el malacara reaparecía dos o tres veces en el día para beber. Prometíase aquel entonces no abandonar un instante a su compañero, y durante algunas horas, en efecto, la pareja pastaba en admirable conserva. Pero de pronto el malacara, con su soga a rastra, se internaba en el chircal, y cuando el alazán, al darse cuenta de su soledad, se lanzaba en su persecución, hallaba el monte inextricable. Esto sí, de adentro, muy cerca aún, el maligno malacara respondía a sus desesperados relinchos con un relincho a boca llena.

Hasta que esa mañana el viejo alazán halló la brecha muy sencillamente: cruzaba por frente al chircal, que desde el monte avanzaba cincuenta metros en el campo, vio un vago sendero que lo condujo en perfecta línea oblicua al monte. Allí estaba el malacara, deshojando árboles.

La cosa era muy simple: el malacara, cruzando un día el chircal, había hallado la brecha abierta en el monte por un incienso desarraigado. Repitió su avance a través del chircal,

* First published 17, 23 August 1912 in *Fray Mocho*. Later included in *Cuentos de amor, de locura y de muerte*, Buenos Aires, 1917.

hasta llegar a conocer perfectamente la entrada del túnel. Entonces usó del viejo camino que con el alazán había formado a lo largo de la línea del monte. Y aquí estaba la causa del trastorno del alazán: la entrada de la senda formaba una línea sumamente oblicua con el camino de los caballos, de modo que el alazán, acostumbrado a recorrer este de Sur a Norte, y jamás de Norte a Sur, no hubiera hallado jamás la brecha.

En un instante estuvo unido a su compañero, y juntos entonces, sin más preocupación que la de despuntar torpemente las palmeras jóvenes, los dos caballos decidieron alejarse del malhadado potrero, que sabían de memoria.

El monte, sumamente raleado, permitía un fácil avance aun a los caballos. Del bosque no quedaba en verdad sino una franja de doscientos metros de ancho. Tras él, una capuera de dos años se empenachaba de tabaco salvaje. El viejo alazán, que en su juventud había correteado capueras hasta vivir perdido seis meses en ellas, dirigió la marcha, y en media hora los tabacos inmediatos quedaron desnudos de hojas hasta donde alcanza un pescuezo de caballo.

Caminando, comiendo, curioseando, el alazán y el malacara cruzaron la capuera hasta que un alambrado los detuvo.

—Un alambrado—dijo el alazán.

—Sí, un alambrado—asintió el malacara.

Y ambos, pasando la cabeza sobre el hilo superior, contemplaron atentamente. Desde allí se veía un alto pastizal de viejo rozado, blanco por la helada; un bananal y una plantación nueva. Todo ello poco tentador, sin duda; pero los caballos entendían ver eso, y uno tras otro, siguieron el alambrado a la derecha.

Dos minutos después pasaban: un árbol seco en pie por el fuego[4] había caído sobre los hilos. Atravesaron la blancura del pasto helado, en que sus pasos no sonaban, y bordeando el rojizo bananal, quemado por la escarcha, vieron de cerca qué eran aquellas plantas nuevas.

—Es hierba[5]—constató el malacara, con sus trémulos labios a medio centímetro de las duras hojas.

La decepción pudo haber sido grande; mas los caballos, si bien golosos, aspiraban sobre todo a pastar. De modo que, cortando oblicuamente el hierbal, prosiguieron su camino, hasta que un nuevo alambrado contuvo a la pareja. Costeáronlo con tranquilidad grave y paciente, llegando así a una tranquera, abierta para su dicha, y los paseantes se vieron de repente en pleno camino real.

Ahora bien: para los caballos aquello que acababan de hacer tenía todo el aspecto de una proeza. Del potrero aburridor a la libertad presente había infinita distancia. Mas por infinita que fuera, los caballos pretendían prolongarla aún, y así, después de observar con perezosa atención los alrededores, quitáronse mutuamente la caspa del pescuezo y en mansa felicidad prosiguieron su aventura.

El día, en verdad, la favorecía. La bruma matinal de Misiones acababa por disiparse del todo, y bajo el cielo, subitamente puro, el paisaje brillaba de esplendorosa claridad. Desde la loma, cuya cumbre ocupaban en ese momento los dos caballos, el camino de tierra colorada cortaba el pasto delante de ellos con precisión admirable, descendía al valle blanco de espartillo helado, para tornar a subir hasta el monte lejano. El viento, muy frío cristalizaba aún más la claridad de la mañana de oro, y los caballos, que sentían de frente el sol, casi horizontal todavía, entrecerraban los ojos al dichoso deslumbramiento.

Seguían así solos y gloriosos de libertad, en el camino encendido de luz, hasta que, al doblar una punta de montes, vieron a orillas del camino cierta extensión de un verde inusitado. ¿Pasto? Sin duda. Mas en pleno invierno.⁶

Y con las narices dilatadas de gula, los caballos se acercaron al alambrado. Sí, pasto fino, pasto admirable. ¡Y entrarían ellos, los caballos libres!

Hay que advertir que al alazán y el malacara poseían desde esa madrugada alta idea de sí mismos. Ni tranquera, ni alambrado, ni monte, ni desmonte, nada era para ellos obstáculo. Habían visto cosas extraordinarias, salvando dificultades no creíbles, y se sentían gordos, orgullosos y facultados para tomar la decisión más estrafalaria que ocurrírseles pudiera.

En este estado de énfasis[7] vieron, a cien metros de ellos, varias vacas detenidas a orillas del camino, y encaminándose allá llegaron a la tranquera, cerrada con cinco robustos palos. Las vacas estaban inmóviles, mirando fijamente el verde paraíso inalcanzable.

—¿Por qué no entran?—preguntó el alazán a las vacas.

—Porque no se puede—le respondieron.

—Nosotros pasamos por todas partes—afirmó el alazán, altivo—. Desde hace un mes pasamos por todas partes.

Con el fulgor de su aventura los caballos habían perdido sinceramente el sentido del tiempo. Las vacas no se dignaron siquiera mirar a los intrusos.

—Los caballos no pueden—dijo una vaquillona movediza—.[8] Dicen eso y no pasan por ninguna parte. Nosotras sí pasamos por todas partes.

—Tienen soga—añadió una vieja madre sin volver la cabeza.

—¡Yo no, yo no tengo soga!—respondió vivamente el alazán—. Yo vivía en las capueras y pasaba.

—¡Si, detrás de nosotras! Nosotras pasamos y ustedes no pueden.

La vaquillona movediza intervino de nuevo:

—El patrón dijo el otro día: "A los caballos, con un solo hilo se los contiene." ¿Y entonces?... ¿Ustedes no pasan?

—No, no pasamos—repuso sencillamente el malacara, convencido por la evidencia..

—¡Nosotras, sí!

Al honrado malacara, sin embargo, se le ocurrió de pronto que las vacas, atrevidas y astutas, impenitentes invasoras de chacras[9] y del *Código Rural*,[10] tampoco pasaban la tranquera.

—Esta tranquera es mala—objetó la vieja madre—. ¡El, sí![11] Corre los palos con los cuernos.[12]

—¿Quién?—preguntó el alazán.

Todas las vacas volvieron a él la cabeza con sorpresa.

—¡El toro *Barigüi*! El puede más que los alambrados malos.[13]

—¿Alambrados?... ¿Pasa?

—¡Todo! Alambre de púa también. Nosotras pasamos después.

Los dos caballos, vueltos ya a su pacífica condición de animales a los que un solo hilo contiene, se sintieron ingenuamente deslumbrados por aquel héroe capaz de afrontar el alambre de púa, la cosa mas terrible que puede hallar el deseo de pasar adelante.

De pronto las vacas se removieron mansamente: a lento paso llegaba el toro. Y ante aquella chata y obstinada frente, dirigida en tranquila recta[14] a la tranquera, los caballos comprendieron humildemente su inferioridad.

Las vacas se apartaron, y *Barigüí*, pasando el testuz bajo una tranca, intentó hacerla correr a un lado.

Los caballos levantaron las orejas, admirados, pero la tranca no corrió. Una tras otra, el toro probó sin resultado su esfuerzo inteligente: el chacarero, dueño feliz de la plantación de avena, había asegurado la tarde anterior los palos con cuñas.

El toro no intentó más. Volviéndose con pereza olfateó a lo lejos entrecerrando los ojos, y costeó luego el alambrado, con ahogados mugidos sibilantes.

Desde la tranquera, los caballos y las vacas miraban. En determinado lugar el toro pasó los cuernos bajo el alambre de púa, tendiéndolo violentamente hacia arriba con el testuz, y la enorme bestia pasó arqueando el lomo. En cuatro pasos más estuvo entre la avena, y las vacas se encaminaron entonces allá, intentando a su vez pasar. Pero a las vacas falta evidentemente la decisión masculina de permitir en la piel sangrientos rasguños, y apenas introducían el cuello lo retiraban presto con mareante cabeceo.

Los caballos miraban siempre.

—No pasan—observó el malacara.

—El toro pasó—repuso el alazán—. Come mucho.

Y la pareja se dirigía a su vez a costear el alambrado, por la fuerza de la costumbre, cuando un mugido, claro y berreante ahora, llegó hasta ellos: dentro del avenal el toro, con cabriolas de falso ataque,[15] bramaba ante el chacarero que, con un palo, trataba de alcanzarlo.

—¡Aña!... Te voy a dar saltitos[16]...—gritaba el hombre.

Barigüí, siempre danzando y berreando ante el hombre, esquivaba los golpes. Maniobraron así cincuenta metros, hasta que el chacarero pudo forzar a la bestia contra el alambrado. Pero ésta, con la decisión pesada y bruta de su fuerza, hundió la cabeza entre los hilos y pasó, bajo un agudo violineo de alambre y de grampas lanzadas a veinte metros.

Los caballos vieron cómo el hombre volvía precipitadamente a su rancho y tornaba a salir con el rostro pálido. Vieron también que saltaba el alambrado y se encaminaba en dirección a ellos, por lo cual los compañeros, ante aquel paso que avanzaba decidido, retrocedieron por el camino en dirección a la chacra.

Como los caballos marchaban dócilmente a pocos pasos delante del hombre, pudieron llegar juntos a la chacra del dueño del toro, siéndoles dado así oír la conversación.[17]

Es evidente, por lo que de ello se desprende, que el hombre había sufrido lo indecible con el toro del polaco. Plantaciones, por inaccesibles que hubieran sido dentro del monte; alambrados, por grandes que fuera su tensión e infinito el número de hilos, todo lo arrolló el toro con sus hábitos de pillaje. Se deduce también que los vecinos estaban hartos de la bestia y de su dueño por los incesantes destrozos de aquella. Pero como los pobladores de la región difícilmente denuncian al Juzgado de Paz[18] perjuicios de animales, por duros que les sean, el toro proseguía comiendo en todas partes menos en la chacra de su dueño, el cual, por otro lado, parecía divertirse mucho con esto.

De este modo los caballos vieron y oyeron al irritado chacarero y al polaco cazurro:

—¡Es la última vez, don Zaninski, que vengo a verlo por su toro! Acaba de pisotearme toda la avena. ¡Ya no se puede más!

El polaco, alto y de ojillos azules, hablaba con extraordinario y meloso falsete:

—¡Ah toro malo! ¡Mí no puede![19] ¡Mí ata escapa! ¡Vaca tiene culpa! ¡Toro sigue vaca!

—¡Yo no tengo vacas, usted bien sabe!

—¡No, no! ¡Vaca Ramírez! ¡Mí queda loco toro!

—Y lo peor es que afloja todos los hilos, usted lo sabe también.

—¡ Sí, sí, alambre! ¡ Ah, mí no sabe!...

—¡ Bueno!, vea, don Zaninski: yo no quiero cuestiones con vecinos[20] pero tenga por última vez cuidado con su toro para que no entre por el alambrado del fondo; en el camino voy a poner alambre nuevo.

—¡ Toro pasa por camino! ¡ No fondo!

—Es que ahora no va a pasar por el camino.

—¡ Pasa todo! ¡ No púa, no nada! ¡ Pasa todo!

—No va a pasar.

—¿ Qué pone?

—Alambre de púa...; pero no va a pasar.

—¡ No hace nada púa!

—Bueno, haga lo posible porque no entre, porque si pasa se va a lastimar.

El chacarero se fue. Es, como lo anterior, evidente que el maligno polaco riéndose una vez más de las gracias del animal, compadeció, si cabe, en lo posible a su vecino que iba a construir un alambrado infranqueable para su toro. Seguramente se frotó las manos.

—¡ Mí no podrán decir nada esta vez si toro come toda avena!

Los caballos reemprendieron de nuevo[21] el camino que los alejaba de su chacra, y un rato después llegaban al lugar en que *Barigüí* había cumplido su hazaña. La bestia estaba allí siempre, inmóvil en medio del camino, mirando, con solemne vaciedad de idea, desde hacía un cuarto de hora un punto fijo de la distancia. Detrás de él las vacas dormitaban al sol, ya caliente, rumiando.

Pero cuando los pobres caballos pasaron por el camino ellas abrieron los ojos despreciativas.

—Son los caballos. Querían pasar el alambrado. Y tienen soga.

—¡ *Barigüí* sí pasó!

—A los caballos un solo hilo los contiene.

—Son flacos.[22]

Esto pareció herir en lo vivo al alazán, que volvió la cabeza.

—Nosotros no estamos flacos. Ustedes sí están. No va a pasar más aquí—añadió señalando los alambres caídos, obra de *Barigüí*.

—¡ *Barigüí* pasa siempre! Después pasamos nosotras. ¡ Ustedes no pasan!

—No va a pasar más. Lo dijo el hombre.

—El comió la avena del hombre. Nosotras pasamos después.

El caballo, por mayor intimidad de trato, es sensiblemente más afecto al hombre que la vaca. De aquí que el malacara y el alazán tuvieran fe en el alambrado que iba a construir el hombre.

La pareja prosiguió su camino y momentos después, ante el campo libre que se abría ante ellos, los dos caballos bajaron la cabeza a comer, olvidándose de las vacas.

Tarde ya, cuando el sol acababa de entrar, los dos caballos se acordaron del maíz y emprendieron el regreso. Vieron en el camino al chacarero, que cambiaba los postes de alambrado, y a un hombre rubio que, detenido a su lado a caballo, lo miraba trabajar.

—Le digo que va a pasar—decía el pasajero.

—No pasará dos veces—replicaba el chacarero.

—¡ Usted verá! ¡ Esto es un juego para el maldito toro del polaco! ¡ Va a pasar!

—No pasará dos veces—repetía obstinadamente el otro.

Los caballos siguieron, oyendo aún palabras cortadas:

—. . . reír!

—. . . veremos.

Dos minutos más tarde el hombre rubio pasaba a su lado a trote inglés.[23] El malacara y el alazán, algo sorprendidos de aquel paso que no conocían, miraron perderse en el valle al hombre presuroso.

—¡ Curioso!—observó el malacara después de largo rato—. El caballo va al trote y el hombre al galope.

Prosiguieron. Ocupaban en ese momento la cima de la loma, como esa mañana. Sobre el cielo pálido y frío sus siluetas se destacaban en negro, en mansa y cabizbaja pareja, el malacara delante, el alazán detrás. La atmósfera ofuscada durante el día por la excesiva luz del sol, adquiría a esa semisombra crepuscular una transparencia casi fúnebre. El viento había cesado por completo, y con la calma del atardecer, en que el termómetro comenzaba a caer velozmente, el valle helado expandía su penetrante humedad, que se condensaba en rastreante neblina en el fondo sombrío de las vertientes. Revivía en la tierra ya enfriada el invernal olor de pasto quemado, y cuando el camino costeaba el monte, el ambiente, que se sentía de golpe más frío y húmedo, se tornaba excesivamente pesado de perfume de azahar.

Los caballos entraron en el portón de su chacra, pues el muchacho que hacía sonar el cajoncito de maíz había oído su ansioso trémulo. El viejo alazán obtuvo el honor de que se le atribuyera la iniciativa de la adventura, viéndose gratificado con una soga, a efectos de lo que pudiera pasar.[24]

Pero a la mañana siguiente, bastante tarde ya a causa de la densa neblina, los caballos repitieron su escapatoria, atravesando otra vez el tabacal salvaje, hollando con mudos pasos el pastizal helado, salvando la tranquera abierta aún.

En la mañana encendida de sol, muy alto ya, reverberaban de luz, y el calor excesivo prometía para muy pronto cambio de tiempo. Después de transponer la loma, los caballos vieron de pronto a las vacas detenidas en el camino, y el recuerdo de la tarde anterior excitó sus orejas y su paso: querían ver cómo era el nuevo alambrado.

Pero su decepción, al llegar, fue grande. En los postes nuevos— oscuros y torcidos—había dos simples alambres de púa, gruesos tal vez, pero únicamente dos.

No obstante su mezquina audacia, la vida constante de chacras había dado a los caballos cierta experiencia en cercados. Observaron atentamente aquello, especialmente los postes.

—Son de madera de ley[25]—observó el malacara.

—Sí, cernes quemados.

Y tras otra larga mirada de examen, constató:

—El hilo pasa por el medio, no hay grampas.

—Están muy cerca uno de otro.

Cerca, los postes, sí, indudablemente; tres metros. Pero, en cambio, aquellos dos modestos alambres en reemplazo de los cinco hilos del cercado anterior desilusionaron a los caballos.

¿Cómo era posible que el hombre creyera que aquel alambrado para terneros iba a contener al terrible toro?

—El hombre dijo que no iba a pasar—se atrevió, sin embargo, el malacara, que, en razón de ser el favorito de su amo, comía más maíz, por lo cual sentíase más creyente.

Pero las vacas lo habían oído.

—Son los caballos. Los dos tienen soga. Ellos no pasan. *Barigüí* pasó ya.

—¿Pasó? ¿Por aquí?—preguntó descorazonado el malacara.

—Por el fondo. Por aquí pasa también. Comió la avena.

Entre tanto, la vaquilla locuaz había pretendido pasar los cuernos entre los hilos; y una vibración aguda, seguida de un seco golpe en los cuernos, dejó en suspenso a los caballos.

—Los alambres están muy estirados—dijo después de un largo examen el alazán.

—Sí. Más estirados no se puede ...

Y ambos, sin apartar los ojos de los hilos, pensaban confusamente en cómo se podría pasar entre los dos hilos.

Las vacas, mientras tanto, se animaban unas a otras.

—El pasó ayer. Pasa el alambre de púa. Nosotras después.

—Ayer no pasaron. Las vacas dicen sí, y no pasan—oyeron al alazán.

—¡Aquí hay púa, y *Barigüí* pasa! ¡Allí viene!

Costeando por adentro del monte del fondo, a doscientos metros aún, el toro avanzaba hacia el avenal. Las vacas se colocaron todas de frente al cercado, siguiendo atentas con los ojos a la bestia invasora. Los caballos, inmóviles, alzaron las orejas.

—¡Come toda la avena! ¡Después pasa!

—Los hilos están muy estirados ... —observó aún el malacara, tratando siempre de precisar lo que sucedería así ...

—¡Comió la avena! ¡El hombre viene! ¡Viene el hombre!—lanzó la vaquilla locuaz.

En efecto, el hombre acababa de salir del rancho y avanzaba hacia el toro. Traía el palo en la mano, pero no parecía iracundo: estaba, sí, muy serio y con el ceño contraído.

El animal esperó a que el hombre llegara frente a él, y entonces dio principio a los mugidos con bravatas de cornadas. El hombre avanzó más, el toro comenzó a retroceder, berreando siempre y arrasando la avena con sus bestiales cabriolas. Hasta que, a diez metros ya del camino, volvió grupas en un postrer mugido de desafío burlón, y se lanzó sobre el alambrado.

—¡Viene *Barigüí!* ¡El pasa todo! ¡Pasa alambre de púa!— alcanzaron a clamar las vacas.

Con el impulso de su pesado trote, el enorme toro bajó la cabeza y hundió los cuernos entre los hilos. Se oyó un agudo gemido de alambre, un estridente chirrido que se propagó de poste a poste hasta el fondo, y el toro pasó.

Pero de su lomo y de su vientre, profundamente abiertos, canalizados desde el pecho a la grupa, llovían ríos de sangre. La bestia, presa de estupor, quedó un instante atónita y temblando. Se alejó luego al paso, inundando el pasto de sangre, hasta que a los viente metros se echó con un ronco suspiro.

A mediodía el polaco fue a buscar a su toro, y lloró en falsete ante el chacarero impasible. El animal se había levantado y podía caminar. Pero su dueño, comprendiendo que le costaría mucho trabajo curarlo—si esto aún era posible—, lo carneó esa tarde y al día siguiente al malacara le tocó en suerte llevar a su casa en la maleta[26] dos kilos de carne del toro muerto.

NOTES

1. **capuera:** this appears to be derived from Brazilian Portuguese *capoiera*, bush
2. **malacara:** horse with a white mark on his forehead
3. **con los suyos . . . rápidos:** "with his own short and rapid (neighing)"
4. **seco en pie por el fuego:** "desiccated by fire whilst still standing"
5. **hierba:** refers here to *hierba del Paraguay* or *mate*, the plant

of the tea drunk in the Plate region

6. **en pleno invierno:** "in the height of winter"
7. **en este estado de énfasis:** "in this state of emphasis", i.e. "in this forceful state"
8. **una vaquillona movediza:** "a big, capricious cow"
9. **impenitentes . . . chacras:** incorrigible trespassers on farmlands"

10. **el Código Rural**: the body of law relating to all farming matters, one clause of which must certainly have dealt with animals trespassing on property which did not belong to their owner

11. **¡El, sí!**: "*He* can do it", i.e. open the gate

12. **Corre ... cuernos**: "He slides the bars (of the gate) with his horns"

13. **El puede ... malos**: "He is stronger than evil wire-fences"

14. **en tranquila recta**: "in a calm, straight (line)"

15. **con cabriolas de falso ataque**: "with jumps which were meant to feign an attack"

16. **¡Aña! ... Te voy a dar saltitos**: "Giddy up ... I'll give you your jumping"

17. **siéndoles dado así oir la conversación**: "thus being able to hear the conversation"

18. **el Juzgado de Paz**: "the Office of the Justice of the Peace"

19. **¡Ah toro malo! Mí no puede**: "Oh bad bull! Me can't do anything." This and the following sentences imitate the Pole's broken Spanish

20. **Yo no quiero cuestiones con vecinos**: "I don't want any trouble with my neighbours"

21. **reemprendieron de nuevo**: This is tautological: "the horses again resumed their journey"

22. **Son flacos**: "They're soft"

23. **a trote inglés**: "trotting in the English style." The English ride with shorter stirrups than the American ones.

24. **a efectos de los que pudiera pasar**: "in case of what might happen"

25. **madera de ley**: "really good wood"

26. **en la maleta**: "in the boot"

YAGUAÍ*

AHORA bien: no podía ser sino allí. *Yaguaí* olfateó la piedra—un sólido bloque de mineral de hierro—y dio una cautelosa vuelta en torno. Bajo el sol a mediodía de Misiones, el aire vibraba sobre el negro peñasco, fenómeno este que no seducía al *fox-terrier*. Allí abajo, sin embargo, estaba la lagartija. Giró nuevamente alrededor, resopló en un intersticio, y, para honor de la raza,[1] rascó un instante el bloque ardiente; hecho lo cual regresó con paso perezoso, que no impedía un sistemático olfateo a ambos lados.

Entró en el comedor, echándose entre el aparador y la pared, fresco refugio que él consideraba como suyo, a pesar de tener en su contra la opinión de toda la casa.[2] Pero el sombrío rincón, admirable cuando a la depresión de la atmósfera acompaña la falta del aire,[3] tornábase imposible en un día de viento Norte. Era éste un flamante conocimiento del *fox-terrier*, en quien luchaba aún la herencia del país templado—Buenos Aires, patria de sus abuelos y suya—donde sucede precisamente lo contrario. Salió, por tanto, afuera, y se sentó bajo un naranjo, en pleno viento de fuego, pero que facilitaba inmensamente la respiración. Y como los perros transpiran muy poco, *Yaguaí* apreciaba cuanto es debido el viento evaporizador sobre la lengua danzante puesta a su paso.[4]

El termómetro alcanzaba en ese momento a cuarenta grados. Pero los *fox-terriers* de buena cuna[5] son singularmente falaces en cuanto a promesas de quietud se refiera.[6] Bajo aquel mediodía de fuego, sobre la meseta volcánica que la roja arena tornaba aún más caliente, había lagartijas.

Con la boca cerrada, *Yaguaí* transpuso el tejido de alambre y se halló en pleno campo de caza. Desde septiembre no había

* First published 25 December 1913 in *Fray Mocho*. Later included in *Cuentos de amor, de locura y de muerte*, Buenos Aires, 1917.

logrado otra ocupación a las siestas bravas. Esta vez rastreó
cuatro lagartijas de las pocas que quedaban ya, cazó tres, perdió
una, y se fue entonces a bañar.

A cien metros de la casa, en la base de la meseta y a orillas del
bananal, existía un pozo en *piedra viva*, de factura y formas originales, pues siendo comenzado a dinamita por un profesional,
habíalo concluído un aficionado con pala de punta.[7] Verdad es
que no medía sino dos metros de hondura, tendiéndose en larga
escarpa por un lado, a modo de tajamar. Su fuerte, bien que
superficial, resistía a secas de dos meses, lo que es bien meritorio
en Misiones.

Allí se bañaba el *fox-terrier*, primero la lengua, después el
vientre sentado en el agua, para concluir con una travesía a
nado.[8] Volvía a la casa, siempre que algún rastro no se atra-
vesara en su camino. Al caer el sol tornaba al pozo; de aquí que
Yaguaí sufriera vagamente de pulgas y con bastante facilidad el
calor tropical, para el que su raza no había sido creada.

El instinto combativo del *fox-terrier* se manifestó normalmente
contra las hojas secas; subió luego a las mariposas y su sombra, y
se fijó luego en las lagartijas. Aun en noviembre, cuando tenía ya
en jaque a todas las ratas de la casa. Su gran encanto eran los
saurios. Los peones que por a o b llegaban a la siesta admiraron
siempre la obstinación del perro resoplando en cuevitas bajo un
sol de fuego, si bien la admiración de aquellos no pasaba del
cuadro de caza.[9]

—Eso—dijo uno un día, señalando al perro con una vuelta de
cabeza—no sirve más que para bichitos . . .

El dueño de *Yaguaí* lo oyó:

—Tal vez—repuso—; pero ninguno de los famosos perros de
ustedes sería capaz de hacer lo que hace ése.

Los hombres se sonrieron sin contestar.

Cooper, sin embargo, conocía bien a los perros de monte y su
maravillosa aptitud para la caza a la carrera[10] que su *fox-terrier*
ignoraba. ¿Enseñarle? Acaso; pero él no tenía cómo hacerlo.

Precisamente esa misma tarde un peón se quejó a Cooper de
los venados que estaban concluyendo con los porotos. Pedía

escopeta, porque aunque él tenía un buen perro, no podía sino a veces alcanzar a los venados de un palo . . .

Cooper prestó la escopeta, y aun propuso ir esa noche al rozado.

—No hay luna—objetó el peón.

—No importa. Suelte el perro y veremos si el mío lo sigue.

Esa noche fueron al plantío. El peón soltó a su perro, y el animal se lanzó en seguida en las tinieblas del monte en busca de un rastro.

Al ver partir a su compañero. *Yaguaí* intentó en vano forzar la barrera de caraguatá. Logrólo al fin, y siguió la pista del otro. Pero a los dos minutos regresaba, muy contento de aquella escapatoria nocturna. Eso sí, no quedó un agujerito sin olfatear a diez metros a la redonda.

Pero cazar tras el rastro, en el monte, a un galope que puede durar muy bien desde la madrugada hasta las tres de la tarde, eso no. El perro del peón halló una pista, muy lejos, que perdió en seguida. Una hora después volvía a su amo, y todos juntos regresaron a la casa.

La prueba, si no concluyente, desanimó a Cooper. Se olvidó luego de ello, mientras el *fox-terrier* continuaba cazando ratas, algún lagarto o zorro en su cueva, y lagartijas.

Entre tanto, los días se sucedían unos a otros, enceguecientes, pesados, en una obstinación de viento Norte[11] que doblaba las verduras en lacios colgajos bajo el blanco cielo de los mediodías tórridos. El termómetro se mantenía de treinta y cinco a cuarenta sin la más remota esperanza de lluvia. Durante cuatro días el tiempo se cargó, con asfixiante calma y aumento de calor. Y cuando se perdió, al fin, la esperanza de que el Sur devolviera en torrentes de agua todo el viento de fuego recibido un mes entero del Norte, la gente se resignó a una desastrosa sequía.

El *fox-terrier* vivió desde entonces sentado bajo su naranjo, porque cuando el calor traspasa cierto límite razonable, los perros no respiran bien echados. Con la lengua de fuera y los ojos entornados, asistió a la muerte progresiva de cuanto era brotación primaveral. La huerta se perdió rápidamente. El maizal pasó del verde claro a una blancura amarillenta, y a fines de noviembre solo quedaban en él columnitas truncas sobre la negrura desolada del rozado. La mandioca,[12] heroica entre todas, resistía bien.

El pozo del *fox-terrier*—agotada su fuente—perdió día a día su agua verdosa, y ahora tan caliente que *Yaguaí* no iba a él sino de mañana, si bien hallaba rastros de apereás, agutíes[13] y hurones, que la sequía del monte forzaba hasta el pozo.

En vuelta de su baño, el perro se sentaba de nuevo, viendo aumentar poco a poco el viento, mientras el termómetro, refrescando a quince al amanecer, llegaba a cuarenta y uno a las dos de la tarde. La sequedad del aire llevaba a beber al *fox-terrier* cada media hora, debiendo entonces luchar con las avispas y abejas que invadían los baldes, muertas de sed. Las gallinas, con las alas en tierra, jadeaban, tendidas a la triple sombra de los bananos, la glorieta y la enredadera de flor roja, sin atreverse a dar un paso sobre la arena abrasada, y bajo un sol que mataba instantáneamente a las hormigas rubias.

Alrededor, cuanto abarcaban los ojos del *fox-terrier*: los bloques de hierro, el pedregullo volcánico, el monte mismo, danzaba, mareado de calor. Al Oeste, en el fondo del valle boscoso, hundido en la depresión de la doble sierra, el Paraná yacía muerto a esa hora en su agua de cinc, esperando la caída de la tarde para revivir. La atmósfera, entonces ligeramente ahumada hasta esa hora, se velaba al horizonte en denso vapor, tras el cual el sol, cayendo sobre el río, sosteníase asfixiado en perfecto círculo de sangre. Y mientras el viento cesaba por completo y en el aire, aún abrasado, *Yaguaí* arrastraba por la meseta su diminuta mancha blanca, las palmeras negras, recortándose inmóviles sobre el río cuajado en rubí, infundían en el paisaje una sensación de lujoso y sombrío oasis.

Los días se sucedían iguales. El pozo del *fox-terrier* se secó, y las asperazas de la vida, que hasta entonces evitaran a *Yaguaí*, comenzaron para él esa misma tarde.

Desde tiempo atrás el perrito blanco había sido muy solicitado por un amigo de Cooper, hombre de selva, cuyos muchos ratos perdidos se pasaban en el monte tras los tatetos.[14] Tenía tres perros magníficos para esta caza, aunque muy inclinados a rastrear coatíes,* lo que, envolviendo una pérdida de tiempo para el cazador, constituye también la posibilidad de un desastre, pues la dentellada de un coatí degüella fundamentalmente al perro que no supo cogerlo.

Fragoso, habiendo visto un día trabajar al *fox-terrier* en un asunto de irara, a la que *Yaguaí* forzó a estarse definitivamente quieta, dedujo que un perrito que tenía ese talento especial para morder entre cruz y pescuezo[15] no era un perro cualquiera, por más corta que tuviera la cola. Por lo que instó repetidas veces a Cooper a que le prestara a *Yaguaí.*

—Yo se lo voy a enseñar bien a usted, patrón—le decía.

—Tiene tiempo—respondía Cooper.

Pero en esos días abrumadores—la visita de Fragoso avivando el recuerdo de aquello—Cooper le entregó su perro con el fin de que le enseñara a correr.

Corrió, sin duda, mucho más de lo que hubiera deseado el mismo Cooper.

Fragoso vivía en la margen izquierda del Yabebirí,[16] había plantado en octubre un mandiocal que no producía aún, y media hectárea de maíz y porotos, totalmente perdida. Esto último, específico para el cazador, tenía para *Yaguaí* muy poca importancia, trastornándole en cambio la nueva alimentación. El, que en casa de Cooper coleaba ante la mandioca simplemente cocida, para no ofender a su amo, y olfateaba por tres o cuatro lados el locro, para no quebrar del todo con la cocinera, conoció la angustia de los ojos brillantes y fijos en el amo que come, para concluir lamiendo el plato que sus tres compañeros habían pulido ya, esperando ansiosamente el puñado de maíz sazonado que les daban cada día.

Los tres perros salían de noche a cazar por su cuenta—maniobra esta que entraba en el sistema educacional del cazador—; pero el hombre, que llevaba a aquellos naturalmente al monte a rastrear para comer, inmovilizaba al *fox-terrier* en el rancho, único lugar del mundo donde podía hallar comida. Los perros que no devoran la caza serán siempre malos cazadores, y justamente

* See note 5, p. 38.

la raza a que pertenecía *Yaguaí* caza desde su creación por simple *sport*.

Fragoso intentó algún aprendizaje con el *fox-terrier*. Pero siendo *Yaguaí* mucho más perjudicial que útil al trabajo desenvuelto de sus tres perros, lo relegó desde entonces en el rancho, a espera de mejores tiempos para esa enseñanza.

Entre tanto, la mandioca del año anterior comenzaba a concluirse; las últimas espigas de maíz rodaron por el suelo, blancas y sin un grano, y el hambre, ya dura para los tres perros nacidos con ella, royó las entrañas de *Yaguaí*. En aquella nueva vida había adquirido con pasmosa rapidez el aspecto humillado, servil y traicionero de los perros del país. Aprendió entonces a merodear de noche en los ranchos vecinos, avanzando con cautela, las piernas dobladas y elásticas, hundiéndose lentamente al pie de una mata de espartillo al menor rumor hostil. Aprendió a no ladrar por más furor o miedo que tuviera, y gruñir de un modo particularmente sordo cuando el cuzco de un rancho defendía a éste del pillaje. Aprendió a visitar los gallineros, a separar dos platos encimados[17] con el hocico y a llevarse en la boca una lata de grasa, a fin de vaciarla en la impunidad del pajonal. Conoció el gusto de las guascas ensebadas,[18] de los zapatones untados con grasa, del hollín pegoteado de una olla y—alguna vez—de la miel recogida y guardada en un trozo de tacuara. Adquirió la prudencia necesaria para apartarse del camino cuando algún pasajero avanzaba, siguiéndolo con los ojos, agachado entre el pasto. Y a fines de enero, de la mirada encendida, las orejas firmes sobre los ojos y el rabo alto y provocador del *fox-terrier*, no quedaba sino un esqueletillo sarnoso, de orejas echadas atrás y rabo hundido y traicionero, que trotaba furtivamente por los caminos.

La sequía continuaba, el monte quedó poco a poco desierto, pues los animales se concentraban en los hilos de agua que habían sido grandes arroyos. Los tres perros forzaban la distancia que los separaba del abrevadero de las bestias con éxito mediano, pues siendo aquél muy frecuentado a su vez por los yaguareteí, la caza menor tornábase desconfiada. Fragoso, preocupado con la ruina del rozado y con nuevos disgustos con el propietario de la tierra, no tenía humor para cazar, ni aun por hambre. Y la situación amenazaba así tornarse muy crítica cuando una circunstancia fortuita trajo un poco de aliento a la lamentable jauría.

Fragoso debió ir a San Ignacio, y los cuatro perros, que fueron con él, sintieron en sus narices dilatadas una impresión de frescura vegetal vaguísima, si se quiere, pero que acusaba un poco de vida en aquel infierno de calor y seca. En efecto, San Ignacio[19] había sido menos azotado, resultas de lo cual algunos maizales, aunque miserables, se sostenían en pie.

No comieron ese día; pero al regresar jadeando detrás del caballo, los perros no olvidaron aquella sensación de frescura, y a la noche salían juntos en mudo trote hacia San Ignacio. En la orilla del Yabebirí se detuvieron, oliendo el agua y levantando el hocico trémulo a la otra costa. La luna salía entonces, con su amarillenta luz de menguante. Los perros avanzaron cautelosamente sobre el río a flor de piedra, saltando aquí, nadando allá, en un paso que en agua normal no da fondo a tres metros.[20]

Sin sacudirse casi, reanudaron el trote silencioso y tenaz hacia el maizal más cercano. Allí el *fox-terrier* vio cómo sus compañeros quebraban los tallos con los dientes, devorando con secos mordiscos, que entraban hasta el marlo, las espigas en choclo. Hizo lo mismo, y durante una hora en el negro cementerio de árboles quemados, que la fúnebre luz del menguante volvía más espectral, los perros se movieron de aquí para allá entre las cañas, gruñéndose mutuamente.

Volvieron tres veces más, hasta que la última noche un estampido demasiado cercano los puso en guardia. Mas coincidiendo esta aventura con la mudanza de Fragoso a San Ignacio, los perros no sintieron mucho.

* * *

Fragoso había logrado por fin trasladarse allá en el fondo de la colonia. El monte, entretejido de tacuapí, denunciaba tierra excelente; y aquellas inmensas madejas de bambú, tendidas en el suelo con el machete debían de preparar magníficos rozados.

Cuando Fragoso se instaló, el tacuapí comenzaba a secarse. Rozó y quemó rápidamente un cuarto de hectárea, confiando en algún milagro de lluvia. El tiempo se descompuso, en efecto; el cielo blanco se tornó plomo, y en las horas más calientes se transparentaban en el horizonte lívidas orlas de cúmulos. El termómetro a treinta y nueve y el viento Norte soplando con furia trajeron al fin doce milímetros de agua, que Fragoso aprovechó para su maíz, muy contento. Lo vio nacer, lo vio crecer magníficamente hasta cinco centímetros. Pero nada más.

En el tacuapí, bajo él y alimentándose acaso de sus brotos, viven infinidad de roedores. Cuando aquél se seca, sus huéspedes se desbandan, el hambre los lleva forzosamente a las plantaciones; y de este modo, los tres perros de Fragoso, que salían una noche, volvieron en seguida restregándose el hocico mordido. Fragoso mató esa misma noche cuatro ratas que asaltaban su lata de grasa.

Yaguaí no estaba allí. Pero a la noche siguiente él y sus compañeros se internaban en el monte (aunque el *fox-terrier* no corría tras el rastro, sabía perfectamente desenfundar tatús[21] y hallar nidos de urúes), cuando el primero se sorprendió del rodeo que efectuaban sus compañeros para no cruzar el rozado. *Yaguaí* avanzó por este, no obstante; y un momento después lo mordían en una pata, mientras rápidas sombras corrían a todos lados.

Yaguaí vio lo que era, e instantáneamente, en plena barbarie de bosque tropical y miseria, surgieron los ojos brillantes, el rabo alto y duro y la actitud batalladora del admirable perro inglés. Hambre, humillación, vicios adquiridos, todo se borró en un segundo ante las ratas que salían de todas partes. Y cuando volvió por fin a echarse ensangrentado, muerto de fatiga, tuvo que saltar tras la ratas hambrientas que invadían literalmente el rancho.

Fragoso quedó encantado de aquella brusca energía de nervios y músculos que no recordaba más, y subió a su memoria el recuerdo del viejo combate con la irara; era la misma mordida sobre la cruz; un golpe seco de mandíbula y otra rata.

Comprendió también de dónde provenía aquella nefasta invasión y con larga serie de juramentos en voz alta dio su maizal por perdido. ¿Qué podia hacer *Yaguaí* solo? Fue al rozado, acariciando al *fox-terrier* y silbó a sus perros; pero apenas los rastreadores de tigres sentían los dientes de las ratas en el hocico chillaban, restregándolo a dos patas. Fragoso y *Yaguaí* hicieron solos el gasto de la jornada, y si el primero sacó de ella la muñeca dolorida, el segundo echaba al respirar burbujas sanguinolentas por la nariz.

En doce días, a pesar de cuanto hicieron Fragoso y el *fox-terrier* para salvarlo, el rozado estaba perdido. Las ratas, al igual que las martinetas, saben muy bien desenterrar el grano adherido aún a la plantita. El tiempo, otra vez de fuego, no permitía ni la sombra de nueva plantación, y Fragoso se vio forzado a ir a San Ignacio en busca de trabajo, llevando al mismo tiempo su perro a Cooper, que él no podía ya entretener poco ni mucho. Lo hacía con verdadera pena, pues las últimas aventuras, colocando al *fox-terrier* en su verdadero teatro de caza, habían levantado muy alto la estima del cazador por el perrito blanco.

En el camino el *fox-terrier* oyó, lejanas, las explosiones de los pajonales del Yabebirí ardiendo con la sequía; vio a la vera del bosque a las vacas que, soportando la nube de tábanos, empujaban los catiguás con el pecho, avanzando montadas sobre el tronco arqueado hasta alcanzar las hojas. Vio rígidas tunas del monte tropical dobladas como velas, y sobre el brumoso horizonte de las tardes de treinta y ocho a cuarenta, volvió a ver el sol cayendo asfixiado en un círculo rojo y mate.

Media hora después entraban en San Ignacio, y siendo ya tarde para llegar a lo de Cooper, Fragoso aplazó para la mañana siguiente su visita. Los tres perros, aunque muertos de hambre, no se aventuraron mucho a merodear en país desconocido, con excepción de *Yaguaí*, al que el recuerdo, bruscamente despierto, de las viejas carreras delante del caballo de Cooper, llevaba en línea recta a casa de su amo.

* * *

Las circunstancias anormales por que pasaba el país con la sequía de cuatro meses—y es preciso saber lo que esto supone en

Misiones—hacía que los perros de los peones, ya famélicos en tiempo de abundancia, llevaran sus pillajes nocturnos a un grado intolerable. En pleno día, Cooper había tenido ocasión de perder tres gallinas, arrebatadas por los perros hacia el monte. Y si se recuerda que el ingenio de un poblador haragán llega a enseñar a sus cachorros esta maniobra para aprovecharse ambos de la presa, se comprenderá que Cooper perdiera la paciencia, descargando irremisiblemente su escopeta sobre todo ladrón nocturno. Aunque no usaba sino perdigones, la lección era asimismo dura.

Así, una noche, en el momento que se iba a acostar, percibió su oído alerta el ruido de las uñas enemigas tratando de forzar el tejido de alambre. Con un gesto de fastidio descolgó la escopeta y saliendo afuera vio una mancha blanca que avanzaba dentro del patio. Rápidamente hizo fuego, y a los aullidos traspasantes del animal arrastrándose sobre las patas traseras, tuvo un fugitivo sobresalto, que no pudo explicar y se desvaneció en seguida. Llegó hasta el lugar, pero el perro había desaparecido ya, y entró de nuevo.

—¿Qué fue, papá?—le preguntó desde la cama su hija—. ¿Un perro?

—Sí—repuso Cooper colgando la escopeta—. Le tiré un poco de cerca.

—¿Grande el perro, papá?

—No, chico.

Pasó un momento.

—¡Pobre *Yaguaí!*—prosiguió Julia—. ¡Cómo estará!

Súbitamente Cooper recordó la impresión sufrida al oír aullar al perro: algo de su *Yaguaí* había allí . . . Pero pensando también en cuán remota era esa posibilidad, se durmió.

Fue a la mañana siguiente, muy temprano, cuando Cooper, siguiendo el rastro de sangre, halló a *Yaguaí* muerto al borde del pozo del bananal.

De pésimo humor volvió a la casa, y la primera pregunta de Julia fue por el perro chico.

—¿Murió, papá?

—Sí, allá en el pozo . . ., es *Yaguaí.*

Cogió la pala, y seguido de sus dos hijos, consternados, fue al pozo. Julia, después de mirar un momento inmóvil, se acercó despacio a sollozar junto al pantalón de Cooper.

—¡Qué hiciste, papá!

—No sabía, chiquita . . . Apártate un momento.

En el bananal enterró a su perro, apisonó la tierra encima y regresó profundamente disgustado, llevando de la mano a sus dos chicos, que lloraban despacio²² para que su padre no los sintiera.

NOTES

1. **para honor de la raza:** "for the honour of his breed"
2. **a pesar de . . . casa:** "despite having the whole house against him"
3. **cuando a la depresión . . . aire:** "when low atmospheric pressure was accompanied by no wind"
4. **Yaguaí apreciaba . . . paso:** "Yaguaí fully appreciated the cooling wind that passed over his trembling tongue." This is a difficult sentence to convey in good English
5. **de buena cuna;** of good pedigree
6. **son singularmente . . . refiera:** Again the Spanish is clumsy. Quiroga means that fox-terriers are deceptive when they seem to have settled down for a good rest. In this case, despite its apparent exhaustion, Yaguaí goes to catch lizards
7. **pues siendo . . . punta:** "it was first dynamited by a professional, then an amateur had finished it off with a pointed spade"

8. **una travesía a nado:** "a swim right across"
9. **si bien . . . caza:** "even though their admiration went no further than the hunting scene", i.e. they did not appreciate the dog's true qualities
10. **la caza a la carrera:** "the chase"
11. **en una obstinación de viento Norte:** "with a persistent north wind"
12. **mandioca:** bush native to America from whose roots flour is extracted. See also p. 55 *mandiocal:* mandioca field
13. **apereá, agutí:** rodents native to America
14. **tateto:** probably from Guaraní *tatueté,* armadillo
15. **entre cruz y pescuezo:** between the withers and the neck. Yaguaí thus knows exactly where to bite in order to kill
16. **Yabebirí:** see atlas
17. **dos platos encimados:** "two dishes placed one on top of the other"

18. **las guascas ensebadas:**
guascas are leather thongs
used for reins and whips.
These are greased, *ensebadas*,
and the dog is so hungry
that he licks off the grease

19. **San Ignacio:** see atlas

20. **en un paso...metros:** "at
a crossing where, at the
normal water-level, the bottom is not touched at less
than three metres"

21. **desenfundar tatús:** *tatú* is a
type of armadillo. *Desenfundar* means to take something out of a cover. Here
the meaning would be
something like "to shell the
armadillo"

22. **despacio** which normally
means slow is here used with
the meaning of softly

ANACONDA*

I

Eran las diez de la noche y hacía un calor sofocante. El tiempo cargado pesaba sobre la selva, sin un soplo de viento. El cielo de carbón se entreabría de vez en cuando en sordos relámpagos de un extremo a otro del horizonte; pero el chubasco silbante del sur estaba aún lejos.

Por un sendero de vacas en pleno espartillo blanco, avanzaba Lanceolada,[1] con la lentitud genérica de las víboras. Era una hermosísima yarará, de un metro cincuenta, con los negros ángulos de su flanco bien cortados en sierra, escama por escama.[2] Avanzaba tanteando la seguridad del terreno con la lengua, que en los ofidios reemplaza perfectamente a los dedos.

Iba de caza. Al llegar a un cruce de senderos se detuvo, se arrolló prolijamente[3] sobre sí misma, removióse aún un momento acomodándose y después de bajar la cabeza al nivel de sus anillos, asentó la mandíbula inferior y esperó inmóvil.

Minuto tras minuto esperó cinco horas. Al cabo de este tiempo continuaba en igual inmovilidad. ¡Mala noche! Comenzaba a romper el día e iba a retirarse, cuando cambió de idea. Sobre el cielo lívido del este se recortaba una inmensa sombra.

—Quisiera pasar cerca de la Casa —se dijo la yarará—. Hace días que siento ruido, y es menester estar alerta . . .

Y marchó prudentemente hacia la sombra.

La casa a que hacía referencia Lanceolada era un viejo edificio de tablas rodeado de corredores y todo blanqueado. En torno se levantaban dos o tres galpones. Desde tiempo inmemorial el edificio había estado deshabitado. Ahora se sentían ruidos insólitos, golpes de fierros, relinchos de caballo, conjunto de cosas

* First published as "Un drama en la selva. El imperio de las víboras" 1' 12 April 1918 in *El cuento ilustrado*. Later included in *Anaconda*, Buenos Aires' 1921.

en que trascendía a la legua la presencia del Hombre.⁴ Mal
asunto . . .

Pero era preciso asegurarse y Lanceolada lo hizo mucho más
pronto de lo que hubiera querido.

Un inequívoco ruido de puerta abierta llegó a sus oídos. La
víbora irguió la cabeza, y mientras notaba que una fría claridad
en el horizonte anunciaba la aurora vio una angosta sombra, alta
y robusta, que avanzaba hacia ella. Oyó también el ruido de las
pisadas—el golpe seguro, pleno, enormemente distanciado que
denunciaba también a la legua al enemigo.

—¡ El Hombre! —murmuró Lanceolada. Y rápida como el
rayo se arrolló en guardia.⁵

La sombra estuvo sobre ella. Un enorme pie cayó a su lado, y
la yarará, con toda la violencia de un ataque al que jugaba la
vida, lanzó la cabeza contra aquello y la recogió a la posición
anterior.

El hombre se detuvo: había creído sentir un golpe en las botas.
Miró el yuyo a su rededor sin mover los pies de su lugar; pero
nada vio en la oscuridad apenas rota por el vago día naciente, y
siguió adelante.

Pero Lanceolada vio que la Casa comenzaba a vivir, esta vez
real y efectivamente con la vida del Hombre. La yarará emprendió la retirada a su cubil llevando consigo la seguridad de que
aquel acto nocturno no era sino el prólogo del gran drama a
desarrollarse en breve.

I I

Al día siguiente la primera preocupación de Lanceolada fue
el peligro que con la llegada del Hombre se cernía sobre la
Familia entera. Hombre y Devastación son sinónimos desde
tiempo inmemorial en el Pueblo entero de los Animales. Para las
Víboras⁶ en particular, el desastre se personificaba en dos horrores:
el machete escudriñando, revolviendo el vientre mismo de la
selva, y el fuego aniquilando el bosque en seguida, y con él los
recónditos cubiles.

Tornábase, pues, urgente, prevenir aquello. Lanceolada esperó la nueva noche para ponerse en campaña. Sin gran trabajo halló a dos compañeras, que lanzaron la voz de alarma. Ella, por su parte, recorrió hasta las doce los lugares más indicados para un feliz encuentro, con suerte tal que a las dos de la mañana el Congreso se hallaba, si no en pleno, por lo menos con mayoría de especies[7] para decidir qué se haría.

En la base de un murallón de piedra viva, de cinco metros de altura, y en pleno bosque, desde luego, existía una caverna disimulada por los helechos que obstruían casi la entrada. Servía de guarida desde mucho tiempo atrás a Terrífica, una serpiente de cascabel, vieja entre las viejas, cuya cola contaba treinta y dos cascabeles. Su largo no pasaba de un metro cuarenta, pero en cambio su grueso alcanzaba al de una botella. Magnífico ejemplar, cruzada de rombos amarillos; vigorosa, tenaz, capaz de quedar siete horas en el mismo lugar frente al enemigo, pronta a enderezar los colmillos con canal interno que son, como se sabe si no los más grandes, los más admirablemente constituidos de todas las serpientes venenosas.

Fue allí en consecuencia donde, ante la inminencia del peligro y presidido por la víbora de cascabel, se reunió el Congreso de las Víboras. Estaban allí, fuera de Lanceolada y Terrífica, las demás yararás[8] del país: la pequeña Coatiarita, benjamín de la Familia, con la línea rojiza de sus costados bien visibles y su cabeza particularmente afilada. Estaba allí, negligentemente tendida como si se tratara de todo menos de hacer admirar las curvas blancas y café de su lomo sobre largas bandas salmón, la esbelta Neuwied, dechado de belleza, y que había guardado para sí el nombre del naturalista que determinó su especie. Estaba Cruzada —que en el sur llaman víbora de la cruz—, potente y audaz rival de Neuwied en punto a belleza de dibujo. Estaba Atroz, de nombre suficientemente fatídico; y por último, Urutú Dorado, la yararacusú, disimulando discretamente en el fondo de la caverna sus ciento setenta centímetros de terciopelo negro cruzado oblicuamente por bandas de oro.

Es de notar que las especies del formidable género Lachesis, o yararás, a que pertenecían todas las congresales menos Terrífica, sostienen una vieja rivalidad por la belleza del dibujo y el color. Pocos seres, en efecto, tan bien dotados como ellos.

Según las leyes de las víboras, ninguna especie poco abundante y sin dominio real en el país puede presidir las asambleas del Imperio. Por esto Urutú Dorado, magnífico animal de muerte, pero cuya especie es más bien rara, no pretendía este honor, cediéndolo de buen grado a la víbora de cascabel, más débil, pero que abunda milagrosamente.

El Congreso estaba, pues, en mayoría, y Terrífica abrió la sesión.

—¡ Compañeras! —dijo—. Hemos sido todas enteradas por Lanceolada de la presencia nefasta del Hombre. Creo interpretar el anhelo de todas nosotras, al tratar de salvar nuestro Imperio de la invasión enemiga. Sólo un medio cabe, pues la experiencia nos dice que el abandono del terreno no remedia nada. Este medio, ustedes lo saben bien, es la guerra al Hombre, sin tregua ni cuartel, desde esta noche misma, a la cual cada especie aportará sus virtudes. Me halaga en esta circunstancia olvidar mi especificación humana: No soy ahora una serpiente de cascabel: soy una yarará, como ustedes. Las yararás, que tienen a la Muerte por negro pabellón. ¡Nosotras somos la Muerte, compañeras! Y entre tanto, que alguna de las presentes proponga un plan de campaña.

Nadie ignora, por lo menos en el Imperio de las Víboras, que todo lo que Terrífica tiene de largo en sus colmillos, lo tiene de corto en su inteligencia. Ella lo sabe también, y aunque incapaz por lo tanto de idear plan alguno, posee, a fuer de vieja reina, el suficiente tacto para callarse.

Entonces Cruzada, desperezándose, dijo:

—Soy de la opinión de Terrífica, y considero que mientras no tengamos un plan, nada podemos ni debemos hacer. Lo que lamento es la falta en este Congreso de nuestras primas sin veneno: las Culebras.

Se hizo un largo silencio. Evidentemente, la proposición no halagaba a las víboras. Cruzada se sonrió de un modo vago y continuó:

—Lamento lo que pasa . . . Pero quisiera solamente recordar esto: si entre todas nosotras pretendiéramos vencer a una culebra, no lo conseguiríamos. Nada más quiero decir.

—Si es por su resistencia al veneno —objetó perezosamente Urutú Dorado, desde el fondo del antro—, creo que yo sola me encargaría de desengañarlas . . .

—No se trata de veneno —replicó desdeñosamente Cruzada—. Yo también me bastaría . . . —agregó con una mirada de reojo a la yararacusú—. Se trata de su fuerza, de su destreza, de su nerviosidad, como quiera llamársele. Cualidades de lucha que nadie pretenderá negar a nuestras primas. Insisto en que en una campaña como la que queremos emprender las serpientes nos serán de gran utilidad; más: de imprescindible necesidad.

Pero la proposición desagradaba siempre.

—¿Por qué las culebras? —exclamó Atroz—. Son despreciables.

—Tienen ojos de pescado —agregó la presuntuosa Coatiarita.

—¡Me dan asco! —protestó desdeñosamente Lanceolada.

—Tal vez sea otra cosa la que te dan . . . —murmuró Cruzada mirándola de reojo.

—¿A mí? —silbó Lanceolada, irguiéndose—. ¡Te advierto que haces mala figura aquí, defendiendo a esos gusanos corredores!

—Si te oyen las Cazadoras . . . —murmuró irónicamente Cruzada.

Pero al oír este nombre, *Cazadoras*, la asamblea entera se agitó.

—¡No hay para qué decir eso! —gritaron—. ¡Ellas son culebras, y nada más!

—¡Ellas se llaman a sí mismas las Cazadoras! —replicó secamente Cruzada—. Y estamos en Congreso.

También desde tiempo inmemorial es fama entre las víboras la rivalidad particular de las dos yararás: Lanceolada, hija del extremo norte, y Cruzada, cuyo habitat se extiende más al sur. Cuestión de coquetería en punto a belleza —según las culebras.

—¡Vamos, vamos! —intervino Terrífica—. Que Cruzada explique para qué quiere la ayuda de las culebras, siendo así que no representan la Muerte como nosotras.

—¡ Para esto! —replicó Cruzada ya en calma—. Es indispensable saber qué hace el Hombre en la casa; y para ello se precisa ir hasta allá, a la casa misma. Ahora bien, la empresa no es fácil, porque si el pabellón de nuestra especie es la Muerte, el pabellón del Hombre es también la Muerte —y bastante más rápida que la nuestra. Las serpientes nos aventajan inmensamente en agilidad. Cualquiera de nosotras iría y vería. Pero ¿ volvería? Nadie mejor para esto que la Ñacaniná. Estas exploraciones forman parte de sus hábitos diarios, y podría, trepada al techo, ver, oír, y regresar a informarnos antes de que sea de día.

La proposición era tan razonable que esta vez la asamblea entera asintió, aunque con un resto de desagrado.

—¿ Quién va a buscarla? —preguntaron varias voces.

Cruzada desprendió la cola de un tronco y se deslizó afuera.

—¡ Voy yo! —dijo—. En seguida vuelvo.

—¡ Eso es! —le lanzó Lanceolada de atrás—. ¡ Tú que eres su protectora la hallarás en seguida!

Cruzada tuvo aún tiempo de volver la cabeza hacia ella, y le sacó la lengua —reto a largo plazo. '

III

Cruzada halló a la Ñacaniná cuando ésta trepaba a un árbol.

—¡ Eh, Ñacaniná! —llamó con un leve silbido.

La Ñacaniná oyó su nombre; pero se abstuvo prudentemente de contestar hasta nueva llamada.

—¡ Ñacaniná! —repitió Cruzada, levantando medio tono su silbido.

—¿ Quién me llama? —respondió la culebra.

—¡ Soy yo, Cruzada! . . .

—¡ Ah, la prima . . . ¿ Qué quieres, prima adorada?

—No se trata de bromas, Ñacaniná . . . ¿ Sabes lo que pasa en la Casa?

—Sí, que ha llegado el Hombre . . . ¿ Qué más?

—Y ¿ sabes que estamos en Congreso?

—¡Ah, no; esto no lo sabía! —repuso la Ñacaniná, deslizándose cabeza abajo contra el árbol, con tanta seguridad como si marchara sobre un plano horizontal—. Algo grave debe pasar para eso . . . ¿Qué ocurre?

—Por el momento, nada; pero nos hemos reunido en Congreso precisamente para evitar que nos ocurra algo. En dos palabras: se sabe que hay varios hombres en la Casa, y que se van a quedar definitivamente. Es la Muerte para nosotras.

—Yo creía que ustedes eran la Muerte por sí mismas . . . ¡No se cansan de repetirlo! —murmuró irónicamente la culebra.

—¡Dejemos esto! Necesitamos de tu ayuda, Ñacaniná.

—¿Para qué? ¡Yo no tengo nada que ver aquí!

—¿Quién sabe? Para desgracia tuya, te pareces bastante a nosotras, las Venenosas. Defendiendo nuestros intereses, defiendes los tuyos.

—¡Comprendo! —repuso la Ñacaniná después de un momento en el que valoró la suma de contingencias desfavorables para ella por aquella semejanza.

—Bueno; ¿contamos contigo?

—¿Qué debo hacer?

—Muy poco. Ir en seguida a la Casa, y arreglarte allí de modo que veas y oigas lo que pasa.

—¡No es mucho, no! —repuso negligentemente Ñacaniná, restregando la cabeza contra el tronco—. Pero es el caso —agregó — que allá arriba tengo la cena segura . . . Una pava del monte a la que desde anteayer se le ha puesto en el copete anidar allí.[10]

—Tal vez allá encuentres algo que comer —la consoló suavemente Cruzada. Su prima la miró de reojo.

—Bueno, en marcha —reanudó la yarará—. Pasemos primero por el Congreso.

—¡Ah, no! —protestó la Ñacaniná—. ¡Eso no! ¡Les hago a ustedes el favor, y en paz! Iré al Congreso cuando vuelva . . . si vuelvo. Pero ver antes de tiempo la cáscara rugosa de Terrífica, los ojos de ratón de Lanceolada y la cara estúpida de Coralina. ¡Eso, no!

—No está Coralina.

—¡No importa! Con el resto tengo bastante.

—¡Bueno, bueno! —repuso Cruzada, que no quería hacer hincapié—. Pero si no disminuyes un poco la marcha, no te sigo.

En efecto, aun a todo correr, la yarará no podía acompañar el deslizar —casi lento para ella— de la Ñacaniná.

—Quédate, ya estás cerca de las otras —contestó la culebra. Y se lanzó a toda velocidad, dejando en un segundo atrás a su prima Venenosa.

I V

Un cuarto de hora después la Cazadora llegaba a su destino. Velaban todavía en la casa. Por las puertas, abiertas de par en par, salían chorros de luz, y ya desde lejos la Ñacaniná pudo ver cuatro hombres sentados alrededor de la mesa.

Para llegar con impunidad sólo faltaba evitar el problemático tropiezo con un perro. ¿Los habría? Mucho lo temía Ñacaniná. Por esto deslizóse adelante con gran cautela, sobre todo cuando llegó ante el corredor.

Ya en él observó con atención. Ni enfrente, ni a la derecha, ni a la izquierda había perro alguno. Sólo allá, en el corredor opuesto y que la culebra podía ver por entre las piernas de los hombres, un perro negro dormía echado de costado.

La plaza, pues, estaba libre. Como desde el lugar en que se encontraba podía oír, pero no ver el panorama entero de los hombres hablando, la culebra, tras una ojeada arriba, tuvo lo que deseaba en un momento. Trepó por una escalera recostada a la pared bajo el corredor y se instaló en el espacio libre entre pared y techo, tendida sobre el tirante. Pero por más precauciones que tomara al deslizarse, un viejo clavo cayó al suelo y un hombre levantó los ojos.

—¡Se acabó! —se dijo Ñacaniná, conteniendo la respiración. Otro hombre miró también arriba.

—¿Qué hay? —preguntó.

—Nada —repuso el primero—. Me pareció ver algo negro por allá.

—Una rata.

—Se equivocó el Hombre —murmuró para sí la culebra.

—O alguna ñacaniná.

—Acertó el otro Hombre —murmuró de nuevo la aludida, aprestándose a la lucha.

Pero los hombres bajaron de nuevo la vista, y la Ñacaniná vio y oyó durante media hora.

V

La Casa, motivo de preocupación de la selva, habíase convertido en establecimiento científico de la más grande importancia. Conocida ya desde tiempo atrás la particular riqueza en víboras de aquel rincón del territorio, el Gobierno de la Nación había decidido la creación de un Instituto de Seroterapia Ofídica,[11] donde se prepararían sueros contra el veneno de las víboras. La abundancia de éstas es un punto capital, pues nadie ignora que la carencia de víboras de que extraer el veneno es el principal inconveniente para una vasta y segura preparación del suero.

El nuevo establecimiento podía comenzar casi en seguida, porque contaba con dos animales —un caballo y una mula— ya en vías de completa inmunización. Habíase logrado organizar el laboratorio y el serpentario. Este último prometía enriquecerse de un modo asombroso, por más que el Instituto hubiera llevado consigo no pocas serpientes venenosas —las mismas que servían para inmunizar a los animales citados. Pero si se tiene en cuenta que un caballo, en su último grado de inmunización, necesita seis gramos de veneno en cada inyección (cantidad suficiente para matar doscientos cincuenta caballos), se comprenderá que deba ser muy grande el número de víboras en disponibilidad que requiere un Instituto del género.

Los días, duros al principio, de una instalación en la selva, mantenían al personal superior del Instituto en vela hasta media noche, entre planes de laboratorio y demás.

—Y los caballos, ¿cómo están hoy? —preguntó uno, de lentes negros, y que parecía ser el jefe del Instituto.

—Muy caídos —repuso otro—. Si no podemos hacer una buena recolección en estos días . . .

La Ñacaniná, inmóvil sobre el tirante, ojos y oídos alerta, comenzaba a tranquilizarse.

—Me parece —se dijo— que las primas venenosas se han llevado un susto magnífico. De estos hombres no hay gran cosa que temer . . .

Y avanzando más la cabeza, a tal punto que su nariz pasaba ya de la línea del tirante, observó con más atención.

Pero un contratiempo evoca otro.

—Hemos tenido hoy un día malo —agregó alguno—. Cinco tubos de ensayo se han roto . . .

La Ñacaniná sentíase cada vez más inclinada a la compasión.

—¡Pobre gente! —murmuró—. Se les han roto cinco tubos . . .

Y se disponía a abandonar su escondite para explorar aquella inocente casa, cuando oyó:

—En cambio, las víboras están magníficas . . . Parece sentarles el país.

—¿Eh? —dio una sacudida la culebra, jugando velozmente con la lengua—. ¿Qué dice ese pelado de traje blanco?

Pero el hombre proseguía:

—Para ellas, sí, el lugar me parece ideal . . . Y las necesitamos urgentemente, los caballos y nosotros.

—Por suerte, vamos a hacer una famosa cacería de víboras en este país. No hay duda de que es el país de las víboras.

—Hum . . . , hum . . . , hum . . . —murmuró Ñacaniná, arrollándose en el tirante cuanto le fue posible—. Las cosas comienzan a ser un poco distintas . . . Hay que quedar un poco más con esta buena gente . . . Se aprenden cosas curiosas.

Tantas cosas curiosas oyó, que cuando, al cabo de media hora, quiso retirarse, el exceso de sabiduría adquirida le hizo hacer un falso movimiento, y la tercera parte de su cuerpo cayó, golpeando la pared de tablas. Como había caído de cabeza, en un instante la tuvo enderezada hacia la mesa, la lengua vibrante.

La Ñacaniná, cuyo largo puede alcanzar a tres metros, es valiente, con seguridad la más valiente de nuestras serpientes.

Resiste un ataque serio del hombre, que es inmensamente mayor que ella, y hace frente siempre. Como su propio coraje le hace creer que es muy temida, la nuestra se sorprendió un poco al ver que los hombres, enterados de lo que se trataba, se echaban a reír tranquilos.

—Es una ñacaniná... Mejor; así nos limpiará la casa de ratas.[12]

—¿Ratas?... —silbó la otra. Y como continuaba provocativa, un hombre se levantó al fin.

—Por útil que sea, no deja de ser un mal bicho... Una de estas noches la voy a encontrar buscando ratones dentro de mi cama...

Y cogiendo un palo próximo, lo lanzó contra la Ñacaniná a todo vuelo. El palo pasó silbando junto a la cabeza de la intrusa y golpeó con terrible estruendo la pared.

Hay ataque y ataque. Fuera de la selva, y entre cuatro hombres, la Ñacaniná no se hallaba a gusto. Se retiró a escape, concentrando toda su energía en la cualidad que, conjuntamente con el valor, forman sus dos facultades primas: la velocidad para correr.

Perseguida por los ladridos del perro, y aun rastreada buen trecho por éste —lo que abrió nueva luz respecto a las gentes aquéllas—, la culebra llegó a la caverna. Pasó por encima de Lanceolada y Atroz, y se arrolló a descansar, muerta de fatiga.

V I

—¡Por fin! —exclamaron todas, rodeando a la exploradora—. Creíamos que te ibas a quedar con tus amigos los Hombres...

—¡Hum!... —murmuró Ñacaniná.

—¿Qué nuevas nos traes? —preguntó Terrífica.

—¿Debemos esperar un ataque, o no tomar en cuenta a los Hombres?

—Tal vez fuera mejor esto... Y pasar al otro lado del río —repuso Ñacaniná.

—¿Qué?... ¿Cómo?... —saltaron todas—. ¿Estás loca?

—Oigan, primero.

—¡Cuenta, entonces!

Y Ñacaniná contó todo lo que había visto y oído: la instalación del Instituto Seroterápico, sus planes, sus fines y la decisión de los hombres de cazar cuanta víbora hubiera en el país.

—¡Cazarnos! —saltaron Urutú Dorado, Cruzada y Lanceolada, heridas en lo más vivo de su orgullo—. ¡Matarnos, querrás decir!

—¡No! ¡Cazarlas, nada más! Encerrarlas, darles bien de comer y extraerles cada veinte días el veneno. ¿Quieren vida más dulce?

La asamblea quedó estupefacta. Ñacaniná había explicado muy bien el fin de esta recolección de veneno; pero lo que no había explicado eran los medios para llegar a obtener el suero.

¡Un suero antivenenoso! Es decir, la curación asegurada, la inmunización de hombres y animales contra la mordedura; la familia entera condenada a perecer de hambre en plena selva natal.

—¡Exactamente! —apoyó Ñacaniná—. No se trata sino de esto.

Para la Ñacaniná, el peligro previsto era mucho menor. ¿Qué le importaba a ella y sus hermanas las cazadoras —a ellas, que cazaban a diente limpio,[13] a fuerza de músculos— que los animales estuvieran o no inmunizados? Un solo punto obscuro veía ella, y es el excesivo parecido de una culebra con una víbora, que favorecía confusiones mortales. De aquí el interés de la culebra en suprimir el Instituto.

—Yo me ofrezco a empezar la campaña —dijo Cruzada.

—¿Tienes un plan? —preguntó ansiosa Terrífica, siempre falta de ideas.

—Ninguno. Iré sencillamente mañana de tarde a tropezar con alguien.

—¡Ten cuidado! —le dijo Ñacaniná, con voz persuasiva—. Hay varias jaulas vacías... ¡Ah, me olvidaba! —agregó, dirigiéndose a Cruzada—. Hace un rato, cuando salí de allí... Hay un perro negro muy peludo... Creo que sigue el rastro de una víbora... ¡Ten cuidado!

—¡ Allá veremos! Pero pido que se llame a Congreso pleno para mañana de noche. Si yo no puedo asistir tanto peor ...

Mas la asamblea había caído en nueva sorpresa.

—¿ Perro que sigue nuestro rastro? ... ¿ Estás segura?

—Casi. ¡ Ojo con ese perro,[14] porque puede hacernos más daño que todos los hombres juntos!

—Yo me encargo de él —exclamó Terrífica, contenta de (sin mayor esfuerzo mental) poder poner en juego sus glándulas de veneno, que a la menor contracción nerviosa se escurría por el canal de los colmillos.

Pero ya cada víbora se disponía a hacer correr la palabra en su distrito,[15] y a Ñacaniná, gran trepadora, se le encomendó especialmente llevar la voz de alerta a los árboles, reino preferido de las culebras.

A las tres de la mañana la asamblea se disolvió. Las víboras, vueltas a la vida normal, se alejaron en distintas direcciones, desconocidas ya las unas para las otras, silenciosas, sombrías, mientras en el fondo de la caverna la serpiente de cascabel quedaba arrollada e inmóvil, fijando sus duros ojos de vidrio en un ensueño de mil perros paralizados.

VII

Era la una de la tarde. Por el campo de fuego, al resguardo de las matas de espartillo, se arrastraba Cruzada hacia la Casa. No llevaba otra idea, ni creía necesaria tener otra, que matar al primer hombre que se pusiera a su encuentro. Llegó al corredor y se arrolló allí, esperando. Pasó así media hora. El calor sofocante que reinaba desde tres días atrás comenzaba a pesar sobre los ojos de la yarará, cuando un temblor sordo avanzó desde la pieza. La puerta estaba abierta, y ante la víbora, a treinta centímetros de su cabeza, apareció el perro, el perro negro y peludo, con los ojos entornados de sueño.

—¡ Maldita bestia! ... —se dijo Cruzada—. Hubiera preferido un hombre ...

En ese instante el perro se detuvo husmeando, y volvió la cabeza ... ¡Tarde ya! Ahogó un aullido de sorpresa y movió desesperadamente el hocico mordido.

—Ya tiene éste su asunto listo ... —murmuró Cruzada, replegándose de nuevo. Pero cuando el perro iba a lanzarse sobre la víbora, sintió los pasos de su amo y se arqueó ladrando a la yarará. El hombre de los lentes ahumados apareció junto a Cruzada.

—¿Qué pasa? —preguntaron desde el otro corredor.

—Una alternatus.[16] Buen ejemplar —respondió el hombre. Y antes que la víbora hubiera podido defenderse, la víbora sintío estrangulada en una especie de prensa afirmada al extremo de un palo.

La yarará crujió de orgullo al verse así; lanzó su cuerpo a todos lados, trató en vano de recoger el cuerpo y arrollarlo en el palo. Imposible; le faltaba el punto de apoyo en la cola,[17] el famoso punto de apoyo sin el cual un poderoso boa se encuentra reducido a la más vergonzosa impotencia. El hombre la llevó así colgando, y fue arrojada en el Serpentario.

Constituíalo éste un simple espacio de tierra cercado con chapas de cinc liso, provisto de algunas jaulas, y que albergaba a treinta o cuarenta víboras. Cruzada cayó en tierra y se mantuvo un momento arrollada y congestionada bajo el sol de fuego.

La instalación era evidentemente provisoria; grandes y chatos cajones alquitranados servían de bañadera a las víboras, y varias casillas y piedras amontonadas ofrecían reparo a los huéspedes de ese paraíso improvisado.

Un instante después la yarará se veía rodeada y pasada por encima por cinco o seis compañeras que iban a reconocer su especie.

Cruzada las conocía a todas; pero no así a una gran víbora que se bañaba en una jaula cerrada con tejido de alambre. ¿Quién era? Era absolutamente desconocida para la yarará. Curiosa a su vez se acercó lentamente.

Se acercó tanto, que la otra se irguió. Cruzada ahogó un silbido de estupor, mientras caía en guardia, arrollada. La gran víbora acababa de hinchar el cuello, pero monstruosamente, como jamás había visto hacerlo a nadie. Quedaba realmente extraordinaria así.

—¿Quién eres? —murmuró Cruzada—. ¿Eres de las nuestras?

Es decir, venenosa. La otra, convencida de que no había habido intención de ataque en la aproximación de la yarará, aplastó sus dos grandes orejas.

—Si —repuso—. Pero no de aquí; muy lejos . . . de la India.

—¿Cómo te llamas?

—Hamadrías . . . o cobra capelo real.

—Yo soy Cruzada.

—Sí, no necesitas decirlo. He visto muchas hermanas tuyas ya . . . ¿Cuando te cazaron?

—Hace un rato . . . No pude matar.

—Mejor hubiera sido para ti que te hubieran muerto . . .

—Pero maté al perro.

—¿Qué perro? ¿El de aquí?

—Sí.

La cobra real se echó a reír, a tiempo que Cruzada tenía una nueva sacudida: el perro lanudo que creía haber matado estaba ladrando . . .

—¿Te sorprende, eh? —agregó Hamadrías—. A muchas les ha pasado lo mismo.

—Pero es que mordí en la cabeza . . . —contestó Cruzada, cada vez más aturdida—. No me queda una gota de veneno —concluyó—. Es patrimonio de las yararás vaciar casi en una mordida sus glándulas.[16]

—Para él es lo mismo que te hayas vaciado o no . . .

—¿No puede morir?

—Sí, pero no por cuenta nuestra . . . Está inmunizado. Pero tú no sabes lo que es esto . . .

—¡Sé! —repuso vivamente Cruzada—. Ñacaniná nos contó . . .

La cobra real la consideró entonces atentamente.

—Tú me pareces inteligente . . .

—¡Tanto como tú . . ., por lo menos! —replicó Cruzada.

El cuello de la asiática se expandió bruscamente de nuevo, y de nuevo la yarará cayó en guardia.

Ambas víboras se miraron largo rato, y el capuchón de la cobra bajó lentamente.

—Inteligente y valiente —murmuró Hamadrías—. A ti se te puede hablar . . . ¿ Conoces el nombre de mi especie?

—Hamadrías, supongo.

—O Naja búngaro . . . o Cobra capelo real.[19] Nosotras somos respecto de la vulgar cobra capelo de la India, lo que tú respecto de una de esas coatiaritas . . . Y ¿ sabes de qué nos alimentamos?

—No.

—De víboras americanas . . ., entre otras cosas —concluyó balanceando la cabeza ante Cruzada.

Esta apreció rápidamente el tamaño de la extranjera ofiófaga.

— ¿ Dos metros cincuenta? . . . —preguntó.

—Sesenta . . . dos sesenta, pequeña Cruzada —repuso la otra, que había seguido su mirada.

—Es un buen tamaño . . . Más o menos, el largo de Anaconda, una prima mía. ¿ Sabes de qué se alimenta?

—Sí, de víboras asiáticas —y miró a su vez a Hamadrías.

— ¡ Bien contestado! —repuso ésta, balanceándose de nuevo. Y después de refrescarse la cabeza en el agua, agregó perezosamente:

— ¿ Prima tuya, dijiste?

—Sí.

— ¿ Sin veneno, entonces?

—Así es . . . Y por esto justamente tiene gran debilidad por las extranjeras venenosas.

Pero la asiática no la escuchaba ya, absorta en sus pensamientos.

— ¡ Óyeme! —dijo de pronto—. Estoy harta de hombres, perros, caballos y de todo este infierno de estupidez y crueldad! Tú me puedes entender, porque lo que es ésas . . . Llevo año y medio encerrada en una jaula como si fuera una rata, maltratada, torturada periódicamente. Y, lo que es peor, despreciada, manejada como un trapo por viles hombres . . . Y yo, que tengo valor, fuerza y veneno suficientes para concluir con todos ellos, estoy condenada a entregar mi veneno para la preparación de sueros antivenenosos. ¡No te puedes dar cuenta de lo que esto supone para mi orgullo! ¿Me entiendes? —concluyó mirando en los ojos a la yarará.

—Sí —repuso la otra—. ¿Qué debo hacer?

—Una sola cosa; un solo medio tenemos de vengarnos hasta las heces:[20] Acércate, que no nos oigan . . . Tú sabes la necesidad absoluta de un punto de apoyo para poder desplegar nuestra fuerza. Toda nuestra salvación depende de esto. Solamente . . .

—¿Qué?

La cobra real miró otra vez fijamente a Cruzada.

—Solamente que puedes morir . . .

—¿Sola?

—¡Oh, no! *Ellos*, algunos de los hombres también morirán . . .

—¡Es lo único que deseo! Continúa.

—Pero acércate aún . . . ¡Más cerca!

El diálogo continuó un rato en voz tan baja, que el cuerpo de la yarará frotaba, descamándose, contra las mallas de alambre. De pronto, la cobra se abalanzó y mordió por tres veces a Cruzada. Las víboras, que habían seguido de lejos el incidente, gritaron:

—¡Ya está! ¡Ya la mató! ¡Es una traicionera!

Cruzada, mordida por tres veces en el cuello, se arrastró pesadamente por el pasto. Muy prontó quedó inmóvil, y fue a ella a quien ʌncontró el empleado del Instituto cuando, tres horas después, entró en el Serpentario. El hombre vio a la yarará, y empujándola con el pie, le hizo dar vuelta como a una soga y miró su vientre blanco.

—Está muerta, bien muerta . . . —murmuró—. Pero ¿de qué? —Y se agachó a observar a la víbora. No fue largo su examen: en el cuello y en la misma base de la cabeza notó huellas inequívocas de colmillos venenosos.

—¡Hum! —se dijo el hombre—. Esta no puede ser más que la hamadrías . . . Allí está, arrollada y mirándome como si yo fuera otra alternatus . . . Veinte veces le he dicho al director que las mallas del tejido son demasiado grandes. Ahí está la prueba . . .

En fin —concluyó, cogiendo a Cruzada por la cola y lanzándola por encima de la barrera de cinc—, ¡un bicho menos que vigilar!

Fue a ver al director:

—La hamadrías ha mordido a la yarará que introdujimos hace un rato. Vamos a extraerle muy poco veneno.

—Es un fastidio grande —repuso aquél—. Pero necesitamos para hoy el veneno... No nos queda más que un solo tubo de suero... ¿Murió la alternatus?

—Sí: la tiré afuera... ¿Traigo a la hamadrías?

—No hay más remedio... Pero para la segunda recolección, de aquí a dos o tres horas.

VIII

. . . .

... Se hallaba quebrantada, exhausta de fuerzas. Sentía la boca llena de tierra y sangre. ¿Dónde estaba?

El velo denso de sus ojos comenzaba a desvanecerse, y Cruzada alcanzó a distinguir el contorno. Vio —reconoció el muro de cinc, y súbitamente recordó todo: el perro negro, el lazo, la inmensa serpiente asiática y el plan de batalla de ésta en que ella misma, Cruzada, iba jugando su vida.[21] Recordaba todo, ahora que la parálisis provocada por el veneno comenzaba a abandonarla. Con el recuerdo, tuvo conciencia plena de lo que debía hacer. ¿Sería tiempo todavía?

Intentó arrastrarse, mas en vano; su cuerpo ondulaba, pero en el mismo sitio, sin avanzar. Pasó un rato aún y su inquietud crecía.

—¡Y no estoy sino a treinta metros! —murmuraba—. ¡Dos minutos, un solo minuto de vida, y llego a tiempo!

Y tras nuevo esfuerzo consiguió deslizarse, arrastrarse desesperada hacia el laboratorio.

Atravesó el patio, llegó a la puerta en el momento en que el empleado, con las dos manos, sostenía, colgando en el aire, la Hamadrías, mientras el hombre de los lentes ahumados le introducía el vidrio de reloj en la boca. La mano se dirigía a oprimir las glándulas, y Cruzada estaba aún en el umbral.

—¡No tendré tiempo! —se dijo desesperada. Y arrastrándose en un supremo esfuerzo, tendió adelante los blanquísimos colmillos. El peón, al sentir su pie descalzo abrasado por los dientes de la yarará, lanzó un grito y bailó. No mucho; pero lo suficiente para que el cuerpo colgante de la cobra real oscilara y alcanzase a la pata de la mesa, donde se arrolló velozmente. Y con ese punto de apoyo, arrancó su cabeza de entre las manos del peón y fue a clavar hasta la raíz los colmillos en la muñeca izquierda del hombre de lentes negros —justamente en una vena.

¡Ya estaba! Con los primeros gritos, ambas, la cobra asiática y la yarará, huían sin ser perseguidas.

—¡Un punto de apoyo! —murmuraba la cobra volando a escape por el campo—. Nada más que eso me faltaba. ¡Ya lo conseguí, por fin!

—Sí —corría la yarará a su lado, muy dolorida aún—. Pero no volvería a repetir el juego . . .

Allá, de la muñeca del hombre pendían dos negros hilos de sangre pegajosa. La inyección de una hamadrías en una vena es cosa demasiado seria para qué un mortal pueda resistirla largo rato con los ojos abiertos —y los del herido se cerraban para siempre a los cuatro minutos.

IX

El Congreso estaba en pleno. Fuera de Terrífica y Ñacaniná, y las yararás Urutú Dorado, Coatiarita, Neuwied, Atroz y Lanceolada, habían acudido Coralina —de cabeza estúpida, según Ñacaniná—, lo que no obsta para que su mordedura sea de las más dolorosas. Además es hermosa, incontestablemente hermosa con sus anillos rojos y negros.

Siendo, como es sabido, muy fuerte la vanidad de las víboras en punto de belleza, Coralina se alegraba bastante de la ausencia de su hermana Frontal, cuyos triples anillos negros y blancos sobre fondo de púrpura colocan a esta víbora de coral[22] en el más alto escalón de la belleza ofídica.

Las Cazadoras estaban representadas esa noche por Drimobia, cuyo destino es ser llamada yararacusú del monte, aunque su aspecto sea bien distinto. Asistían Cipó, de un hermoso verde y gran cazadora de pájaros; Radínea, pequeña y oscura, que no abandona jamás los charcos; Boipeva, cuya característica es achatarse completamente contra el suelo, apenas se siente amenazada; Trigémina, culebra de coral, muy fina de cuerpo, como sus compañeras arborícolas,[23] y por último Esculapia, cuya entrada, por razones que se verá en seguida, fue acogida con generales miradas de desconfianza.

Faltaban asimismo varias especies de las venenosas y las cazadoras, ausencia ésta que requiere una aclaración.

Al decir Congreso pleno, hemos hecho referencia a la gran mayoría de las especies, y sobre todo de las que se podría llamar *reales* por su importancia. Desde el primer Congreso de las Víboras se acordó que las especies numerosas, estando en mayoría, podían dar carácter de absoluta fuerza a sus decisiones. De aquí la plenitud del Congreso actual, bien que fuera lamentable la ausencia de la yarará Surucucú, a quien no había sido posible hallar por ninguna parte; hecho tanto más de sentir cuanto que esta víbora, que puede alcanzar a tres metros, es, a la vez la que reina en América, viceemperatriz del Imperio Mundial de las Víboras, pues sólo una la aventaja en tamaño y potencia de veneno; la hamadrías asiática.

Alguna faltaba —fuera de Cruzada—; pero las víboras todas afectaban no darse cuenta de su ausencia.

A pesar de todo, se vieron forzadas a volverse al ver asomar por entre los helechos una cabeza de grandes ojos vivos.

—¿Se puede? —decía la visitante alegremente.

Como si una chispa eléctrica hubiera recorrido todos los cuerpos, las víboras irguieron la cabeza al oír aquella voz.

—¿Qué quieres aquí? —gritó Lanceolada con profunda irritación.

—¡Este no es tu lugar! —exclamó Urutú Dorado, dando por primera vez señales de vivacidad.

—¡Fuera! ¡Fuera! —gritaron varias con intenso desasosiego. Pero Terrífica, con silbido claro, aunque trémulo, logró hacerse oír.

—¡Compañeras! No olviden que estamos en Congreso, y todas conocemos sus leyes: nadie, mientras dure, puede ejercer acto alguno de violencia. ¡Entra, Anaconda!

—¡Bien dicho! —exclamó Ñacaniná con sorda ironía—. Las nobles palabras de nuestra reina nos aseguran. ¡Entra, Anaconda!

Y la cabeza viva y simpática de Anaconda avanzó, arrastrando tras de sí dos metros cincuenta de cuerpo oscuro y elástico. Pasó ante todas, cruzando una mirada de inteligencia con la Ñacaniná, y fue a arrollarse, con leves silbidos de satisfacción, junto a Terrífica, quien no pudo menos de estremecerse.

—¿Te incomodo? —le preguntó cortésmente Anaconda.

—¡No, de ninguna manera! —contestó Terrífica—. Son las glándulas de veneno que me incomodan, de hinchadas . . .

Anaconda y Ñacaniná tornaron a cruzar una mirada irónica, y prestaron atención.

La hostilidad bien evidente de la asamblea hacia la recién llegada tenía un cierto fundamento, que no se dejará de apreciar. La Anaconda es la reina de todas las serpientes habidas y por haber, sin exceptuar al pitón malayo.[24] Su fuerza es extraordinaria, y no hay animal de carne y hueso capaz de resistir un abrazo suyo. Cuando comienza a dejar caer del follaje sus diez metros de cuerpo liso con grandes manchas de terciopelo negro, la selva entera se crispa y encoge. Pero la Anaconda es demasiado fuerte para odiar a sea quien fuere —con una sola excepción—, y esta conciencia de su valor le hace conservar siempre buena amistad con el hombre. Si a alguien detesta, es, naturalmente, a las serpientes venenosas; y de aquí la conmoción de las víboras ante la cortés Anaconda.

Anaconda no es, sin embargo, hija de la región. Vagabundeando en las aguas espumosas del Paraná había llegado, hasta allí con una gran creciente, y continuaba en la región muy contenta del país, en buena relación con todos, y en particular con la Ñacaniná, con quien había trabado viva amistad. Era, por lo demás, aquel ejemplar una joven Anaconda que distaba aún mucho de alcanzar a los diez metros de sus felices abuelos. Pero los dos metros cincuenta que medía ya valían por el doble, si se considera la fuerza de este magnífico boa,²⁵ que por divertirse al crepúsculo atraviesa el Amazonas entero con la mitad del cuerpo erguido fuera del agua.

Pero Atroz acababa de tomar la palabra ante la asamblea, ya distraída.

—Creo que podríamos comenzar ya —dijo—. Ante todo, es menester saber algo de Cruzada. Prometió estar aquí en seguida.

—Lo que prometió —intervino la Ñacaniná— es estar aquí cuando pudiera. Debemos esperarla.

—¿ Para qué? —replicó Lanceolada, sin dignarse volver la cabeza a la culebra.

—¿ Cómo para qué? —exclamó ésta, irguiéndose—. Se necesita toda la estupidez de una Lanceolada para decir esto . . . ¡ Estoy cansada ya de oír en este Congreso disparate tras disparate! ¡ No parece sino que las Venenosas representan a la Familia entera! Nadie, menos ésa —señaló con la cola a Lanceolada—, ignora que precisamente de las noticias que traiga Cruzada depende nuestro plan . . . ¿ Que para qué esperarla? . . . ¡ Estamos frescas²⁶ si las inteligencias capaces de preguntar esto dominan en este Congreso!

—No insultes —le reprochó gravemente Coatiarita.

La Ñacaniná se volvió a ella:

—¿ Y a ti, quién te mete en esto?

—No insultes —repitió la pequeña, dignamente.

Ñacaniná consideró al pundonoroso benjamín y cambió de voz.

—Tiene razón la minúscula prima —concluyó tranquila—; Lanceolada, te pido disculpa.

—¡ No es nada! —replicó con rabia la yarará.

—¡ No importa!; pero vuelvo a pedirte disculpa.

Felizmente, Coralina, que acechaba a la entrada de la caverna, entró silbando:

—¡ Ahí viene Cruzada!

—¡ Por fin! —exclamaron los congresales, alegres. Pero su alegría transformóse en estupefacción cuando, detrás de la yarará, vieron entrar a una inmensa víbora, totalmente desconocida de ellas.

Mientras Cruzada iba a tenderse al lado de Atroz, la intrusa se arrolló lenta y paulatinamente en el centro de la caverna y se mantuvo inmóvil.

—¡ Terrífica! —dijo Cruzada—. Dale la bienvenida. Es de las nuestras.

—¡ Somos hermanas! —se apresuró la de cascabel,[27] observándola inquieta.

Todas las víboras, muertas de curiosidad, se arrastraron hacia la recién llegada.

—Parece una prima sin veneno —decía una, con un tanto de desdén.

—Sí —agregó otra—. Tiene ojos redondos.

—Y cola larga.

—Y además ...

Pero de pronto quedaron mudas, porque la desconocida acababa de hinchar monstruosamente el cuello. No duró aquello más que un segundo; el capuchón se replegó, mientras la recién llegada se volvía a su amiga, con la voz alterada.

—Cruzada: diles que no se acerquen tanto ... No puedo dominarme.

—¡ Sí, déjenla tranquila! —exclamó Cruzada—. Tanto más —agregó— cuanto que acaba de salvarme la vida, y tal vez la de todas nosotras.

No era menester más. El Congreso quedó un instante pendiente de la narración de Cruzada, que tuvo que contarlo todo: el encuentro con el perro, el lazo del hombre de lentes ahumados, el magnífico plan de Hamadrías, con la catástrofe final, y el profundo sueño que acometío luego a la yarará hasta una hora antes de llegar.

—Resultado —concluyó—: dos hombres fuera de combate, y de los más peligrosos. Ahora no nos resta más que eliminar a los que quedan.

—¡O a los caballos! —dijo Hamadrías.

—¡O al perro! —agregó la Ñacaniná.

—Yo creo que a los caballos —insistió la cobra real—. Y me fundo en esto: mientras queden vivos los caballos, un solo hombre puede preparar miles de tubos de suero, con los cuales se inmunizarán contra nosotras. Raras veces —ustedes lo saben bien— se presenta la ocasión de morder una vena... como ayer. Insisto, pues, en que debemos dirigir todo nuestro ataque contra los caballos. ¡Después veremos! En cuanto al perro —concluyó con una mirada de reojo a la Ñacaniná—, me parece despreciable.

Era evidente que desde el primer momento la serpiente asiática y la Ñacaniná indígena habíanse disgustado mutuamente. Si la una, en su carácter de animal venenoso, representaba un tipo inferior para la Cazadora, esta última, a fuer de fuerte y ágil, provocaba el odio y los celos de Hamadrías. De modo que la vieja y tenaz rivalidad entre serpientes venenosas y no venenosas llevaba miras de exasperarse aún más en aquel último Congreso.

—Por mi parte —contestó Ñacaniná—, creo que caballos y hombres son secundarios en esta lucha. Por gran facilidad que podamos tener para eliminar a unos y otros no es nada esta facilidad comparada con la que puede tener el perro el primer día que se les ocurra dar una batida en forma,[28] y la darán, estén bien seguras, antes de veinticuatro horas. Un perro inmunizado contra cualquier mordedura, aun la de esta señora con sombrero en el cuello —agregó señalando de costado a la cobra real—, es el enemigo más temible que podamos tener, y sobre todo si se recuerda que ese enemigo ha sido adiestrado a seguir nuestro rastro. ¿Qué opinas, Cruzada?

No se ignora tampoco en el Congreso la amistad singular que unía a la víbora y la culebra; posiblemente, más que amistad, era aquello una estimación recíproca de su mutua inteligencia.

—Yo opino como Ñacaniná —repuso—. Si el perro se pone a trabajar, estamos perdidas.

—¡ Pero adelantémonos! —replicó Hamadrías.

—¡ No podríamos adelantarnos tanto!... Me inclino decidida-
mente por la prima.

—Estaba segura —dijo ésta tranquilamente.

Era esto más de lo que podía oír la cobra real sin que la ira
subiera a inundarle los colmillos de veneno.

—No sé hasta qué punto puede tener valor la opinión de esta
señorita conversadora —dijo, devolviendo a la Ñacaniná su
mirada de reojo—. El peligro real en esta circunstancia es para
nosotras, las Venenosas, que tenemos por negro pabellón a la
Muerte. Las culebras saben bien que el hombre no las teme,
porque son completamente incapaces de hacerse temer.

—¡ He aquí una cosa bien dicha! —dijo una voz que no
había sonado aún.

Hamadrías se volvió vivamente, porque en el tono tranquilo
de la voz había creído notar una vaguísima ironía, y vio dos
grandes ojos brillantes que la miraban apaciblemente.

—¿ A mí me hablas? —preguntó con desdén.

—Sí, a ti —repuso mansamente la interruptora—. Lo que has
dicho está empapado en profunda verdad.

La cobra real volvió a sentir la ironía anterior, y como por un
presentimiento, midió a la ligera con la vista el cuerpo de su
interlocutora, arrollada en la sombra.

—¡ Tú eres Anaconda!

—¡ Tú lo has dicho! —repuso aquélla inclinándose. Pero la
Ñacaniná quería una vez por todas aclarar las cosas.

—¡ Un instante! —exclamó.

—¡ No! —interrumpió Anaconda—. Permíteme, Ñacaniná.
Cuando un ser es bien formado, ágil, fuerte y veloz, se apodera de
su enemigo con la energía de nervios y músculos que constituye
su honor, como el de todos los luchadores de la creación. Así
cazan el gavilán, el gato onza, el tigre, nosotras, todos los seres de
noble estructura. Pero cuando se es torpe, pesado, poco inteligente e
incapaz, por lo tanto, de luchar francamente por la vida, entonces
se tiene un par de colmillos para asesinar a traición, como esa
dama importada que nos quiere deslumbrar con su gran sombrero.

En efecto, la cobra real, fuera de sí, había dilatado el monstruoso cuello para lanzarse sobre la insolente. Pero también el Congreso entero se había erguido amenazador al ver esto.

—¡Cuidado! —gritaron varias a un tiempo—. ¡El Congreso es inviolable!

—¡Abajo el capuchón! —alzóse Atroz, con los ojos hechos ascua.

Hamadrías se volvió a ella con un silbido de rabia.

—¡Abajo el capuchón! —se adelantaron Urutú Dorado y Lanceolada.

Hamadrías tuvo un instante de loca rebelión, pensando en la facilidad con que hubiera destrozado una tras otra a cada una de sus contrincantes. Pero ante la actitud de combate del Congreso entero, bajó el capuchón lentamente.

—¡Está bien! —silbó—. Respeto el Congreso. Pero pido que cuando se concluya . . . ¡no me provoquen!

—Nadie te provocará —dijo Anaconda.

La cobra se volvió a ella con reconcentrado odio:

—¡Y tú menos que nadie, porque me tienes miedo!

—¡Miedo yo! —contestó Anaconda, avanzando.

—¡Paz, paz! —clamaron todas de nuevo—. ¡Estamos dando un pésimo ejemplo! ¡Decidamos de una vez lo que debemos hacer!

—Sí, ya es tiempo de esto —dijo Terrífica—. Tenemos dos planes a seguir: el propuesto por Ñacaniná, y el de nuestra aliada. ¿Comenzamos el ataque por el perro, o bien lanzamos todas nuestras fuerzas contra los caballos?

Ahora bien, aunque la mayoría se inclinaba acaso a adoptar el plan de la culebra, el aspecto, tamaño e inteligencia demostrada por la serpiente asiática había impresionado favorablemente al Congreso en su favor. Estaba aún viva su magnífica combinación contra el personal del Instituto; y fuera lo que pudiere ser su nuevo plan, es lo cierto que se le debía ya la eliminación de dos hombres. Agréguese que, salvo la Ñacaniná y Cruzada, que habían estado ya en campaña, ninguna se había dado cuenta del terrible enemigo que había en un perro inmunizado y rastreador

de víboras. Se comprenderá así que el plan de la cobra real
triunfara al fin.

Aunque era ya muy tarde, era también cuestión de vida o
muerte llevar el ataque en seguida, y se decidió partir sobre la
marcha.

—¡Adelante, pues! —concluyó la de cascabel—. ¿Nadie
tiene nada más que decir?

—¡Nada...! —gritó la Ñacaniná—, ¡sino que nos arrepen-
tiremos!

Y las víboras y culebras, inmensamente aumentadas por los
individuos de las especies cuyos representantes salían de la
caverna, lanzáronse hacia el Instituto.

—¡Una palabra! —advirtió aún Terrífica—. Mientras dure
la campaña estamos en Congreso y somos inviolables las unas
para las otras! ¿Entendido?

—¡Sí, sí, basta de palabras! —silbaron todas. La cobra real,
a cuyo lado pasaba Anaconda, le dijo mirándola sombríamente:

—Después...

—¡Ya lo creo! —la cortó alegremente Anaconda, lanzándose
como una flecha a la vanguardia.

X

El personal del Instituto velaba al pie de la cama del peón
mordido por la yarará. Pronto debía amanecer. Un empleado se
asomó a la ventana por donde entraba la noche caliente y creyó
oír ruido en uno de los galpones. Prestó oído un rato y dijo:

—Me parece que es en la caballeriza... Vaya a ver, Fragoso.

El aludido encendió el farol de viento y salió, en tanto que los
demás quedaban atentos, con el oído alerta.

No había transcurrido medio minuto cuando sentían pasos
precipitados en el patio y Fragoso aparecía, pálido de sorpresa.

—¡La caballeriza está llena de víboras! —dijo.

—¿Llena? —preguntó el nuevo jefe—. ¿Qué es eso? ¿Qué
pasa?...

—No sé...

—Vayamos.

Y se lanzaron afuera.

—¡Daboy! ¡Daboy! —llamó el jefe al perro que gemía soñando bajo la cama del enfermo. Y corriendo todos entraron en la caballeriza.

Allí, a la luz del farol de viento, pudieron ver al caballo y a la mula debatiéndose a patadas contra sesenta u ochenta víboras que inundaban la caballeriza.[29] Los animales relinchaban y hacían volar a coces los pesebres; pero las víboras, como si las dirigiera una inteligencia superior, esquivaban los golpes y mordían con furia.

Los hombres, con el impulso de la llegada, habían caído entre ellas. Ante el brusco golpe de luz, las invasoras se detuvieron un instante, para lanzarse en seguida silbando a un nuevo asalto, que dada la confusión de caballos y hombres no se sabía contra quién iba dirigido.

El personal del Instituto se vio así rodeado por todas partes de víboras. Fragoso sintió un golpe de colmillos en el borde de las botas, a medio centímetro de su rodilla, y descargó su vara —vara dura y flexible que nunca falta en una casa de bosque— sobre el atacante. El nuevo director partió en dos a otra, y el otro empleado tuvo tiempo de aplastar la cabeza, sobre el cuello mismo del perro, a una gran víbora que acababa de arrollarse con pasmosa velocidad al pescuezo del animal.

Esto pasó en menos de diez segundos. Las varas caían con furioso vigor sobre las víboras que avanzaban siempre. mordían las botas, pretendían trepar por las piernas. Y en medio del relinchar de los caballos, los gritos de los hombres, los ladridos del perro y el silbido de las víboras, el asalto ejercía cada vez más presión sobre los defensores, cuando Fragoso, al precipitarse sobre una inmensa víbora que creyera reconocer, pisó sobre en cuerpo a toda velocidad y cayó, mientras el farol, roto en mil pedazos, se apagaba.

—¡Atrás! —gritó el nuevo director— ¡Daboy, aquí!

Y saltaron atrás, al patio, seguidos por el perro, que felizmente había podido desenredarse de entre la madeja de víboras.

Pálidos y jadeantes, se miraron.

—Parece cosa del diablo ... —murmuró el jefe—. Jamás he visto cosa igual ... ¿ Qué tienen las víboras de este país? Ayer, aquella doble mordedura, como matemáticamente combinada ... Hoy ... Por suerte ignoran que nos han salvado a los caballos con sus mordeduras... Pronto amanecerá, y entonces será otra cosa.

—Me pareció que allí andaba la cobra real —dejó caer Fragoso, mientras se ligaba los músculos doloridos de la muñeca.

—Sí —agregó el otro empleado—. Yo la vi bien ... Y Daboy, ¿ no tiene nada?

—No; muy mordido ... Felizmente puede resistir cuanto quieran.

Volvieron los hombres otra vez al enfermo, cuya respiración era mejor. Estaba ahora inundado en copiosa transpiración.

—Comienza a aclarar —dijo el nuevo director, asomándose a la ventana—. Usted, Antonio, podrá quedarse aquí. Fragoso y yo vamos a salir.

— ¿ Llevamos los lazos? —preguntó Fragoso.

—¡ Oh, no! —repuso el jefe, sacudiendo la cabeza—. Con otras víboras, las hubiéramos cazado a todas en un segundo. Éstas son demasiado singulares ... Las varas y, a todo evento, el machete.

X I

No singulares, sino víboras, que ante un inmenso peligro sumaban la inteligencia reunida de las especies, era el enemigo que había asaltado el Instituto Seroterápico.

La súbita oscuridad que siguiera al farol roto había advertido a las combatientes el peligro de mayor luz y mayor resistencia. Además, comenzaban a sentir ya en la humedad de la atmósfera la inminencia del día.

—Si nos quedamos un momento más —exclamó Cruzada—, nos cortan la retirada.[30] ¡ Atrás!

—¡ Atrás, atrás! —gritaron todas. Y atropellándose, pasándose las unas sobre las otras, se lanzaron al campo. Marchaban en tropel, espantadas, derrotadas, viendo con consternación que el día comenzaba a romper a lo lejos.

Llevaban ya veinte minutos de fuga, cuando un ladrido claro y agudo, pero distante aún, detuvo a la columna jadeante.

—¡Un instante! —gritó Urutú Dorado—. Veamos cuántas somos, y qué podemos hacer.

A la luz aún incierta de la madrugada examinaron sus fuerzas. Entre las patas de los caballos habían quedado dieciocho serpientes muertas, entre ellas las dos culebras de coral. Atroz había sido partida en dos por Fragoso, y Drimobia yacía allá con el cráneo roto, mientras estrangulaba al perro. Faltaban además Coatiarita, Radínea y Boipeva. En total, veintitrés combatientes aniquilados. Pero las restantes, sin excepción de una sola, estaban todas magulladas, pisadas, pateadas, llenas de polvo y sangre entre las escamas rotas.

—He aquí el éxito de nuestra campaña —dijo amargamente Ñacaniná, deteniéndose un instante a restregar contra una piedra su cabeza—. ¡Te felicito, Hamadrías!

Pero para sí sola se guardaba lo que había oído tras la puerta cerrada de la caballeriza —pues había salido la última. ¡En vez de matar, habían salvado la vida a los caballos, que se extenuaban precisamente por falta de veneno!

Sabido es que para un caballo que se está inmunizando, el veneno le es tan indispensable para su vida diaria como el agua misma y muere si le llega a faltar.

Un segundo ladrido de perro sobre el rastro sonó tras ellas.

—¡Estamos en inminente peligro! —gritó Terrífica—. ¿Qué hacemos?

—¡A la gruta! —clamaron todas, deslizándose a toda velocidad.

—¡Pero, están locas! —gritó la Ñacaniná, mientras corría—. ¡Las van a aplastar a todas! ¡Van a la muerte! Óiganme: ¡desbandémonos!

Las fugitivas se detuvieron, irresolutas. A pesar de su pánico, algo les decía que el desbande era la única medida salvadora, y miraron alocadas a todas partes. Una sola voz de apoyo, una sola, y se decidían.

Pero la cobra real, humillada, vencida en su segundo esfuerzo de dominación, repleta de odio para un país que en adelante debía serle eminentemente hostil, prefirió hundirse del todo, arrastrando con ella a las demás especies.[31]

—¡Está loca Ñacaniná —exclamó—. Separándonos no... Allá es distinto. ¡A la caverna!

—¡Sí, a la caverna! —respondió la columna despavorida, huyendo. ¡A la caverna!

La Ñacaniná vio aquello y comprendió que iban a la muerte. Pero viles, derrotadas, locas de pánico, las víboras iban a sacrificarse, a pesar de todo. Y con una altiva sacudida de lengua, ella que podía ponerse impunemente a salvo por su velocidad, se dirigió como las otras directamente a la muerte.

Sintió así un cuerpo a su lado, y se alegró al reconocer a Anaconda.

—Ya ves —le dijo con una sonrisa— a lo que nos ha traído la asiática.

—Sí, es un mal bicho... —murmuró Anaconda, mientras corrían una junto a otra.

—¡Y ahora las lleva a hacerse masacrar todas juntas!

—Ella, por lo menos —advirtió Anaconda con voz sombría—, no va a tener ese gusto...

Y ambas, con un esfuerzo de velocidad, alcanzaron a la columna.

Ya habían llegado.

—¡Un momento! —se adelantó Anaconda, cuyos ojos brillaban—. Ustedes lo ignoran, pero yo lo sé con certeza, que dentro de diez minutos no va a quedar viva una de nosotras. El Congreso y sus leyes están, pues, ya concluidos. ¿No es eso, Terrífica?

Se hizo un largo silencio.

—Sí —murmuró abrumada Terrífica—. Está concluido...

—Entonces —prosiguió Anaconda volviendo la cabeza a todos lados—, antes de morir quisiera... ¡Ah, mejor así! —concluyó satisfecha al ver a la cobra real que avanzaba lentamente hacia ella.

No era aquel probablemente el momento ideal para un combate. Pero desde que el mundo es mundo, nada, ni la presencia del Hombre sobre ellas, podrá evitar que una Venenosa y una Cazadora solucionen sus asuntos particulares.

El primer choque fue favorable a la cobra real: sus colmillos se hundieron hasta la encía en el cuello de Anaconda. Esta, con la maravillosa maniobra de las boas de devolver en ataque una cogida casi mortal, lanzó su cuerpo adelante como un látigo y envolvió en él a la Hamadrías, que en un instante se sintió ahogada. El boa, concentrando toda su vida en aquel abrazo, cerraba progresivamente sus anillos de acero; pero la cobra real no soltaba presa.[32] Hubo aún un instante en que Anaconda sintió crujir su cabeza entre los dientes de la Hamadrías. Pero logró hacer un supremo esfuerzo, y este postrer relámpago de voluntad decidió la balanza a su favor. La boca de la cobra semiasfixiada se desprendió babeando, mientras la cabeza libre de Anaconda hacía presa en el cuerpo de la Hamadrías.

Poco a poco, segura del terrible abrazo con que inmovilizaba a su rival, su boca, fue subiendo a lo largo del cuello, con cortas y bruscas dentelladas, en tanto que la cobra sacudía desesperada la cabeza. Los 96 agudos dientes de Anaconda subían siempre, llegaron al capuchón, treparon, alcanzaron la garganta, subieron aún, hasta que se clavaron por fin en la cabeza de su enemiga, con un sordo y larguísimo crujido de huesos masticados.

Ya estaba concluido. El boa abrió sus anillos, y el macizo cuerpo de la cobra real se escurrió pesadamente a tierra, muerta.

—Por lo menos estoy contenta... —murmuró Anaconda, cayendo a su vez exánime sobre el cuerpo de la asiática.

Fue en ese instante cuando las víboras oyeron a menos de cien metros el ladrido agudo del perro.

Y ellas, que diez minutos antes atropellaban aterradas la entrada de la caverna, sintieron subir a sus ojos la llamarada salvaje de la lucha a muerte por la Selva entera.

—¡Entremos! —agregaron, sin embargo, algunas.

—¡No, aquí! ¡Muramos aquí! —ahogaron todas con sus silbidos. Y contra el murallón de piedra que les cortaba toda

retirada, el cuello y la cabeza erguidos sobre el cuerpo arrollado,
los ojos hechos ascua, esperaron.

No fue larga su espera. En el día aún lívido y contra el fondo
negro del monte, vieron surgir ante ellas las dos altas siluetas del
nuevo director y de Fragoso, reteniendo en traílla al perro, que,
loco de rabia, se abalanzaba adelante.

—¡ Se acabó! ¡ Y esta vez definitivamente! —murmuró
Ñacaniná, despidiéndose con esas seis palabras de una vida
bastante feliz, cuyo sacrificio acababa de decidir. Y con un
violento empuje se lanzó al encuentro del perro, que, suelto y
con la boca blanca de espuma, llegaba sobre ellas. El animal
esquivó el golpe y cayó furioso sobre Terrífica, que hundió los
colmillos en el hocico del perro. Daboy agitó furiosamente la
cabeza, sacudiendo en el aire a la de cascabel; pero ésta no
soltaba.

Neuwied aprovechó el instante para hundir los colmillos en el
vientre del animal; mas también en ese momento llegaban los
hombres. En un segundo Terrífica y Neuwied cayeron muertas,
con los riñones quebrados.

Urutú Dorado fue partido en dos, y lo mismo Cipó. Lanceolada
logró hacer presa en la lengua del perro; pero dos segundos
después caía tronchada en tres pedazos por el doble golpe de
vara, al lado de Esculapia.

El combate, o más bien exterminio, continuaba furioso, entre
silbidos y roncos ladridos de Daboy, que estaba en todas partes.
Cayeron una tras otra, sin perdón —que tampoco pedían—,[33]
con el cráneo triturado entre las mandíbulas del perro o aplasta-
das por los hombres. Fueron quedando masacradas frente a la
caverna de su último Congreso. Y de las últimas, cayeron
Cruzada y Ñacaniná.

No quedaba una ya. Los hombres se sentaron, mirando aquella
total masacre de las especies, triunfantes un día. Daboy, jadeando
a sus pies, acusaba algunos síntomas de envenenamiento, a pesar
de estar poderosamente inmunizado. Había sido mordido 64 veces.

Cuando los hombres se levantaban para irse se fijaron por
primera vez en Anaconda, que comenzaba a revivir.

—¿Qué hace este boa por aquí? —dijo el nuevo director—. No es éste su país. A lo que parece, ha trabado relación con la cobra real, y nos ha vengado a su manera. Si logramos salvarla haremos una gran cosa, porque parece terriblemente envenenada. Llevémosla. Acaso un día nos salve a nosotros de toda esta chusma venenosa.

Y se fueron, llevando de un palo que cargaban en los hombros, a Anaconda, que, herida y exhausta de fuerzas, iba pensando en Ñacaniná, cuyo destino, con un poco menos de altivez, podía haber sido semejante al suyo.

Anaconda no murió. Vivió un año con los hombres, curioseando y observándolo todo, hasta que una noche se fue. Pero la historia de este viaje remontando por largos meses el Paraná hasta más del Guayra, más allá todavía del golfo letal donde el Paraná toma el nombre de río Muerto; la vida extraña que llevó Anaconda y el segundo viaje que emprendió por fin con sus hermanos sobre las aguas sucias de una gran inundación —toda esta historia de rebelión y asalto de camalotes, pertenece a otro relato.[34]

NOTES

1. **Lanceolada:** Shaped like a lance-head. This is one of the distinguishing features of the *yarará*, the extremely poisonous species to which this snake belongs

2. **bien cortados...escama:** "clearly serrated, scale upon scale"

3. **prolijamente:** "very carefully"

4. **conjunto...Hombre:** "a combination of things which betrayed a mile away the presence of Man"

5. **rápida...guardia:** "quick as lightning, she coiled herself in readiness"

6. **Víboras:** "poisonous snakes." The distinction between *víboras* and *culebras* (non-poisonous snakes) is important in the story

7. **si no en pleno...especies:** "if not in plenary session, at least with the majority of the species"

8. Coatiarita, Cruzada, Neuwied are all of the *yarará* species. Urutú Dorado, the yararacusú, is also of this species, the word *yarará* being of guaraní origin. The only other species of snake mentioned in this passage is *Terrífica*, the rattlesnake. Some of the names given to the snakes by Quiroga are adaptations of their scientific name. Thus the scientific

name for the *yarará* is Bothrops which includes the *Bothrops alternatus, Bothrops lanceolatus* and *Bothrops atrox*

9. **reto a largo plazo:** "a long-term challenge"

10. **que ... se le ha puesto en el copete anidar allí:** "who has taken it into her head to nest there"

11. **Instituto de Seroterapia Ofídica:** Snakebite Antidote Institute

12. **Es una ñacaniná ... ratas:** "It is a ñacaniná ... better; that way, it'll get rid of the rats from the house." Most encyclopedias refer to the ñacaniná as a very poisonous snake but it is evident from this story that it is quite harmless to man. See also note 14 where the species known as *cazadoras* are specifically referred to as non-poisonous

13. **que ... limpio:** "who hunted with their bare teeth", i.e. they did not depend on poison

14. **ojo con ese perro:** "Beware of that dog!"

15. **a hacer ... distrito:** "to spread the word in its territory"

16. **alternatus:** the Latin and scientific name of a type of *yarará*. See note 8.

17. **le faltaba el punto de apoyo en la cola:** "its point of support in the tail was missing"

18. **es patrimonio ... glándulas:** "It is the characteristic of the yararás to nearly empty their glands in a single bite"

19. **cobra capelo real:** Royal hooded cobra

20. **un solo medio ... heces:** "we have one single way of avenging ourselves thoroughly." Literally: "avenging ourselves to the dregs"

21. **iba jugando su vida:** "she was gambling with her life"

22. **víbora de coral:** "coral snake." One of the smallest and deadliest varieties

23. **arborícolas:** tree-dwelling varieties

24. **el pitón malayo:** "the Malayan python"

25. **boa:** the boa-constrictor, one of the largest of American snakes about whose great length and power many travellers' tales exist

26. **estamos frescas ...** "We're in a bad state ..."

27. **se apresuró ... cascabel:** "hurriedly (said) the one with the rattle", i.e. the rattle-snake

28. **el primer ... forma:** "the first day it occurs to them to make a thorough beat." Batida, "beat" is the term used in hunting when the ground is beaten in order to raise the game

29. **la mula ... caballeriza:** the mule kicking out in defence against sixty or eighty snakes who inundated the stables

30. **nos cortan la retirada:** "they will cut off our retreat"

31. **prefirió hundirse del todo, ... especies:** "she preferred to destroy herself completely, dragging all the other species with her"

32. **no soltaba presa:** (she) did not loosen her hold

33. **Cayeron ... pedían:** "One after another they fell with-

out mercy—which they did
not ask for, either—"

34. pertenece a otro relato:
Quiroga did in fact publish
another story about Ana-

conda under the title "El
Regreso", and this is in-
cluded in the collection,
Los desterrados

LOS FABRICANTES DE CARBÓN*[1]

Los DOS hombres dejaron en tierra el artefacto de cinc y se sentaron sobre él. Desde el lugar donde estaban, a la trinchera, había aún treinta metros y el cajón pesaba. Era ésa la cuarta detención —y la última—, pues muy próxima la trinchera alzaba su escarpa de tierra roja.

Pero el sol de mediodía pesaba también sobre la cabeza desnuda de los dos hombres. La cruda luz lavaba el paisaje en un amarillo lívido de eclipse, sin sombras ni relieves. Luz de sol meridiano, como el de Misiones, en que las camisas de los dos hombres deslumbraban.

De vez en cuando volvían la cabeza al camino recorrido, y la bajaban en seguida, ciegos de luz. Uno de ellos, por lo demás, ostentaba en las precoces arrugas y en las infinitas patas de gallo el estigma del sol tropical. Al rato ambos se incorporaron, empuñaron de nuevo la angarilla, y paso tras paso, llegaron por fin. Se tiraron entonces de espaldas a pleno sol, y con el brazo se taparon la cara.

El artefacto, en efecto, pesaba, cuanto pesan cuatro chapas galvanizadas de catorce pies, con el refuerzo de cincuenta y seis pies de hierro L y hierro T de pulgada y media.[2] Técnica dura,[3] ésta, pero que nuestros hombres tenían grabada hasta el fondo de la cabeza, porque el artefacto en cuestión era una caldera para fabricar carbón que ellos mismos habían construido, y la trinchera no era otra cosa que el horno de calefacción circular, obra también de su solo trabajo. Y, en fin, aunque los dos hombres estaban vestidos como peones y hablaban como ingenieros, no eran ni ingenieros ni peones.

* First published November 1918 in *Plus Ultra*, later included in *Anaconda*, Buenos Aires, 1921.

Uno se llamaba Duncan Dréver, y Marcos Rienzi, el otro. Padres ingleses e italianos, respectivamente, sin que ninguno de los dos tuviera el menor prejuicio sentimental hacia su raza de origen. Personificaban así un tipo de americano que ha espantado a Huret:[4] como tantos otros: el hijo de europeo que se ríe de su patria heredada con tanta frescura como de la suya propia.[5]

Pero Rienzi y Dréver, tirados de espaldas, el brazo sobre los ojos, no se reían en esa ocasión, porque estaban hartos de trabajar desde las cinco de la mañana y desde un mes atrás, bajo un frío de cero grados las más de las veces.

Esto era en Misiones. A las ocho, y hasta las cuatro de la tarde, el sol tropical hacía de las suyas,[6] pero apenas bajaba el sol, el termómetro comenzaba a caer con él, tan velozmente que se podía seguir con los ojos el descenso del mercurio. A esa hora el país comenzaba a helarse literalmente; de modo que los 30 grados del mediodía se reducían a cuatro a las ocho de la noche, para comenzar a las cuatro de la mañana el galope descendente: -1, -2, -3. La noche anterior había bajado a 4, con la consiguiente sacudida de los conocimientos geográficos de Rienzi, que no concluía de orientarse en aquella climatología de carnaval,[7] con la que poco tenían que ver los informes meteorológicos.

—Este es un país subtropical de calor asfixiante —decía Rienzi tirando el cortafierro quemante de frío y yéndose a caminar—. Porque antes de salir el sol, en la penumbra glacial del campo escarchado, un trabajo a fierro vivo despelleja las manos con harta facilidad.

Dréver y Rienzi, sin embargo, no abandonaron una sola vez su caldera en todo ese mes, salvo los días de lluvia, en que estudiaban modificaciones sobre el plano,[8] muertos de frío. Cuando se decidieron por la destilación en vaso cerrado,[9] sabían ya prácticamente a qué atenerse respecto de los diversos sistemas a fuego directo —incluso el de Schwartz—.[10] Puestos de firme en su caldera, lo único que no había variado nunca era su capacidad: 1.400 cm³. Pero forma, ajuste, tapas, diámetro del tubo de escape, condensador, todo había sido estudiado y reestudiado cien veces. De noche, al acostarse, se repetía siempre la misma escena. Hablaban un rato en la cama de a ó b, cualquier cosa que nada tenía que ver con su tarea del momento. Cesaba la conversación, porque tenían sueño. Así al menos lo creían ellos. A la hora de profundo silencio, uno levantaba la voz:

—Yo creo que diez y siete debe de ser bastante.

—Creo lo mismo —respondía en seguida el otro.

¿Diez y siete qué? Centímetros, remaches, días, intervalos, cualquier cosa. Pero ellos sabían perfectamente que se trataba de su caldera y a qué se referían.

Un día, tres meses atrás. Rienzi, había escrito a Dréver desde Buenos Aires, diciéndole que quería ir a Misiones. ¿Qué se podía hacer? El creía que a despecho de las aleluyas nacionales sobre la industrialización del país, una pequeña industria, bien entendida, podría dar resultado por lo menos durante la guerra. ¿Qué le parecía esto?

Dréver contestó: "Véngase, y estudiaremos el asunto carbón y alquitrán".

A lo que Rienzi repuso embarcándose para allá.

Ahora bien; la destilación a fuego de la madera[11] es un problema interesante de resolver, pero para el cual se requiere un capital bastante mayor del que podía disponer Dréver. En verdad, el capital de éste consistía en la leña de su monte, y el recurso de sus herramientas. Con esto, cuatro chapas que le habían sobrado al armar el galpón, y la ayuda de Rienzi, se podía ensayar.

Ensayaron, pues. Como en la destilación de la madera los gases no trabajaban a presión,[12] el material aquél les bastaba. Con hierros T para la armadura y L para las bocas, montaron la caldera rectangular de 4.20 x 0.70 metros. Fue un trabajo prolijo y tenaz, pues a más de las dificultades técnicas debieron contar con las derivadas de la escasez de material y de una que otra herramienta. El ajuste inicial, por ejemplo, fue un desastre: imposible pestañar aquellos bordes quebradizos, y poco menos que en el aire. Tuvieron, pues que ajustarla a fuerza de remaches, a uno por centímetro, lo que da 1.680 para la sola unión longitudinal de las chapas.[13] Y como no tenían remaches, cortaron 1.680 clavos —y algunos centenares más para la armadura.

Rienzi remachaba de afuera. Dréver, apretado dentro de la caldera, con las rodillas en el pecho, soportaba el golpe. Y los clavos, sabido es, sólo pueden ser remachados a costa de una gran paciencia que a Dréver, allá adentro, se le escapaba con rapidez vertiginosa. A la hora turnaban, y mientras Dréver salía acalambrado, doblado, incorporándose a sacudidas,[14] Rienzi entraba a poner su paciencia a prueba con las corridas del martillo por el contragolpe.

Tal fue su trabajo. Pero el empeño en hacer lo que querían fue asimismo tan serio, que los dos hombres no dejaron pasar un día sin machucarse las uñas. Con las modificaciones sabidas los días de lluvia, y los inevitables comentarios a medianoche.

No tuvieron en ese mes otra diversión —esto desde el punto de vista urbano— que entrar los domingos de mañana en el monte a punta de machete.[15] Dréver, hecho a aquella vida, tenía la muñeca bastante sólida para no cortar sino lo que quería; pero cuando Rienzi era quien abría monte, su compañero tenía buen cuidado de mantenerse atrás a cuatro o cinco metros. Y no que el punto de Rienzi fuera malo; pero el machete es cosa de un largo aprendizaje.

Luego, como distracción diaria, tenían la que les proporcionaba su ayudante, la hija de Dréver. Era ésta una rubia de cinco años, sin madre, porque Dréver había enviudado a los tres meses de estar allá. Él la había criado solo, con una paciencia infinitamente mayor que la que le pedían los remaches de la caldera. Dréver no tenía el carácter manso, y era difícil de manejar. De dónde aquel hombrón había sacado la ternura y la paciencia necesarias para criar solo y hacerse adorar de su hija, no lo sé; pero lo cierto es que cuando caminaban juntos al crepúsculo, se oían diálogos como éste:

—¡Piapiá![16]

—¡Mi vida...!

—¿Va a estar pronto tu caldera?

—Sí, mi vida.

—¿Y vas a destilar toda la leña del monte?

—No; vamos a ensayar, solamente.

—¿Y vas a ganar platita?

—No creo, chiquita.

—¡Pobre piapiacito querido! No podés[17] nunca ganar mucha plata.

—Así es . . .

—Pero vas a hacer un ensayo lindo, piapiá. ¡Lindo como vos, piapiacito querido!

—Sí, mi amor.

—¡Yo te quiero mucho, mucho, piapiá!

—Sí, mi vida . . .

Y el brazo de Dréver bajaba por sobre el hombro de su hija y la criatura besaba la mano dura y quebrada de su padre, tan grande que le ocupaba todo el pecho.

Rienzi tampoco era pródigo de palabras, y fácilmente podía considerárseles tipos inabordables. Mas la chica de Dréver conocía un poco a aquella clase de gente, y se reía a carcajadas del terrible ceño de Rienzi, cada vez que éste trataba de imponer con su entrecejo tregua a las diarias exigencias de su ayudante: vueltas de carnero en la gramilla, carreras a babucha, hamaca, trampolín, sube y baja, alambre carril—,[18] sin contar uno que otro jarro de agua a la cara de su amigo, cuando éste, a mediodía, se tiraba al sol sobre el pasto.

Dréver oía un juramento e inquiría la causa.

—¡Es la maldita viejita! —gritaba Rienzi—. No se le ocurre sino . . .

Pero ante la —bien que remota— probabilidad de una injusticia del padre, Rienzi se apresuraba a hacer las paces con la chica, la cual festejaba en cuclillas la cara lavada como una botella de Rienzi.[19]

Su padre jugaba menos con ella; pero seguía con los ojos el pesado galope de su amigo alrededor de la meseta, cargado con la chica en los hombros.

Era un terceto bien curioso el de los dos hombres de grandes zancadas y su rubia ayudante de cinco años, que iban, venían y volvían a ir de la meseta al horno. Porque la chica, criada y educada constantemente al lado de su padre, conocía una por una las herramientas, sabía qué presión, más o menos, se necesita para partir diez cocos juntos, y a qué olor se le puede llamar con propiedad de piroleñoso. Sabía leer, y escribía todo con mayúsculas.

Aquellos doscientos metros del bungalow al monte fueron recorridos a cada momento mientras se construyó el horno. Con paso fuerte de madrugada, o tardo a mediodía, iban y venían como hormigas por el mismo sendero, con las mismas sinuosidades y la misma curva para evitar el florecimiento de arenisca negra a flor de pasto.

Si la elección del sistema de calefacción les había costado, su ejecución sobrepasó con mucho lo concebido.

"Una cosa es en el papel, y otra en el terreno",[20] decía Rienzi con las manos en los bolsillos, cada vez que un laborioso cálculo sobre volumen de gases, toma de aire, superficie de la parrilla, cámaras de tiro, se les iba al diablo por la pobreza del material.

Desde luego, se les había ocurrido la cosa más arriesgada que quepa en asuntos de ese orden: calefacción en espiral para una caldera horizontal. ¿Por qué? Tenían ellos sus razones, y déjémoselas. Mas lo cierto es que cuando encendieron por primera vez el horno, y acto continuo el humo escapó de la chimenea, después de haberse visto forzado a descender cuatro veces bajo la caldera —al ver esto, los dos hombres se sentaron a fumar sin decir nada, mirando aquello con aire más bien distraído—, el aire de los hombres de carácter que ven el éxito de un duro trabajo en el que puso todas sus fuerzas.

¡Ya estaba, por fin! Las instalaciones accesorias —condensador de alquitrán y quemador de gases— eran un juego de niños. La condensación se dispuso en ocho bordalesas, pues no tenían agua; y los gases fueron enviados directamente al hogar. Con lo que la chica de Dréver tuvo ocasión de maravillarse de aquel grueso chorro de fuego que salía de la caldera donde no había fuego.

—¡ Qué lindo, piapiá! —exclamaba, inmóvil de sorpresa. Y con los besos de siempre a la mano de su padre:

—¡ Cuántas cosas sabés hacer, piapiacito querido!

Tras lo cual entraban en el monte a comer naranjas.

Entre las pocas cosas que Dréver tenía en este mundo —fuera de su hija, claro está— la de mayor valor era su naranjal, que no le daba renta alguna, pero que era un encanto de ver. Plantación original de los jesuitas, hace doscientos años, el naranjal había sido invadido y sobrepasado por el bosque, en cuyo "sous-bois",[21] digamos, los naranjos continuaban enervando el monte de perfume de azahar, que el crepúsculo llevaba hasta los senderos del campo. Los naranjos de Misiones no han conocido jamás enfermedad alguna. Costaría trabajo encontrar una naranja con una sola peca. Y como riqueza de sabor y hermosura aquella fruta no tiene rival.

De los tres visitantes, Rienzi era el más goloso. Comía fácilmente diez o doce naranjas, y cuando volvía a casa llevaba siempre una bolsa cargada al hombro. Es fama allá que una helada favorece a la fruta. En aquellos momentos, a fines de junio, eran ya un almíbar; lo cual reconciliaba un tanto a Rienzi con el frío.

Este frío de Misiones que Rienzi no esperaba y del cual no había oído hablar nunca en Buenos Aires, molestó las primeras hornadas de carbón ocasionándoles un gasto extraordinario de combustible.

En efecto, por razones de organización encendían el horno a las cuatro o cinco de la tarde. Y como el tiempo para una completa carbonización de la madera no baja normalmente de ocho horas, debían alimentar el fuego hasta las doce o la una de la mañana hundidos en el foso ante la roja boca del hogar, mientras a sus espaldas caía una mansa helada.[22] Si la calefacción sufría, la condensación se efectuaba a las mil maravillas en el aire de hielo, que les permitió obtener en el primer ensayo un 2 por 100 de alquitrán, lo que era muy halagüeño, vistas las circunstancias.

Uno u otro debía vigilar constantemente la marcha, pues el peón accidental[23] que les cortaba leña persistía en no entender aquel modo de hacer carbón. Observaba atentamente las diversas partes de la fábrica, pero sacudía la cabeza a la menor insinuación de encargarle el fuego.

Era un mestizo de indio[24], un muchachón flaco, de ralo bigote, que tenía siete hijos y que jamás contestaba de inmediato la más fácil pregunta sin consultar un rato el cielo, silbando vagamente. Después respondía: "Puede ser". En balde le habían dicho que diera fuego sin inquietarse hasta que la tapa opuesta de la caldera chispeara al ser tocada con el dedo mojado. Se reía con ganas, pero no aceptaba. Por lo cual el va y ven de la meseta al monte proseguía de noche, mientras la chica de Dréver, sola en el bungalow se entretenía tras los vidrios en reconocer, al relámpago del hogar, si era su padre o Rienzi quien atizaba el fuego.

Alguna vez, a algún turista que pasó de noche hacia el puerto a tomar el vapor que lo llevaría al Iguazú,[25] debió de extrañarse no poco de aquel resplandor que salía de bajo tierra, entre el humo y el vapor de los escapes: mucho de solfatara[26] y un poco de infierno, que iba a herir directamente la imaginación del peón indio.

La atención de éste era vivamente solicitada por la elección del combustible. Cuando descubría en su sector un buen "palo noble para el fuego" lo llevaba en su carretilla hasta el horno impasible, como si ignorara el tesoro que conducía. Y ante el halago de los foguistas, volvía indiferente la cabeza a otro lado —para sonreírse a gusto,[27] según decir de Rienzi.

Los dos hombres se encontraron así un día con tal *stock* de esencias muy combustibles, que debieron disminuir en el hogar la toma de aire, el que entraba ahora silbando y vibraba bajo la parrilla.

Entretanto, el rendimiento de alquitrán aumentaba. Anotaban los porcentajes en carbón, alquitrán y piroleñoso de las esencias más aptas, aunque todo *grosso modo*.[28] Pero lo que, en cambio, anotaron muy bien fueron los inconvenientes —uno por uno —de la calefacción circular para una caldera horizontal: en esto podían reconocerse maestros. El gasto de combustible poco les interesaba. Fuera de que con una temperatura de 0 grados, las más de las veces, no era posible cálculo alguno.

Ese invierno fue en extremo riguroso, y no sólo en Misiones. Pero desde fines de junio las cosas tomaron un cariz extraordinario, que el país sufrió hasta las raíces de su vida subtropical.

En efecto, tras cuatro días de pesadez y amenaza de gruesa tormenta, resuelta en llovizna de hielo y cielo claro al sur, el tiempo se serenó. Comenzó el frío, calmo y agudo, apenas sensible a mediodía, pero que a las cuatro mordía ya las orejas. El país pasaba sin transición de las madrugadas blancas al esplendor casi mareante de un mediodía invernal en Misiones, para helarse en la obscuridad a las primeras horas de la noche.

La primera mañana de ésas, Rienzi, helado de frío, salió a caminar de madrugada y volvió al rato tan helado como antes. Miró el termómetro y habló a Dréver que se levantaba.

—¿Sabe qué temperatura tenemos? Seis grados bajo cero.

—Es la primera vez que pasa esto —repuso Dréver.

—Así es —asintió Rienzi—. Todas las cosas que noto aquí pasan por primera vez.

Se refería al encuentro en pleno invierno con una yarará, y donde menos lo esperaba.

La mañana siguiente hubo siete grados bajo cero. Dréver llegó a dudar de su termómetro, y montó a caballo, a verificar la temperatura en casa de dos amigos, uno de los cuales atendía una pequeña estación meteorológica oficial. No había duda: eran efectivamente nueve grados bajo cero; y la diferencia con la temperatura registrada en su casa provenía de que estando la meseta de Dréver muy alta sobre el río y abierta al viento tenía siempre dos grados menos en invierno, y dos más en verano, claro está.

—No se ha visto jamás cosa igual —dijo Dréver, de vuelta, desensillando el caballo.

—Así es —confirmó Reinzi.

Mientras aclaraba al día siguiente, llegó al bungalow un muchacho con una carta del amigo que atendía la estación meteorológica. Decía así:

"Hágame el favor de registrar hoy la temperatura de su termómetro al salir el sol. Anteayer comuniqué la observada aquí, y anoche he recibido un pedido de Buenos Aires de que rectifique en forma la temperatura comunicada. Allá se ríen de los nueve grados bajo cero. ¿Cuánto tiene usted ahora?".

Dréver esperó la salida del sol; y anotó en la respuesta: "27 de junio: 9 grados bajo 0".

El amigo telegrafió entonces a la oficina central de Buenos Aires el registro de su estación: "27 de junio: 11 grados bajo 0."

Rienzi vio algo del efecto que puede tener tal temperatura sobre una vegetación casi de trópico; pero le estaba reservado para más adelante constatarlo de pleno. Entretanto, su atención y la de Dréver se vieron duramente solicitadas por la enfermedad de la hija de éste.

Desde una semana atrás la chica no estaba bien: (Esto, claro está, lo notó Dréver después, y constituyó uno de los entretenimientos de sus largos silencios.) Un poco de desgano, mucha sed, y los ojos irritados cuando corría.

Una tarde, después de almorzar, cuando al salir Dréver afuera encontró a su hija acostada en el suelo, fatigada. Tenía 39° de fiebre. Rienzi llegó un momento después, y la halló ya en cama, las mejillas abrasadas y la boca abierta.

—¿Qué tiene? —preguntó extrañado a Dréver.

—No sé... 39 y pico.

Rienzi se dobló sobre la cama.

—¡Hola, viejita! Parece que no tenemos alambre carril,[29] hoy.

La pequeña no respondió. Era característica de la criatura, cuando tenía fiebre, cerrarse a toda pregunta sin objeto y responder apenas con monosílabos secos, en que se transparentaba a la legua el carácter del padre.[30]

Esa tarde Rienzi se ocupó de la caldera, pero volvía de rato en rato a ver a su ayudante, que en aquel momento ocupaba un rinconcito rubio en la cama de su padre.

A las tres, la chica tenía 39,5 y 40 a las seis. Dréver había hecho lo que se debe hacer en esos casos, incluso el baño.

Ahora bien: bañar, cuidar y atender a una criatura de cinco años en una casa de tablas peor ajustada que una caldera, con un frío de hielo y por dos hombres de manos encallecidas, no es tarea fácil. Hay cuestiones de camisitas, ropas minúsculas, bebidas a horas fijas, detalles que están por encima de las fuerzas de un hombre. Los dos hombres, sin embargo, con los duros brazos arremangados, bañaron a la criatura y la secaron. Hubo, desde luego, que calentar el ambiente con alcohol; y en lo sucesivo, que cambiar los paños de agua fría en la cabeza.

La pequeña había condescendido a sonreírse mientras Rienzi le secaba los pies, lo que pareció a éste de buen augurio. Pero Dréver temía un golpe de fiebre perniciosa, que en temperamentos vivos no se sabe nunca adónde pueden llegar.

A las siete la temperatura subió a 40,8, para descender a 39 en el resto de la noche y montar de nuevo a 40,3 a la mañana siguiente.

—¡Bah! —decía Rienzi con aire despreocupado—. La viejita es fuerte, y no es esta fiebre la que la va a tumbar.

Y se iba a la caldera silbando, porque no era cosa de ponerse a pensar estupideces.

Dréver no decía nada. Caminaba de un lado para otro en el comedor, y sólo se interrumpía para entrar a ver a su hija. La chica, devorada de fiebre, persistía en responder con monosílabos secos a su padre.

—¿Cómo te sientes, chiquita?

—Bien.

—¿No tienes calor? ¿Quieres que te retire un poco la colcha?

—No.

—¿Quieres agua?

—No.

Y todo sin dignarse volver los ojos a él.

Durante seis días Dréver durmió un par de horas de mañana, mientras Rienzi lo hacía de noche. Pero cuando la fiebre se mantenía amenazante, Rienzi veía la silueta del padre detenido, inmóvil al lado de la cama, y se encontraba a la vez sin sueño. Se levantaba y preparaba café, que los dos hombres tomaban en el comedor. Instábanse mutuamente a descansar un rato, con un mudo encogimiento de hombros por común respuesta. Tras lo cual uno se ponía a recorrer por centésima vez el título de los libros, mientras el otro hacía obstinadamente cigarros en un rincón de la mesa.

Y los baños siempre, la calefacción, los paños fríos, la quinina. La chica se dormía a veces con una mano de su padre entre las suyas, y apenas éste intentaba retirarla, la criatura lo sentía y apretaba los dedos. Con lo cual Dréver se quedaba sentado, inmóvil, en la cama un buen rato; y como no tenía nada que hacer, miraba sin tregua la pobre carita extenuada de su hija.

Luego, delirio de vez en cuando, con súbitos incorporamientos sobre los brazos, Dréver la tranquilizaba, pero la chica rechazaba su contacto, volviéndose al otro lado. El padre recomenzaba entonces su paseo, e iba a tomar el eterno café de Rienzi.

—¿Qué tal? —preguntaba éste.

—Ahí va —respondía Dréver.

A veces, cuando estaba despierta, Rienzi se acercaba esforzándose en levantar la moral de todos, con bromas a la viejita que se hacía la enferma y no tenía nada.[31] Pero la chica, aun reconociéndolo, lo miraba seria, con una hosca fijeza de gran fiebre.

La quinta tarde Rienzi la pasó en el horno trabajando —lo que constituía un buen derivativo—. Dréver lo llamó por un rato y fue a su vez a alimentar el fuego, echando automáticamente leña tras leña en el hogar.

Esa madrugada la fiebre bajó más que de costumbre, bajó más a mediodía, y a las dos de la tarde la criatura estaba con los ojos cerrados, inmóvil, con excepción de un rictus intermitente del labio y de pequeñas conmociones que le salpicaban de tics el rostro. Estaba helada; tenía sólo 35°.

—Una anemia cerebral fulminante, casi seguro —respondió Dréver a una mirada interrogante de su amigo—. Tengo suerte...

Durante tres horas la chica continuó de espaldas con sus muecas cerebrales, rodeada y quemada por ocho botellas de agua hirviendo. Durante esas tres horas Rienzi caminó muy despacio por la pieza, mirando con el ceño fruncido la figura del padre sentado a los pies de la cama. Y en esas tres horas Dréver se dio cuenta precisa del inmenso lugar que ocupaba en su corazón aquella pobre cosita que le había quedado de su matrimonio, y que iba a llevar al día siguiente al lado de su madre.

A las cinco, Rienzi, en el comedor, oyó que Dréver se incorporaba; y con el ceño más contraído aún entró en el cuarto. Pero desde la puerta distinguió el brillo de la frente de la chica empapada en sudor, ¡ salvada!

—Por fin... —dijo Rienzi con la garganta estúpidamente apretada.

—¡ Sí, por fin! —murmuró Dréver.

La chica continuaba literalmente bañada en sudor. Cuando abrió al rato los ojos, buscó a su padre: y al verlo tendió los dedos hacia la boca de él. Rienzi se acercó entonces:

—¿ Y...? ¿ Cómo vamos, madamita?

La chica volvió los ojos a su amigo.

—¿ Me conoces bien ahora? ¿ A que no? [32]

—Sí...

—¿ Quién soy?

La criatura sonrió.

—Rienzi.

—¡ Muy bien! Así me gusta... No, no. Ahora, a dormir...

Salieron a la meseta, por fin.

—¡ Qué viejita! —decía Rienzi, haciendo con una vara largas rayas en la arena.

Dréver —seis días de tensión nerviosa con las tres horas finales son demasiado para un padre solo— se sentó en el sube y baja y echó la cabeza sobre los brazos. Y Rienzi se fue al otro lado del bungalow, porque los hombros de su amigo se sacudían.

La convalecencia comenzaba a escape desde ese momento. Entre taza y taza de café de aquellas largas noches. Rienzi había meditado que mientras no cambiaran los dos primeros vasos de condensación obtendrían siempre más brea de la necesaria. Resolvió, pues, utilizar dos grandes bordalesas en que Dréver había preparado su vino de naranja, y con la ayuda del peón, dejó todo listo al anochecer. Encendió el fuego, y después de confiarlo al cuidado de aquél, volvió a la meseta, donde tras los vidrios del bungalow los dos hombres miraron con singular placer el humo rojizo que tornaba a montar en paz.

Conversaban a las doce, cuando el indio vino a anunciarles que el fuego salía por otra parte; que se había hundido el horno. A ambos vino instantáneamente la misma idea.

—¿Abriste la toma de aire? —le preguntó Dréver.

—Abrí —repuso el otro.

—¿Qué leña pusiste?

—La carga que estaba allí allaité . . .

—¿Lapacho?

—Sí.

Rienzi y Dréver se miraron entonces y salieron con el peón.

La cosa era bien clara: la parte superior del horno estaba cerrada con dos chapas de cinc sobre traviesas de hierro L, y como capa aisladora habían colocado encima cinco centímetros de arena. En la primera sección de tiro, que las llamas lamían, habían resguardado el metal con una capa de arcilla sobre tejido de alambre; arcilla armada, digamos. [33]

Todo había ido bien mientras Rienzi o Dréver vigilaron el hogar. Pero el peón, para apresurar la calefacción en beneficio de sus patrones, había abierto toda la puerto del cenicero, precisamente cuando sostenía el fuego con lapacho. Y como el lapacho es a la llama lo que la nafta a un fósforo, [34] la altísima temperatura desarrollada había barrido con arcilla, tejido de alambre y la chapa misma, por cuyo boquete la llamarada ascendía apretada y rugiendo.

Es lo que vieron los dos hombres al llegar allá. Retiraron la leña del hogar, y la llama cesó; pero el boquete quedaba vibrando al rojo blanco, y la arena caída sobre la caldera enceguecía al ser revuelta.

Nada más había que hacer. Volvieron sin hablar a la meseta, y en el camino Dréver dijo:

—Pensar que con cincuenta pesos más hubiéramos hecho un horno en forma . . .

—¡Bah! —repuso Rienzi al rato—. Hemos hecho lo que debíamos hacer. Con una cosa concluida [35] no nos hubiéramos dado cuenta de una porción de cosas.

Y tras una pausa:

—Y tal vez hubiéramos hecho algo un poco *pour la galérie*.[36]..

—Puede ser —asintió Dréver.

La noche era muy suave, y quedaron un largo rato sentados fumando en el dintel del comedor.

Demasiado suave la temperatura. El tiempo descargó, y durante tres días y tres noches llovió con temporal del sur lo que mantuvo a los dos hombres bloqueados en el bungalow oscilante. Dréver approvechó el tiempo concluyendo un ensayo sobre creolina cuyo poder hormiguicida y parasiticida era por lo menos tan fuerte como el de la creolina a base de alquitrán de hulla. Rienzi, desganado, pasaba el día yendo de una puerta a otra a mirar el cielo.

Hasta que la tercer noche, mientras Dréver jugaba con su hija en las rodillas, Rienzi se levantó con las manos en los bolsillos y dijo:

—Yo me voy a ir. Ya hemos hecho aquí lo que podíamos. Si llega a encontrar unos pesos para trabajar en eso, avíseme y le puedo conseguir en Buenos Aires lo que necesite. Allá abajo, en el ojo del agua,[37] se pueden montar tres calderas ... Sin agua es imposible hacer nada. Escríbame, cuando consiga eso, y vengo a ayudarlo. Por lo menos —concluyó después de un momento— podemos tener el gusto de creer que no hay en el país muchos tipos que sepan lo que nosotros sobre carbón.

—Creo lo mismo —apoyó Dréver, sin dejar de jugar con su hija.

Cinco días después, con un mediodía radiante y el *sulky* pronto en el portón, los dos hombres y su ayudante fueron a echar una última mirada a su obra a la cual no se habían aproximado más. El peón retiró la tapa del horno, y como una crisálida quemada, abollada, torcida, apareció la caldera en su envoltura de alambre tejido y arcilla gris. Las chapas retiradas tenían alrededor del boquete abierto por la llama un espesor considerable por la oxidación del fuego, y se descascaraban en escamas azules al menor contacto, con las cuales la chica de Dréver se llenó el bolsillo del delantal.

Desde allí mismo, por toda la vera del monte inmediato y el circundante hasta la lejanía, Rienzi pudo apreciar el efecto de un frío de —9° sobre una vegetación tropical de hojas lustrosas y tibias. Vio los bananos podridos en pulpa chocolate, hundidos dentro de sí mismos como en una funda. Vio plantas de hierba de doce años —un grueso árbol en fin—, quemadas para siempre hasta la raíz por el fuego blanco.[38] Y en el naranjal, donde entraron para una última colecta, Rienzi buscó en vano en lo alto el reflejo de oro habitual, porque el suelo estaba totalmente amarillo de naranjas, que el día de la gran helada habían caído todas al salir el sol, con un sordo tronar que llenaba el monte.

Asimismo Rienzi pudo completar su bolsa, y como la hora apremiaba se dirigieron al puerto. La chica hizo el trayecto en las rodillas de Rienzi, con quien alimentaba un larguísimo diálogo.

El vaporcito salía ya. Los dos amigos, uno enfrente de otro, se miraron sonriendo.

—*A bientôt*[39] —dijo uno.

—*Ciao*[40] —respondió el otro.

Pero la despedida de Rienzi y la chica fue bastante más expresiva.

Cuando ya el vaporcito viraba aguas abajo, ella le gritó aún:

—¡Rienzi! ¡Rienzi!

—¡Qué, viejita! —se alcanzó a oír.

—¡Volvé pronto![41]

Dréver y la chica quedaron en la playa hasta que el vaporcito se ocultó tras los macizos del Teyucuaré. Y, cuando subían lentos la barranca, Dréver callado, su hija le tendió los brazos para que la alzara.

—¡Se te quemó la caldera, pobre piapiá... Pero no estés triste... ¡Vas a inventar muchas cosas más, ingenierito de mi vida!

NOTES

1. The story is based on one of the many experiments Quiroga carried out in Misiones.

2. **El artefacto ... media:** "In fact the artefact weighed the same amount as four galvanized metal sheets, fourteen feet long, reinforced by fifty-six feet of hinges an inch and a half thick." **hierro en T** is a technical term, "butt and strap hinge"

3. **Técnica dura:** "A hard technical job"

4. **Huret:** Jules Huret, French traveller and author of *En Argentine. De Buenos Aires au Grand Chaco*, Paris, 1911

5. **el hijo de europeo...propia:** "the son of Europeans who mocks his inherited country with as much impudence as he laughed at his own"

6. **El sol tropical...suyas:** "the tropical sun had its own way"

7. **que no concluía... carnaval:** "who hadn't managed to find his bearings in that Carnival climate." Carnival was traditionally a time when ordinary rules were suspended—which is exactly what had happened to the normal climatic conditions in Misiones

8. **modificaciones sobre el plano:** "changes of plan"

9. **destilación en vaso cerrado:** "extraction in a closed chamber"

10. **incluso el de Schwartz:** probably Heinrich Ernst Schwarz, Swiss chemist b. 1879

11. **la destilación a fuego de la madera:** "the furnace distillation of wood"

12. **Los gases no trabajaban a presión:** "the gasses are not pressurized"

13. **a fuerza de ... chapas':** "by means of rivets at a distance of one per centimetre which amounts to 1,680 simply for the longitudinal joining of the metal sheets"

14. **incorporándose a sacudidas:** "shaking himself upright." Literally "straightening himself with shaking"

15. **a punta de machete:** "at machete point." The *machete* is a long knife used for all clearing work and for cutting trails through the bush. See *Anaconda*

16. **Piapiá:** "Papa"

17. **No podés:** For second person plural, *podéis*. Commonly used in the Argentine with *vos*, to replace the second person singular from *tú*, cf. *sabés* on p. 176

18. **vueltas de carnero en la gramilla, carreras a babucha, hamaca, trampolín, sube y baja, alambre carril:** "somersaults on the grass, slipper races, swings, springboard, seesaw wire go-carts." These are all children's games

19. **la cual ... Rienzi:** "who, crouching down, laughed at

Rienzi's smooth, glistening face." Literally "his face washed like a bottle"

20. **Una cosa...terreno:** "One thing in theory and another in practice"

21. **sous-bois** (French)**:** "undergrowth"

22. **una mansa helada:** "a mild frost"

23. **el peón accidental:** "the casual labourer"

24. **un mestizo de indio:** "a half-caste Indian." Normally the term *mestizo* is used

25. **Iguazú:** see atlas

26. **solfatara:** sulphurous gasses from a volcanic fissure. In this context, Quiroga means that from the point of view of the Indian peon, it would look very much as if there was a cloud of sulphurous gas, a little like hell.

27. **para sonreírse a gusto:** "to smile to his heart's content"

28. **grosso modo** (Latin)**:** "roughly"

29. **alambre carril:** see Note 18.

30. **en que...padre:** "by which she revealed quite clearly the same character as her father"

31. **con bromas...nada:** "with jokes about the old girl who pretended to be sick and had nothing wrong with her"

32. **A que no?:** "I bet you don't"

33. **arcilla armada, digamos:** "a sort of reinforced clay"

34. **Y como...fósforo:** "And as lapacho wood is to flame, what naphtha is to a match"

35. **Con una cosa concluida:** "With a perfect success..."

36. **pour la galérie:** Literally "for the public in the gallery"; in other words, "for show".

37. **en el ojo del agua:** "at the water spring"

38. **el fuego blanco:** i.e. the frost

39. **A bientôt (French):** "Bye-bye"

40. **Ciao** (Italian)**:** Here "Good-bye"

41. **Volvé pronto:** i.e. *volved pronto*: "Come back soon"

EN LA NOCHE*

LAS AGUAS cargadas y espumosas del Alto Paraná me llevaron un día de creciente desde San Ignacio al ingenio San Juan, sobre una corriente que iba midiendo seis millas en el canal, y nueve al caer del lomo de las restingas.

Desde abril yo estaba a la espera de esa crecida. Mis vagabundajes en canoa por el Paraná, exhausto de agua, habían concluido por fastidiar al griego. Es éste un viejo marinero de la Marina de guerra inglesa, que probablemente había sido antes pirata en el Egeo,[1] su patria, y con más certidumbre contrabandista de caña en San Ignacio, desde quince años atrás.[2] Era, pues, mi maestro de río.

—Está bien —me dijo al ver el río grueso—. Usted puede pasar ahora por un medio, medio regular marinero. Pero le falta una cosa, y es saber lo que es el Paraná cuando está bien crecido. ¿ Ve esa piedraza —me señaló— sobre la corredera del Greco? Pues bien; cuando el agua llegue hasta allí y no se vea una piedra de la restinga, váyase entonces a abrir la boca ante el Teyucuaré,[3] y cuando vuelva podrá decir que sus puños sirven para algo. Lleve otro remo también, porque con seguridad va a romper uno o dos. Y traiga de su casa una de sus mil latas de kerosene, bien tapada con cera. Y así y todo es posible que se ahogue.

Con un remo de más, en consecuencia, me dejé tranquilamente llevar hasta el Teyucuaré.

La mitad, por lo menos, de los troncos, pajas podridas, espumas y animales muertos, que bajan con una gran crecida, quedan en esa profunda ensenada. Esperan el agua, cobran aspecto de tierra firme, remontan lentamente la costa, deslizándose contra ella como si fueran una porción desintegrada de la

* Written about 1920. Included in *Anaconda* (1921).

playa —porque ese inmenso remanso es un verdadero mar de sargazos.[4]

Poco a poco, aumentando la elipse de traslación,[5] los troncos son cogidos por la corriente y bajan por fin velozmente girando sobre sí mismos, para cruzar dando tumbos frente a la restinga final del Teyucuaré, erguida hasta 80 metros de altura.

Estos acantilados de piedra cortan perpendicularmente el río, avanzan en él hasta reducir su cauce a la tercera parte. El Paraná entero tropieza con ellos, busca salida, formando una serie de rápidos casi insalvables aún con aguas bajas, por poco que el remero no esté alerta. Y tampoco hay manera de evitarlos, porque la corriente central del río se precipita por la angostura formada, abriéndose desde la restinga en una curva tumultuosa que rasa el remanso inferior y se delimita de él por una larga fila de espumas fijas.[6]

A mi vez me dejé coger por la corriente. Pasé como una exhalación sobre los mismos rápidos y caía en las aguas agitadas del canal, que me arrastraron de popa y de proa, debiendo tener mucho juicio con los remos que apoyaba alternativamente en el agua para restablecer el equilibrio, en razón de que mi canoa medía 60 centímetros de ancho, pesaba 30 kilos y tenía tan sólo dos milímetros de espesor en toda su obra; de modo que un firme golpe de dedo podía perjudicarla seriamente. Pero de sus inconvenientes derivaba una velocidad fantástica, que me permitía forzar el río de sur a norte y de oeste a este, siempre, claro está, que no olvidara un instante la inestabilidad del aparato.

En fin, siempre a la deriva, mezclado con palos y semillas, que parecían tan inmóviles como yo, aunque bajábamos velozmente sobre el agua lisa, pasé frente a la isla del Toro,[7] dejé atrás la boca del Yabebirí, el puerto de Santa Ana, y llegué al ingenio, de donde regresé en seguida, pues deseaba alcanzar a San Ignacio en la misma tarde.

Pero en Santa Ana me detuve, titubeando. El griego tenía razón: una cosa es el Paraná bajo o normal, y otra muy distinta con las aguas hinchadas. Aun con mi canoa, los rápidos salvados al remontar el río me habían preocupado, no por el esfuerzo para vencerlos, sino por la posibilidad de volcar. Toda restinga, sabido es, ocasiona un remanso adyacente; y el peligro está en esto precisamente: en salir de una agua muerta, para chocar, a veces en ángulo recto, contra una correntada que pasa como un infierno. Si la embarcación es estable, nada hay que temer; pero con la mía nada más fácil que ir a sondar el rápido cabeza abajo,[8] por poco que la luz me faltara. Y como la noche caía ya, me disponía a sacar la canoa a tierra y esperar el día siguiente, cuando vi a un hombre y una mujer que bajaban la barranca y se aproximaban.

Parecían marido y mujer; extranjeros, a ojos vista, aunque familiarizados con la ropa del país. El traía la camisa arremangada hasta el codo, pero no se notaba en los pliegues del remango la menor mancha de trabajo. Ella llevaba un delantal enterizo y un cinturón de hule que la ceñía muy bien. Pulcros burgueses, en suma,[9] pues de tales era el aire de satisfacción y bienestar, asegurados a expensas del trabajo de cualquier otro.[10]

Ambos, tras un familiar saludo, examinaron con gran curiosidad la canoa de juguete, y después examinaron el río.

—El señor hace muy bien en quedarse —dijo él—. Con el río así, no se anda de noche.

Ella ajustó su cintura.

—A veces —sonrió coqueteando.

—¡Es claro! —replicó él—. Esto no reza con nosotros...[11] Lo digo por el señor.

Y a mí:

—Si el señor piensa quedar, le podemos ofrecer buena comodidad. Hace dos años que tenemos un negocio; poca cosa, pero uno hace lo que puede... ¿Verdad, señor?

Asentí de buen grado, yendo con ellos hasta el boliche aludido, pues no de otra cosa se trataba. Cené, sin embargo, mucho mejor que en mi propia casa, atendido con una porción de detalles de *confort*, que parecían un sueño en aquel lugar. Eran unos excelentes tipos mis burgueses, alegres y limpios, porque nada hacían.

Después de un excelente café, me acompañaron a la playa, donde interné aún más mi canoa, dado que el Paraná, cuando las aguas llegan rojas y cribadas de remolinos, sube dos metros en una noche. Ambos consideraron de nuevo la invisible masa del río.

—Hace muy bien en quedarse, señor —repitió el hombre—. El Teyucuaré no se puede pasar así de noche, como está ahora. No hay nadie que sea capaz de pasarlo... con excepción de mi mujer.

Yo me volví bruscamente a ella, que conqueteó de nuevo con el cinturón.

—¿Usted ha pasado el Teyucuaré de noche? —le pregunté.

—¡Oh, sí señor!... Pero una sola vez... y sin ningún deseo de hacerlo. Entonces éramos un par de locos.

—¿Pero el río?... —insistí.

—¿El río? —cortó él—. Estaba hecho un loco, también. ¿El señor conoce los arrecifes de la isla del Toro, no? Ahora están descubiertos por la mitad. Entonces no se veía nada... Todo era agua, y el agua pasaba por encima bramando, y la oíamos de aquí. ¡Aquél era otro tiempo señor! Y aquí tiene un recuerdo de aquel tiempo... ¿El señor quiere encender un fósforo?

El hombre se levantó el pantalón hasta la corva, y en la parte interna de la pantorrilla vi una profunda cicatriz, cruzada como un mapa de costurones duros y plateados.

—¿Vio, señor? Es un recuerdo de aquella noche. Una raya...

Entonces recordé una historia, vagamente entreoída, de una mujer que había remado un día y una noche enteros, llevando a su marido moribundo. ¿Y era ésa la mujer, aquella burguesita arrobada de éxito y de pulcritud?

—Sí, señor, era yo —se echó a reír, ante mi asombro, que no necesitaba palabras—. Pero ahora me moriría cien veces antes que intentarlo siquiera. Eran otros tiempos; ¡eso ya pasó!

—¡Para siempre! —apoyó él—. Cuando me acuerdo... ¡Estábamos locos, señor! Los desengaños, la miseria si no nos movíamos... ¡Eran otros tiempos, sí!

¡Ya lo creo! Eran otros los tiempos, si habían hecho eso. Pero no quería dormirme sin conocer algún pormenor; y allí, en la obscuridad y ante el mismo río del cual no veíamos a nuestros pies sino la orilla tibia, pero que sentíamos subir y subir hasta la otra costa, me di cuenta de lo que había sido aquella epopeya nocturna.

Engañados respecto de los recursos del país, habiendo agotado en yerros de colono recién llegado[12] el escaso capital que trajeran, el matrimonio se encontró un día al extremo de sus recursos.[13] Pero como eran animosos, emplearon los últimos pesos en una chalana inservible, cuyas cuadernas recompusieron con infinita fatiga, y con ella emprendieron un tráfico ribereño, comprando a los pobladores diseminados en la costa, miel, naranjas, tacuaras, paja —todo en pequeña escala—, que iban a vender a la playa de Posadas, malbaratando casi siempre su mercancía, pues ignorantes al principio del pulso del mercado,[14] llevaban litros de miel de caña cuando habían llegado barriles de ella el día anterior, y naranjas, cuando la costa amarilleaba.[15]

Vida muy dura y fracasos diarios, que alejaban de su espíritu toda otra preocupación que no fuera llegar de madrugada a Posadas y remontar en seguida el Paraná a fuerza de puño.[16] La mujer acompañaba siempre al marido, y remaba con él.

En uno de los tantos días de tráfico, llegó un 23 de diciembre, y la mujer dijo:

—Podríamos llevar a Posadas el tabaco que tenemos, y las bananas de Francés-cué. De vuelta traeremos tortas de Navidad y velitas de color. Pasado mañana es Navidad, y las venderemos muy bien en los boliches.

A lo que el hombre contestó:

—En Santa Ana no venderemos muchas; pero en San Ignacio podremos vender el resto.

Con lo cual descendieron la misma tarde hasta Posadas, para remontar a la madrugada siguiente, de noche aún.

Ahora bien: el Paraná estaba hinchado con sucias aguas de creciente que se alzaban por minutos. Y cuando las lluvias tropicales se han descargado simultáneamente en toda la cuenca superior, se borran los largos remansos, que son los más fieles amigos del remero. En todas partes el agua se desliza hacia abajo, todo el inmenso volumen del río es una huyente masa líquida que corre en una sola pieza. Y si a la distancia el río aparece en la canal terso y estirado en rayas luminosas, de cerca, sobre él mismo, se ve el agua revuelta en pesado moaré de remolinos.[17]

El matrimonio, sin embargo, no titubeó un instante en remontar tal río en un trayecto de sesenta kilómetros, sin otro aliciente que el de ganar unos cuantos pesos. El amor nativo al centavo que ya llevaban en sus entrañas se había exasperado ante la miseria entrevista, y aunque estuvieran ya próximos a su sueño dorado[18] —que habían de realizar después—, en aquellos momentos hubieran afrontado el Amazonas entero, ante la perspectiva de aumentar en cinco pesos sus ahorros.

Emprendieron, pues, el viaje de regreso, la mujer en los remos y el hombre a la pala[19] en popa. Subían apenas, aunque ponían en ello su esfuerzo sostenido, que debían duplicar cada veinte minutos en las restingas, donde los remos de la mujer adquirían una velocidad desesperada, y el hombre se doblaba en dos con lento y profundo esfuerzo sobre su pala hundida un metro en el agua.

Pasaron así diez, quince horas, todas iguales. Lamiendo el bosque o las pajas del litoral, la canoa remontaba imperceptiblemente la inmensa y luciente avenida de agua, en la cual la diminuta embarcación, rasando la costa, parecía bien pobre cosa.

El matrimonio estaba en perfecto tren, y no eran remeros a quienes catorce o dieciséis horas de remo podían abatir. Pero cuando ya a la vista de Santa Ana se disponían a atracar para pasar la noche, al pisar el barro el hombre lanzó un juramento y saltó a la canoa: más arriba del talón, sobre el tendón de Aquiles, un agujero negruzco, de bordes lívidos y ya abultados, denunciaba el aguijón de la raya.

La mujer sofocó un grito.

—¿Qué?... ¿Una raya?

El hombre se había cogido el pie entre las manos y lo apretaba con fuerza convulsiva.

—Sí...

—¿ Te duele mucho? —agregó ella, al ver su gesto. Y él, con los dientes apretados:

—De un modo bárbaro ...

En esa áspera lucha que había endurecido sus manos y sus semblantes, habían eliminado de su conversación cuanto no propendiera a sostener su energía.[20] Ambos buscaron vertiginosamente un remedio. ¿ Qué? No recordaban nada. La mujer de pronto recordó: aplicaciones de ají macho, quemado.

—¡ Pronto, Andrés! —exclamó recogiendo los remos—. Acuéstate en popa; voy a remar hasta Santa Ana.

Y mientras el hombre, con la mano siempre aferrada al tobillo, se tendía en popa, la mujer comenzó a remar.

Durante tres horas remó en silencio, concentrando su sombría angustia en un mutismo desesperado, aboliendo de su mente cuanto pudiera restarle fuerzas. En popa, el hombre devoraba a su vez su tortura, pues nada hay comparable al atroz dolor que ocasiona la picadura de una raya —sin excluir el raspaje de un hueso tuberculoso. Sólo de vez en cuando dejaba escapar un suspiro que a despecho suyo se arrastraba al final en bramido. Pero ella no lo oía o no quería oírlo, sin otra señal de vida que las miradas atrás para apreciar la distancia que faltaba aún.

Llegaron por fin a Santa Ana; ninguno de los pobladores de la costa tenía ají macho. ¿ Qué hacer? Ni soñar siquiera en ir hasta el pueblo. En su ansiedad la mujer recordó de pronto que en el fondo del Teyucuaré, al pie del bananal de Blosset y sobre el agua misma, vivía desde meses atrás un naturalista alemán de origen, pero al servicio del Museo de París. Recordaba también que había curado a dos vecinos de mordeduras de víbora, y era, por tanto, más que probable que pudiera curar a su marido.

Reanudó, pues, la marcha, y tuvo lugar entonces la lucha más vigorosa que pueda entablar un pobre ser humano —¡ una mujer! — contra la voluntad implacable de la Naturaleza.

Todo: el río creciendo y el espejismo nocturno que volcaba el litoral sobre la canoa, cuando en realidad ésta trabajaba en plena corriente a diez brazas[21] la extenuación de la mujer y sus manos, que mojaban el puño del remo de sangre y agua serosa; todo: río, noche y miseria sujetaban la embarcación.

Hasta la boca del Yabebirí pudo aún ahorrar alguna fuerza; pero en la interminable cancha desde el Yabebirí hasta los primeros cantiles del Teyucuaré, no tuvo un instante de tregua, porque el agua corría por entre las pajas como en el canal, y cada tres golpes de remo levantaban camalotes en vez de agua; los cuales cruzaban sobre la proa sus tallos nudosos y seguían a la rastra, por lo cual la mujer debía ir a arrancarlos bajo el agua. Y cuando tornaba a caer en el banco, su cuerpo, desde los pies a las manos, pasando por la cintura y los brazos, era un único y prolongado sufrimiento.

Por fin, al norte, el cielo nocturno se entenebrecía ya hasta el cenit por los cerros del Teyucuaré, cuando el hombre, que desde hacía un rato había abandonado su tobillo para asirse con las dos manos a la borda, dejó escapar un grito.

La mujer se detuvo.

—¿Te duele mucho?

—Sí... —respondió él, sorprendido a su vez y jadeando—. Pero no quise gritar. Se me escapó.

Y agregó más bajo, como si temiera sollozar si alzaba la voz:

—No lo voy a hacer más...

Sabía muy bien lo que era en aquellas circunstancias y ante su pobre mujer realizando lo imposible, perder el ánimo. El grito se le había escapado, sin duda, por más que allá abajo, en el pie y el tobillo, el atroz dolor se exasperaba en punzadas fulgurantes que lo enloquecían.

Pero ya habían caído bajo la sombra del primer acantilado, rasando y golpeando con el remo de babor la dura mole que ascendía a pico hasta cien metros. Desde allí hasta la restinga sur del Teyucuaré el agua está muerta y remanso a trechos. Inmenso desahogo del que la mujer no pudo disfrutar, porque de popa se había alzado otro grito. La mujer no volvió la vista. Pero el herido, empapado en sudor frío y temblando hasta los mismos dedos adheridos al listón de la borda, no tenía ya fuerza para contenerse, y lanzaba un nuevo grito.

Durante largo rato el marido conservó un resto de energía, de valor, de conmiseración por aquella otra miseria humana, a la que robaba de ese modo sus últimas fuerzas, y sus lamentos rompían de largo en largo. Pero al fin toda su resistencia quedó deshecha en una papilla de nervios destrozados,[22] y desvariado de tortura, sin darse él mismo cuenta, con la boca entreabierta para no perder tiempo, sus gritos se repitieron a intervalos regulares y acompasados en un ¡ay! de supremo sufrimiento.

La mujer, entre tanto, el cuello doblado, no apartaba los ojos de la costa para conservar la distancia. No pensaba, no oía, no sentía: remaba. Sólo cuando un grito más alto, un verdadero clamor de tortura rompía la noche, las manos de la mujer se desprendían a medias del remo.

Hasta que por fin soltó los remos y echó los brazos sobre la borda.

—No grites... —murmuró.

—¡No puedo! —clamó él—. ¡Es demasiado sufrimiento!

Ella sollozaba:

—¡Ya sé... ¡Comprendo!... Pero no grites... ¡No puedo remar!

—Comprendo también... ¡Pero no puedo! ¡Ay!...

Y enloquecido de dolor y cada vez más alto:

—¡No puedo! ¡No puedo! ¡No puedo!...

La mujer quedó largo rato aplastada sobre los brazos, inmóvil, muerta. Al fin se incorporó y reanudó muda la marcha.

Lo que la mujer realizó entonces, esa misma mujercita que llevaba ya dieciocho horas de remo en las manos, y que en el fondo de la canoa llevaba a su marido moribundo, es una de esas cosas que no se tornaban a hacer en la vida. Tuvo que afrontar en las tinieblas el rápido sur del Teyucuaré, que la lanzó diez veces a los remolinos de la canal. Intentó otras diez veces sujetarse al peñón para doblarlo con la canoa a la rastra,[23] y fracasó. Tornó al rápido, que logró por fin incindir con el ángulo debido, y ya en él se mantuvo sobre su lomo treinta y cinco minutos remando vertiginosamente para no derivar. Remó todo ese tiempo con los ojos escocidos por el sudor que la cegaba, y sin poder soltar un solo instante los remos. Durante esos treinta y cinco minutos tuvo a la vista, a tres metros, el peñón que no podía doblar, ganando apenas centímetros cada cinco minutos, y con la desesperante sensación de batir el aire con los remos, pues el agua huía velozmente.

Con qué fuerzas, que estaban agotadas; con qué increíble tensión de sus últimos nervios vitales pudo sostener aquella lucha de pesadilla, ella menos que nadie podría decirlo. Y sobre todo si se piensa que por único estimulante, la lamentable mujercita no tuvo más que el acompasado alarido de su marido en popa.

El resto del viaje —dos rápidos más en el fondo del golfo y uno final al costear el último cerro, pero sumamente largo— no requirió un esfuerzo superior a aquél. Pero cuando la canoa embicó por fin sobre la arcilla del puerto de Blosset, y la mujer pretendió bajar para asegurar la embarcación, se encontró de repente sin brazos, sin piernas y sin cabeza —nada sentía de sí misma, sino el cerro que se volcaba sobre ella—; y cayó desmayada.

—¡Así fue, señor! Estuve dos meses en cama, y ya vio cómo me quedó la pierna. ¡Pero el dolor, señor! Si no es por ésta, no hubiera podido contarle el cuento, señor —concluyó poniéndole la mano en el hombro a su mujer.

La mujercita dejó hacer, riendo. Ambos sonreían, por lo demás, tranquilos, limpios y establecidos por fin con un boliche lucrativo, que habia sido su ideal.

Y mientras quedábamos de nuevo mirando el río oscuro y tibio que pasaba creciendo, me pregunté qué cantidad de ideal hay en la entraña misma de la acción, cuando prescinde en un todo del móvil que la ha encendido, pues allí, tal cual, desconocido de ellos mismos, estaba el heroísmo a la espalda de los míseros comerciantes.[24]

NOTES

1. **En el Egeo:** "in the Aegean sea"
2. **y con...atrás:** "as was more definitely known, a brandy smuggler in San Ignacio for the last fifteen years"
3. **váyase...el Teyucuaré:** "then go and boast about the Teyucuaré"
4. **un verdadero mar de sargazos:** "a real Sargasso sea." The Sargasso sea is a mass of floating algae in the Atlantic
5. **aumentando...traslación:** "as their circle of motion widened." Quiroga likes to give the impression of exactness by the use of such technical phrases
6. **y se delimita...fijas:** "and the limits with it (i.e. with the lower pool) are marked by a long line of steady foam"
7. **la isla del Toro, la boca del Yabebirí, el puerto de Santa Ana:** see atlas
8. **cabeza abajo:** "head first"
9. **Pulcros burgueses, en suma:** "Wholesome pillars of the middle-class, in short"
10. **asegurados...otro:** "secured at the cost of somebody else's work"
11. **Esto...nosotros:** "That doesn't apply to us"
12. **en yerros de colono recién llegado:** "in the mistakes common to new settlers." Quiroga was here speaking from first-hand experience
13 . **al extremo de sus recursos:** "at the end of their resources"

14. **ignorantes . . . mercado:** "ignorant at first of the ups and downs of the market"
15. **la costa amarilleaba:** "the river bank was yellow" (with oranges)
16. **a fuerza de puño:** "rowing". Literally "by means of their fists"
17. **en pesado moaré de remolinos:** *moaré* (Eng. moiré) is a type of watered silk that has a clouded appearance. Here it refers to the appearance of the waters which, being turbulent, are never clear
18. **su sueño dorado:** "their golden dream"
19. **el hombre a la pala:** "the man punting"
20. **habían eliminado...energía:** "they had eliminated from their conversation all that did not help to sustain their energy"
21. **el espejismo...brazas:** "the nocturnal reflection which made the coastal forest seem to be on top of the canoe when in fact the latter was labouring in mid-stream at ten fathoms"
22. **'una papilla . . . destrozados':** 'Papilla' is a sort of pap served to children. Here Quiroga means that the man was reduced to "a sodden mass of ruined nerves"
23. **doblarlo...a la rastra:** "in order to drag the canoe round it"

**24. desconocido ... comercian-
tes:** "unknown to them,
there was heroism at the
back of the wretched traders." The remark is typi-
cal of Quiroga's belief that
heroism has nothing to do
with great ideals

LOS PESCADORES DE VIGAS*¹

El motivo fue cierto juego de comedor que míster Hall no tenía aún, y su fonógrafo le sirvió de anzuelo.

Candiyú lo vio en la oficina provisoria de la Yerba Company,² donde míster Hall maniobraba su fonógrafo a puerta abierta.

Candiyú, como buen indígena, no manifestó sorpresa alguna, contentándose con detener su caballo un poco al través delante del chorro de luz y mirar a otra parte. Pero como un inglés a la caída de la noche, en mangas de camisa por el calor y una botella de *whisky* al lado, es cien veces más circunspecto que cualquier mestizo³ míster Hall no levantó la vista del disco. Con lo que, vencido y conquistado, Candiyú concluyó por arrimar su caballo a la puerta⁴ en cuyo umbral apoyó el codo.

—Buenas noches, patrón. ¡ Linda música!

—Sí, linda—repuso míster Hall.

—¡ Linda!—repitió el otro—. ¡ Cuánto ruido!

—¡ Sí, mucho ruido—asintió míster Hall, que hallaba no desprovistas de profundidad las observaciones de su visitante.

Candiyú admiraba los nuevos discos:

—¿ Te costó mucho a usted, patrón?

—Costó . . . ¿ qué?

—Ese hablero . . . ,⁵ los mozos que cantan.

La mirada turbia, inexpresiva e insistente de míster Hall se aclaró. El contador comercial surgía.

—¡ Oh, cuesta mucho! . . . ¿ Usted quiere comprar?

—Si usted querés venderme . . .⁶—contestó llanamente Candiyú, convencido de la imposibilidad de tal compra. Pero míster Hall proseguía mirándolo con pesada fijeza, mientras la membrana saltaba del disco a fuerza de marchas metálicas.

* First published 2 May 1913 in *Fray Mocho*. Included in *Cuentos de amor, de locura y de muerte*, Buenos Aires, 1917.

129

—Vendo barato a usted. ¡Cincuenta pesos!

Candiyú sacudió la cabeza, sonriendo al aparato y a su maquinista, alternativamente:

—¡Mucha plata! No tengo.

—¿Usted qué tiene entonces?

El hombre se sonrió de nuevo, sin responder.

—¿Dónde usted vive?—prosiguió míster Hall, evidentemente decidido a desprenderse de su gramófono.

—En el puerto.

—¡Ah! Yo conozco a usted . . . ¿Usted llama Candiyú?

—Así es.

—¿Y usted pesca vigas?

—A veces, alguna viguita sin dueño . . .

—¡Vendo por vigas! . . . Tres vigas aserradas. Yo mando carretas. ¿Conviene?

Candiyú se reía.

—No tengo ahora. Y esa . . . maquinaria, ¿tiene mucha delicadeza?[7]

—No; botón acá, y botón acá . . .; yo enseño. ¿Cuándo tienes madera?

—Alguna creciente . . . Ahora debe venir una. ¿Y qué palo querés usted?

—Palo rosa. ¿Conviene?

—¡Hum! . . . No baja ese palo casi nunca . . . Mediante una creciente grande solamente. ¡Lindo palo! Te gusta palo bueno a usted.

—Y usted lleva buen gramófono. ¿Conviene?

El mercado prosiguió a son de cantos británicos,[8] el indígena esquivando la vía recta y el contador acorralándolo en el pequeño círculo de la precisión. En el fondo, y descontados el valor y el *whisky*, el ciudadano inglés no hacía mal negocio cambiando un perro gramófono[9] por varias docenas de bellas tablas, mientras el pescador de vigas, a su vez, entregaba algunos días de habitual trabajo a cuenta de una maquinita prodigiosamente *ruidera*.[10] Por lo cual el mercado se realizó a tanto tiempo de plazo.

Candiyú vive en la costa del Paraná desde hace treinta años; y si su hígado es aún capaz de eliminar cualquier cosa después del último ataque de fiebre en diciembre pasado, debe de vivir todavía unos meses más. Pasa ahora los días sentado en su catre de varas, con el sombrero puesto. Solo sus manos, lívidas zarpas veteadas de verde, que penden inmensas de las muñecas, como proyectadas en primer término de una fotografía[11] se mueven monótonamente sin cesar, con temblor de loro implume.

Pero en aquel tiempo Candiyú era otra cosa. Tenía entonces por oficio honorable el cuidado de un bananal ajeno y—poco menos lícito—el de pescar vigas. Normalmente, y sobre todo en época de creciente, derivan vigas escapadas de los obrajes bien que se desprendan de una jangada en formación, bien que[12] un peón bromista corte de un machetazo la soga que las retiene. Candiyú era poseedor de un anteojo telescopado, y pasaba las mañanas apuntando al agua hasta que la línea blanquecina de una viga, destacándose en la punta de Itacurubí, lo lanzaba en su chalana al encuentro de la presa. Vista la viga a tiempo la empresa no es extraordinaria, porque la pala de un hombre de coraje recostado o halando de una pieza de diez por cuarenta vale cualquier remolcador.

. . . .

Allá en el obraje de Castelhum, más arriba de Puerto Felicidad[13] las lluvias habían comenzado después de sesenta y cinco días de seca absoluta, que no dejó llanta en las alzaprimas. El haber realizable del obraje consistía en ese momento en siete mil vigas—bastante más que una fortuna—. Pero como las dos toneladas de una viga mientras no estén en el puerto no pesan dos escrúpulos en caja,[14] Castelhum y Compañía, distaban muchísimas leguas de estar contentos.

De Buenos Aires llegaron órdenes de movilización inmediata; el encargado del obraje pidió mulas y alzaprimas; le respondieron que con el dinero de la primer jangada a recibir le remitirían las mulas, y el encargado contestó que con esas mulas anticipadas les mandaría la primer jangada.

No había modo de entenderse. Castelhum subió hasta el obraje y vio el *stock* de madera en el campamento, sobre la barranca del Ñacanguazú[15] Norte.

—¿Cuántos?—preguntó Castelhum a su encargado.

—Treinta y cinco mil pesos—repuso este.

Era lo necesario para trasladar las vigas al Paraná. Y sin contar la estación impropia.[16]

Bajo la lluvia, que unía en un solo hilo de agua su capa de goma y su caballo, Castelhum consideró largo rato el arroyo arremolinado. Señalando luego el torrente con un movimiento del capuchón:

—¿Las aguas llegarán a cubrir el salto? —preguntó a su compañero.

—Si llueve mucho, sí.

—¿Tiene todos los hombres en el obraje?

—Hasta este momento; esperaba órdenes suyas.

—Bien—dijo Castelhum—. Creo que vamos a salir bien. Oígame, Fernández; esta misma tarde refuerce la maroma en la barra y comience a arrimar todas las vigas aquí a la barranca. El arroyo está limpio, según me dijo. Mañana de mañana bajo a Posadas, y desde entonces, con el primer temporal que venga, eche los palos al arroyo. ¿Entiende? Una buena lluvia.

El encargado lo miró, abriendo cuanto pudo los ojos.

—La maroma va a ceder antes que lleguen cien vigas.

—Ya sé, no importa. Y nos costará muchísimos miles. Volvamos y hablaremos más largo.

Fernández se encogió de hombros y silbó a los capataces.

En el resto del día, sin lluvia, pero empapado en calma de agua, los peones tendieron de una orilla a otra en la barra del arroyo la cadena de vigas, y el tumbaje de palos comenzó en el campamento. Castelhum bajó a Posadas sobre una agua de inundación que iba corriendo siete millas, y que al salir del Guayra se había alzado siete metros la noche anterior.

Tras gran sequía, grandes lluvias. A mediodía comenzó el diluvio, y durante cincuenta y dos horas consecutivas el monte tronó de agua. El arroyo, venido a torrente, pasó a rugiente avalancha de agua ladrillo. Los peones, calados hasta los huesos, con su flacura en relieve por la ropa pegada al cuerpo, despeñaban las vigas por la barranca. Cada esfuerzo arrancaba un unísono grito de ánimo,[17] y cuando la monstruosa viga rodaba dando tumbos y se hundía con un cañonazo en el agua, todos los peones lanzaban su "¡a... hijú!" de triunfo. Y luego los esfuerzos malgastados en el barro líquido, la zafadura de las palancas, las costaladas bajo la lluvia torrencial. Y la fiebre.

Bruscamente, por fin, el diluvio cesó. En el súbito silencio circunstante se oyó el tronar de la lluvia todavía sobre el bosque inmediato. Más sordo y más hondo del retumbo del Ñacanguazú. Algunas gotas, distanciadas y livianas, caían aún del cielo, exhausto. Pero el tiempo proseguía cargado, sin el más ligero soplo. Se respiraba agua, y apenas los peones hubieron descansado un par de horas, la lluvia recomenzó—la lluvia a plomo, maciza y blanca de las crecidas—. El trabajo urgía—los sueldos habían subido valientemente—, y mientras el temporal siguió, los peones continuaron gritando, cayéndose y tumbando bajo el agua helada.

En la barra del Ñacanguazú la barrera flotante contuvo a los primeros palos que llegaron y resistió arqueada y gimiendo a muchos más, hasta que, al empuje incontrastable de las vigas que llegaban como catapultas contra la maroma, el cable cedió.

* * *

Candiyú observaba el río con su anteojo, considerando que la creciente actual, que allí, en San Ignacio, había subido dos metros más el día anterior—llevándose, por lo demás, su chalana —, sería más allá de Posadas formidable inundación. Las maderas habían comenzado a descender, cedros o poco menos, y el pescador reservaba prudentemente sus fuerzas.

Esa noche el agua subió un metro aún, y a la tarde siguiente Candiyú tuvo la sorpresa de ver en el extremo de su anteojo una barra, una verdadera tropa de vigas sueltas que doblaban la punta de Itacurubí. Madera de lomo blanquecino y perfectamente seca.

Allí estaba su lugar. Saltó en su guabiroba y paleó al encuentro de la caza.

Ahora bien: en una creciente del Alto Paraná se encuentran muchas cosas antes de llegar a la viga elegida. Arboles enteros, desde luego, arrancados de cuajo y con las raíces negras al aire, como pulpos. Vacas y mulas muertas, en compañía de buen lote de animales salvajes ahogados, fusilados o con una flecha plantada aún en el vientre. Altos conos de hormigas amontonadas sobre un raigón. Algún tigre, tal vez; camalotes y espuma a discreción[18] sin contar, claro está, las víboras.

Candiyú esquivó, derivó, tropezó y volcó muchas veces, más de las necesarias, hasta llegar a la presa. Al fin la tuvo; un machetazo puso al vivo la veta sanguínea del palo rosa, y recostándose a la viga pudo derivar con ella oblicuamente algún trecho. Pero las ramas, los árboles pasaban sin cesar arrastrándolo. Cambió de táctica: enlazó su presa y comenzó entonces la lucha muda y sin tregua, echando silenciosamente el alma a cada palada.[19]

Una viga derivando con una gran creciente lleva un impulso suficientemente grande para que tres hombres titubeen de atreverse con ella. Pero Candiyú unía a su gran aliento treinta años de piraterías en río bajo o alto y deseaba además ser dueño de un gramófono.

La noche, negra, le deparó incidentes a su plena satisfacción. El río, a flor de ojos casi, corría velozmente con untuosidad de aceite.

A ambos lados pasaban y pasaban sin cesar sombras densas. Un hombre ahogado tropezó con la guabiroba; Candiyú se inclinó y vio que tenía la garganta abierta. Luego, visitantes incómodos, víboras al asalto, las mismas que en las crecidas trepan por las ruedas de los vapores hasta los camarotes.

El hercúleo trabajo proseguía, la pala temblaba bajo el agua, pero era arrastrado a pesar de todo. Al fin se rindió; cerró más el ángulo del abordaje y sumó sus últimas fuerzas para alcanzar el borde de la canal, que rozaba los peñascos del Teyucuaré. Durante diez minutos el pescador de vigas, los tendones del cuello duros y los pectorales como piedras, hizo lo que jamás volverá a

hacer nadie para salir de la canal en una creciente, con una viga
a remolque. La guabiroba se estrelló por fin contra las piedras,
se tumbó justamente cuando a Candiyú quedaba fuerza suficiente—y nada más—para sujetar la soga y desplomarse de boca.

Solamente un mes más tarde tuvo míster Hall sus tres docenas
de tablas, y veinte segundos después entregaba a Candiyú el gramófono, incluso veinte discos.

La firma Castelhum y Compañía, no obstante la flotilla de
lanchas a vapor que lanzó contra las vigas—y esto por bastante
más de treinta días—, perdió muchas. Y si alguna vez Castelhum
llega a San Ignacio y visita a míster Hall, admirará sinceramente
los muebles del citado contador, hechos de palo rosa.

NOTES

1. **Los pescadores de vigas:** "The
log-trappers"
2. **la Yerba Company:** i.e. a
company trading in *yerba
maté*. See note 5 of "El alambre de púa"
3. **más circunspecto que
cualquier mestizo:** "wi-
lier than any mestizo."
The mestizo or man of
mixed Indian and white
blood was stereotyped as
cunning
4. **concluyó por arrimar su
caballo a la puerta:** "he
finally brought his horse up
to the door"
5. **Ese hablero:** "That talking-
machine"
6. **Si usted querés ven-
derme...:** "If you want to
sell it to me..." Note the
incorrect but colloquial use
of *usted* with a second person
plural of the verb
7. **¿tiene mucha delicadeza?:**
"Is it very complicated to
work?"

8. **El mercado... británicos:**
"The bargaining went on
to the tune of British songs"
9. **un perro gramófono:** "a
lousy gramophone." *Perro*
is used as an adjective only
in colloquial language
10. **prodigiosamente ruidera:**
"marvellously noisy": literally *ruidera* would be translated by something like
"noiseworthy" or "full of
noise"
11. **en primer término de una
fotografía:** "in the fore-
ground of a photograph"
12. **bien que,** not here "although"
but used in the sense of
"whether...whether be-
cause"
13. **Puerto Felicidad:** see atlas
14. **dos escrúpulos en caja:**
"two scruples in a box."
The scruple is a small
pharmaceutical weight.
Quiroga here means that
the 7000 pieces of wood are
worth nothing as long as

they are not at the port
whence they can be shipped
abroad

15. **la barranca del Ñacan-guazú:** see atlas

16. **la estación impropia:** "the wrong season", i e. the rainy season

17. **Cada esfuerzo...ánimo:** "Each effort brought forth in unison a shout of encouragement"

18. **camalote y espuma a discreción:** "as much river plant and foam as you like"

19. **a cada palada:** "at each push on the pole"

LA VOLUNTAD*

Yo CONOCÍA una vez a un hombre que valía más que su obra. Emerson[1] anota que esto es bastante común en los individuos de carácter. Lo que hizo mi hombre, aquello que él consideraba su obra definitiva, no valía cincos centavos; pero el resto, el material y los medios para obtenerlo, eso fácilmente no lo volverá a hacer nadie.[2]

Los protagonistas son un hombre y su mujer. Pero intervienen un caballo, en primer término; un maestro de escuela rural, un palacio encantado en el bosque y mi propia persona, como lazos de unión.[3]

Hela aquí la historia.

Hace seis años—a mediados de 1913—llegó hasta casa,[4] en el monte de Misiones, un sujeto joven y rubio, alto y extremadamente flaco. Tipo eslavo, sin confusión posible. Hacía posiblemente mucho tiempo que no se afeitaba; pero como no tenía casi pelo en la cara, toda su barba consistía en una estrecha y corta pelusa en el mentón, una barbicha, en fin. Iba vestido de trabajo; botas y pantalón rojizo, de género de maletas,[5] con un vasto desgarrón cosido a largas puntadas por mano de hombre. Su camisa, blanca, tenía rasgaduras semejantes, pero sin coser.

Ahora bien: nunca he visto un avance más firme—altanero casi—que el de aquel sujeto por entre los naranjos de casa. Venía a comprarme un papel sellado de diez pesos que yo había adquirido para una solicitud de tierra,[6] y que no llegué a usar.

Esperó, bien plantado[7] y mirándome, sin el menor rastro de afabilidad. Apenas le entregué el papel, saludó brevemente y salió con igual aire altivo. Por atrás le colgaba una tira de camisa

* First published 24 April 1918 in *Plus Ultra*. Included in *El salvaje*, Buenos Aires, 1920.

desde el hombro. Abrió el portoncito y se fue a pie, como había venido, en un país donde solamente un tipo en la miseria no tiene un caballo[8] para hacer visitas de tres leguas.

¿Quién era? Algún tiempo después lo supe, de un modo bastante indirecto. El almacenero del que nos surtíamos en casa me mandó una mañana ofrecer un anteojo prismático de guerra— algo extraordinario—. No me interesaba. Días después me llegó por igual conducto la oferta de una *Parabellum*[9] con seiscientas balas, por sesenta pesos, que adquirí. Y algo más tarde, siempre por intermedio del mismo almacén, me ofrecían varias condecoraciones extranjeras[10]—rusas, según la muestra que el muchacho de casa traía en la maleta.

Me informé bien entonces, y supe lo que quería. El poseedor de las condecoraciones y el hombre del papel sellado eran el mismo sujeto. Y ambos se resumían[11] en la persona de Nicolás Dmitrovich Bibikoff, capitán ruso de artillería, que vivía en San Ignacio desde dos años atrás, y en el estado de última pobreza que aquello daba a suponer.[12]

Me expliqué bien, así, el aire altanero de mi hombre, con su tira colgante de camisa: se defendía contra la idea de que pudieran creer que iba a solicitar ayuda, a pedir limosna. ¡El! Y aunque yo no soy capitán de ejército alguno ni poseo condecoraciones otorgadas por una augusta mano, pareció muy bien el grado de miseria, la necesidad de comer algo del tipo de la barbicha, cuando enviaba a subsanar sus colgajos aristocráticos a un boliche de mensús.[13]

Supe algo más. Vivía en el fondo de la colonia, contra las barrancas pedregosas del Yabebirí. Había comprado veinticinco hectáreas—y no definitivamente, a juzgar por el sellado de diez pesos para reposición.[14] Todo allí: chacra, Yabebirí y cantiles de piedra, queda bajo bosque absoluto.[15] El monte cerrado da buenas cosechas, pero torna la vida un poco dura a fuerza de barigüís,[16] tábanos, mosquitos, uras[17] y demás. Es muy posible dormir la siesta alguna vez bajo el monte, y despertarse con el cuerpo blanco de garrapatas.[18] Muy pequeñas y anémicas, si se quiere; pero garrapatas al fin. Como medios de comunicación a San Ignacio, solo hay dos formales.[19] el vado del Horqueta y el puente sobre el mismo arrollo. Cuando llueve en forma,[20] el puente no da paso en tres días, y el vado, en toda la estación. De modo que para los pobladores del fondo[21]—aun los nativos—la vida se complica duramente en las grandes lluvias de invierno, por poco que falte en la casa una caja de fósforos.

Allí, pues, se había establecido Bibikoff en compañía de su esposa. Plantaban tabaco, a lo que parece, sin más ayuda que la de sus cuatro brazos. Y tampoco esto, porque él, siendo enfermo, tenía que dejar por días enteros toda la tarea a su mujer. Dinero, no lo habían tenido nunca. Y en el momento actual el desprendimiento de algo tan entrañable para un oficial europeo como sus condecoraciones de guerra, probaba la total miseria de la pareja.

Casi todos estos datos los obtuve de mi verdulero llamado Machinchux. Era éste un viejo maestro ruso, de la Besarabia, que había conseguido a su vejez hacerse desterrar por sus ideas liberales. Tenía los ojos azules más tiernos que haya visto en mi vida. Conversando con él, parecíame siempre estar delante de una criatura: tal era la pureza lúcida de su mirada. Vivía con gran dificultad, vendiendo verduras, que obtenía no sé cómo, defendiéndolas para sus cuatro o cinco clientes de las hormigas, el sol y la seca. Iba dos veces por semana a casa. Conocía a Bibikoff, aunque no lo estimaba mayormente,[22] el capitán de artillería era francamente reaccionario, y él, Machinchux, estaba desterrado por ser liberal.

—Bibikoff no tiene sino orgullo—me decía—. Su mujer vale más que él.

Era lo que yo deseaba comprobar, y fui a verlos.

Una hectárea rozada en el monte, enclavada entre cuatro muros negros, con su fúnebre alfombra de árboles quemados[23] a medio tumbar; constantemente amenazada por el rebrote del monte y la maleza, ardida a mediodía de sol y de silencio, no es una vision agradable para quien no tiene el pulso fortificado por la lucha. En el centro del páramo surgía apenas de la monstruosa maleza el rancho de los esposos Bibikoff. Vi primero a la mujer, que salía en ese momento. Era una muchacha descalza, vestida de hombre, y de tipo marcadamente eslavo. Tenía los ojos azules con párpados demasiado globosos. No era bella, pero sí muy joven.

Al verme tuvo una brusca ojeada para su pantalón, pero se contuvo al ver mi propia ropa de trabajo, y me tendió la mano sonriendo. Entramos, El interior del mísero rancho estaba muy oscuro, como todos los ranchos del mundo. En un catre estaba tendido el dueño de la casa—vestido con la misma ropa que yo le conocía—, jadeando con las manos detrás de la cabeza. Sufría del corazón, y a veces pasaba semanas enteras sin poder levantarse. Su mujer debía entonces hacerlo todo, incluso proseguir la plantación de tabaco.

Ahora bien: si hay una cosa pesada que exija cintura de hierro[24] y excepcional resistencia al sol, es el cultivo del tabaco. La mujer debía levantarse cuando aún estaba oscuro; debía regar los almácigos, trasplantar las matas, regar de nuevo; debía carpir a azada la mandioca, y concluir la tarde hacheando en el monte, para regresar por fin al crepúsculo con tres o cuatro troncos al hombro, tan pesados que imprimen al paso un balanceo elástico, rebote de un profundo esfuerzo que no se ve.[25]

De noche las caderas de una mujer de veinte años sometida a esta tarea duelen un poco, y el dolor mantiene abiertos los ojos en la cama. Se sueña entonces. Pero en los últimos tiempos, habiéndose agravado el estado de su marido, la mujer, de noche, en vez de acostarse, tejía cestas de tacuapí, que un vecino iba a vender a los boliches de San Ignacio, o a cambiar por medio kilo de grasa quemada e infecta. Pero ¿qué hacer?

En la media hora que estuve con ellos, Bibikoff se mantuvo en una reserva casi hostil. He sabido después que era muy celoso. Mal hecho, porque su mujercita, con aquel pantalón y aquellas manos ennegrecidas de barigüís y más callosas que las mías, no despertaba otra cosa que gran admiración.

Así, hasta agosto de 1914. Jamás hubiera imaginado yo que un cardíaco con la asistolia de mi hombre pudiera haber tenido veleidades guerreras[26] cuando mucho más fácil y corto le habría sido quedarse a morir allí. No pasó esto, sin embargo, y con la sorpresa consiguiente, supe a fines de agosto que el capitán de artillería se había embarcado para Buenos Aires, rumbo a su patria.

¿Y el dinero? ¿Y su mujer? Ambas cosas las supe por Machinchux, que, desde el comienzo de la guerra venía cada dos días a casa a comentar mapas y estrategias conmigo. El caso es que Bibikoff necesitaba dinero para irse, y no lo tenía. Entonces Machinchux había vendido su caballo—¡lo único que tenía!—y le había dado su importe a Bibikoff, a quien no estimaba, pero al que ayudaba a cumplir con lo que el otro creía su deber.

—¿Y usted, Machinchux?—le dije—. ¿Cómo va a hacer para traer la verdura?

Por toda respuesta el viejo maestro democrático se sonrió, mirándome por largo rato. Yo me sonreí, a mi vez, pero tenía un buen nudo en la garganta.

Desde la ausencia de su marido, la mujer estaba en casa de Allain, pues por veinte motivos a que no era ajena la juventud de la señora no podía ésta quedar sola en el monte.

Allain es un gentilhombre de campo, de una vasta cultura literaria, que se ha empeñado desde su juventud en empresas de agricultura. Tuvo en su mocedad correspondencia filosófica con Maurice Barrès.[27] Ahora dirige en San Ignacio una vasta empresa de hierba mate, cuyo cultivo ha iniciado en el país. Tiene como pocos el sentido del *savoir-faire*, y posee una bella casa, con gran *hall* iluminado, y sillones entre macetas exuberantes. Esto, a quince metros del bosque virgen.

Las peculiaridades de la vida de allá me llevaban a veces a verdaderos *dîner en ville*[28] a casa de Allain. Fue una de esas noches cuando saludé en el *hall* resplandeciente a una joven y muy elegante dama reclinada en una *chaise longue*.

—Madame Bibikoff—me dijo la señora de Allain.

¡Cierto! Era ella. Pero de los pies descalzos de la dama, del pantalón y demás, no quedaba nada, a excepción de los párpados demasiado globosos. Era un verdadero golpe de vara mágica. Eché una ojeada a sus manos; qué esfuerzos—como a machetes— debió hacer la dama en un mes para estirar, suavizar y blanquear aquella piel, lo ignoro. Pero la mano pendía inmaculada en un abandono admirable.

¡Pobre Bibikoff! No era de su mujer deschalando maíz[29] de quien debiera haber estado celoso, sino de aquella damita que quedaba tras él, y que miraba todo con una beata sonrisa primitiva de inefable descanso.

En total, la señora esperaba ir en seguida a reunirse con su marido, cosa que pudo realizar poco después. Mas no por eso dejó, durante su estada en lo de Allain, de preocuparse vivamente y atender su plantación de tabaco.

Esta es la historia. Algunos meses más tarde supe por Allain que madame Bibikoff le había confiado un manuscrito—el diario de su marido—, en que éste contaba su vida y el por qué su destierro al fondo del Horqueta. La consigna era ésta: no leer el diario hasta pasado un año sin noticias de los Bibikoff.

Pasó ese año, y leí el manuscrito. La causa, el único motivo de la aventura, había sido probar a los oficiales de San Petersburgo que un hombre es libre de su alma y de su vida, donde él quiere y dondequiera que esté. De todos modos lo había demostrado. El diario ese, escrito con gran énfasis filosóficoliterario, no servía para nada, aunque se veía bien claro que el autor había puesto su alma en él. Para probar su tesis había hecho en Misiones lo que hizo. Y éste fue su error, empleando un noble material para la finalidad de una pobre retórica.[30] Pero el material mismo, los puños de la pareja, su feroz voluntad para no hundirse del todo, esto vale mucho más que ellos mismos, incluyendo la damita y su *chaise longue*.

NOTES

1. Emerson: American thinker (1803–82) whose idea of the influence of individuals on the course of history was set out in his *Representative Men*
2. **pero el resto . . . nadie:** "but the rest—the material and the means of realising it—nobody will easily repeat that again
3. **como lazos de unión:** "as connecting links"
4. **llegó hasta casa:** "there came to my house"

5. **de género de maletas:** "of the suit-case variety", i.e. bought from a travelling salesman

6. **venía a comprarme . . . tierra:** "He came to buy a ten peso stamped paper from me that I had acquired for a land deal." This refers to legal paper which pays a stamp duty and is needed for all official and legal matters

7. **bien plantado:** well set up

8. **no tiene un caballo:** Note that this is the depths of poverty in Misiones

9. **una Parabellum:** "an automatic pistol"

10. **condecoraciones extranjeras:** These refer to war decorations for bravery or outstanding service

11. **ambos se resumían:** "both were included"

12. **que aquello daba a suponer:** "which that indicated." Here *aquello* refers to the fact that the population of San Ignacio was largely composed of men who were failures and who had lost everything in life

13. **pareció muy bien . . . mensús:** "the extent of the bearded man's wretchedness, his need to eat something was clearly revealed when he sent his aristocratic trappings to be redeemed at the labourers' store." *Boliche* is a general store. *Mensú* is a contraction of *mensual* and refers to labourers hired for plantation work on a monthly basis

14. **para reposición:** a legal term referring to the postponement of a case

15. **bajo bosque absoluto:** "under thick forest"

16. **barigüí, Guaraní:** mosquito

17. **ura:** type of worm which breeds in wounds and sores

18. **garrapata:** a blood-sucking parasite

19. **como medios . . . formales:** "as to communication with San Ignacio, there were only two proper ways"

20. **cuando llueve en forma:** "when it really rains"

21. **los pobladores del fondo:** "the inhabitants of the interior"

22. **no lo estimaba mayormente:** "he didn't think very much of him"

23. **árboles quemados:** burning trees is the preliminary step to clearing land for cultivation

24. **que exija . . . hierro:** "which calls for a waist of iron"

25. **tan pesados que imprimen . . . no se ve:** "so heavy that they impress a swaying rhythm on the walk, a bouncing movement (produced) by the tremendous, unseen effort"

26. **Jamás . . . guerreras:** "I would never have imagined that a heart-sufferer such as my acquaintance could ever have felt war-fever." *Asistolia* is a disease of the systole or contraction of the heart. Note that the date is 1914 and Bibikoff, a Russian, is off to fight on the Allied side in the conflict

27. **Maurice Barrès (1852–1923):** French thinker, who became an extreme nationalist. He believed in the influence of land and tradition and made

a cult of family and province

28. dîner en ville (French): "formal dinner." Literally "to dine in town"

29. deschalando maíz: *deschalar* is to take the *chala* or outer leaves and hair from the maize cobs. The word is an Americanism mainly found in Chile and Peru

30. Y éste fue ... retórica: "And this was his mistake—to use fine material for the purpose (of proving) a miserable theory"

EL SIMÚN*[1]

EN VEZ de lo que deseaba, me dieron un empleo en el Ministerio de Agricultura. Fui nombrado inspector de las estaciones meteorológicas en los países limítrofes.[2]

Estas estaciones, a cargo del Gobierno argentino, aunque ubicadas en territorio extranjero, desempeñan un papel muy importante en el estudio del régimen climatológico. Su inconveniente estriba en que de las tres observaciones normales a hacer en el día, el encargado suele efectuar únicamente dos, y muchas veces, ninguna. Llena luego las observaciones en blanco con temperatura y presiones de pálpito.[3] Y esto explica por qué en dos estaciones en territorio nacional, a tres leguas distantes, mientras una marcó durante un mes las oscilaciones naturales de una primavera tornadiza, la otra oficina acusó obstinadamente, y para todo el mes, una misma presión atmosférica y una constante dirección del viento.

El caso no es común, claro está, pero por poco que el observador se distraiga cazando mariposas, las observaciones de pálpito son una constante amenaza para las estadísticas de meteorología.

Yo había a mi vez cazado muchas mariposas mientras tuve a mi cargo una estación; y por esto acaso el Ministerio halló en mí méritos para vigilar oficinas cuyo mecanismo tan bien conocía.[4] Fui especialmente encomendado de informar sobre una estación instalada en territorio brasileño, al Norte del Iguazú.[5] La estación había sido creada un año antes, a pedido de una empresa de maderas. El obraje marchaba bien, según informes suministrados al Gobierno; pero era un misterio lo que pasaba en la estación. Para aclararlo fui enviado yo, cazador de mariposas meteorológicas, y quiero creer que por el mismo criterio con que los

* First published 10 February 1917 in *Plus Ultra* and then included in the collection, *Anaconda*.

Gobiernos sofocan una vasta huelga, nombrando ministro precisamente a un huelguista.

Remonté, pues, el Paraná hasta Corrientes, trayecto que conocía bien. Desde allí a Posadas[6] el país era nuevo para mí, y admiré como es debido el cauce del gran río anchísimo, lento y plateado, con islas empenachadas en todo el circuito de tacuaras dobladas sobre el agua como inmensas canastillas de bambú. Tábanos, los que se deseen.

Pero desde Posadas hasta el término del viaje, el río cambió singularmente. Al cauce pleno y manso sucedía una especie de lúgubre Aqueronte[7] —encajonado entre sombrías murallas de cien metros—, en el fondo del cual corre el Paraná revuelto en torbellinos, de un gris tan opaco que más que agua apenas parece otra cosa que lívida sombra de los murallones. Ni aun sensación de río, pues la sinuosidades incesantes del curso cortan la perspectiva a cada trecho. Se trata, en realidad, de una serie de lagos de montaña hundidos entre tétricos cantiles de bosque, basalto y arenisca barnizada en negro.

Ahora bien: el paisaje tiene una belleza sombría que no se halla fácilmente en los lagos de Palermo. Al caer la noche, sobre todo, el aire adquiere en la honda depresión una frescura y transparencia glaciales. El monte vuelca sobre el río su perfume crepuscular, y en esa vasta quietud de la hora el pasajero avanza sentado en proa, tiritando de frío y excesiva soledad.

Esto es bello, y yo sentí hondamente su encanto. Pero yo comencé a empaparme en su severa hermosura un lunes de tarde; y el martes de mañana vi lo mismo, e igual cosa el miércoles, y lo mismo vi el jueves y el viernes. Durante cinco días, a dondequiera que volviera la vista no veía sino dos colores: el negro de los murallones y el gris lívido del río.

Llegué, por fin. Trepé como pude la barranca de 120 metros y me presenté al gerente del obraje, que era a la vez el encargado de la estación meteorológica. Me hallé con un hombre joven aún, de color cetrino y muchas patas de gallo en los ojos.

—Bueno —me dije—; las clásicas arrugas tropicales. Este hombre ha pasado su vida en un país de sol.

Era francés y se llamaba Briand,[8] como el actual ministro de su patria. Por lo demás, un sujeto cortés y de pocas palabras. Era visible que el hombre había vivido mucho y que al cansancio de sus ojos, contrarrestando la luz, correspondía a todas veras igual fatiga del espíritu: una buena necesidad de hablar poco, por haber pensado mucho.

Hallé que el obraje estaba en ese momento poco menos que paralizado por la crisis de madera, pues en Buenos Aires y Rosario no sabían qué hacer con el *stock* formidable de lapacho, incienso, peterebí[9] y cedro, de toda viga, que flotara o no. Felizmente, la parálisis no había alcanzado a la estación meteorológica. Todo subía y bajaba, giraba y registraba en ella que era un encanto. Lo cual tiene su real mérito, pues cuando las pilas Edison se ponen en relaciones tirantes con el registrador del anemómetro, puede decirse que el caso es serio. No sólo esto: mi hombre había inventado un aparatito para registrar el rocío —un *hechizo* regional— con el que nada tenían que ver los instrumentos oficiales; pero aquello andaba a maravillas.

Observé todo, toqué, compusé libretas y estadísticas, con la certeza creciente de que aquel hombre no sabía cazar mariposas. Si lo sabía, no lo hacía por lo menos. Y esto era un ejemplo tan saludable como moralizador para mí.

No pude menos de informarme, sin embargo, respecto del gran retraso de las observaciones remitidas a Buenos Aires. El hombre me dijo que es bastante común, aun en obrajes con puerto y chalana en forma, que la correspondencia se reciba y haga llegar a los vapores metiéndola dentro de una botella que se lanza al río.

A veces es recogida; a veces, no.

¿Qué objetar a esto? Quedé, pues, encantado. Nada tenía que hacer ya. Mi hombre se prestó amablemente a organizarme una cacería de antas —que no cacé— y se negó a acompañarme a pasear en guabiroba por el río. El Paraná corre allá nueve millas, con remolinos capaces de poner proa al aire a remolcadores de jangadas. Paseé, sin embargo, y crucé el río; pero jamás volveré a hacerlo.

Entretanto la estada me era muy agradable, hasta que uno de esos días comenzaron las lluvias. Nadie tiene idea en Buenos Aires de lo que es aquello cuando un temporal de agua se asienta sobre el bosque. Llueve todo el día sin cesar, y al otro, y al siguiente, como si recién comenzara, en la más espantosa humedad de ambiente que sea posible imaginar. No hay frotador de caja de fósforos que conserve un grano de arena, y si un cigarro ya tiraba mal en pleno sol, no queda otro recurso que secarlo en el horno de la cocina económica—donde se quema, claro está.

Yo estaba ya bastante harto del paisaje aquel: la inmensa depresión negra y el río gris en el fondo: nada más. Pero cuando me tocó sentarme en el corredor por toda una semana, teniendo por delante la gotera, detrás la lluvia y allá abajo el Paraná blanco; cuando, después de volver la cabeza a todos lados y ver siempre el bosque inmóvil bajo el agua, tornaba fatalmente la vista al horizonte de basalto y bruma, confieso que entonces sentía crecer en mí, como un hongo, una inmensa admiración por aquel hombre que asistía sin inmutarse al liquidamiento de su energía y de sus cajas de fósforos.

Tuve, por fin, una idea salvadora:

—¿Si tomáramos algo? —propuse—. De continuar esto dos días más, me voy en canoa.

Eran las tres de la tarde. En la comunidad de los casos, no es ésta hora formal para tomar caña.[10] Pero cualquier cosa me parecía profundamente razonable —aun iniciar a las tres el aperitivo—, ante aquel paisaje de Divina Comedia[11] empapado en siete días de lluvia.

Comenzamos, pues. No diré si tomamos poco o mucho, porque la cantidad es en sí un detalle superficial. Lo fundamental es el giro particular de las ideas —así la indignación que se iba apoderando de mí por la manera con que mi compañero soportaba aquella desolación de paisaje—. Miraba él hacia el río con la calma de un individuo que espera el final de un diluvio universal que ha comenzado ya, pero que demorará aún catorce o quince años: no había por qué inquietarse. Yo se lo dije; no sé de qué modo, pero se lo dije. Mi compañero se echó a reír, pero no me respondió. Mi indignación crecía.

—Sangre de pato . . . —murmuraba yo mirándolo—. No tiene ya dos dedos de energía . . .

Algo oyó, supongo, porque, dejando su sillón de tela vino a sentarse a la mesa, enfrente de mí. Le vi hacer aquello un si es no es estupefacto, como quien mira a un sapo acodarse ante nuestra mesa. Mi hombre se acodó, en efecto, y noté entonces que lo veía con enérgico relieve.

Habíamos comenzado a. las tres, recuerdo que dije. No sé qué hora sería entonces.

—Tropical farsante . . . —murmuré aún—. Borracho perdido . . . [12]

Él se sonrió de nuevo, y me dijo con voz muy clara:

—Oígame, mi joven amigo: usted, a pesar de su título y su empleo y su mariposeo mental,[13] es una criatura. No ha hallado otro recurso para sobrellevar unos cuantos días que se le antojan aburridos,[14] que recurrir al alcohol. Usted no tiene idea de lo que es aburrimiento, y se escandaliza de que yo no me enloquezca con usted.

¿Qué sabe usted de lo que es un país realmente de infierno? Usted es una criatura, y nada más. ¿Quiere oír una historia de aburrimiento? Oiga, entonces:

Yo no me aburro aquí porque he pasado por cosas que usted no resistiría quince días. Yo estuve siete meses . . . Era allá en el Sahara, en un fortín avanzado. Que soy oficial del ejército francés, ya lo sabe... Ah, ¿no? Bueno, capitán... Lo que no sabe es que pasé siete meses allá, en un país totalmente desierto, donde no hay más que sol de cuarenta y ocho grados a la sombra, arena que deja ciego y escorpiones. Nada más. Y eso cuando no hay sirocco . . .[15]

Eramos dos oficiales y ochenta soldados. No había nadie ni nada más en doscientas leguas a la redonda. No había sino una horrible luz y un horrible calor, día y noche . . . Y constantes palpitaciones de corazón, porque uno se ahoga . . . Y un silencio tan grande como puede desearlo un sujeto con jaqueca.

Las tropas van a esos fortines porque es su deber. También van los oficiales; pero todos vuelven locos o poco menos. ¿Sabe a qué tiempo de marcha están esos fortines? A veinte y treinta días de caravana . . . Nada más que arena: arena en los dientes, en la sopa, en cuanto se come; arena en la máquina de los relojes que hay que llevar encerrados en bolsitas de gamuza. Y en los ojos, hasta enceguecer al ochenta por ciento de los indígenas, cuanta quiera.[16] Divertido, ¿eh? Y el *cafard* . . .[17] !Ah!! Una diversión . . .

Cuando sopla el sirocco, si no quiere usted estar todo el día escupiendo sangre, debe acostarse entre sábanas mojadas, renovándolas sin cesar, porque se secan antes de que usted se acuerde. Así, dos, tres días, A veces, siete . . . ¿Oye bien?, siete días. Y usted no tiene otro entretenimiento, fuera de empapar sus sábanas, que triturar arena, azularse de disnea por la falta de aire y cuidarse bien de cerrar los ojos porque están llenos de arena . . . y adentro, afuera, donde vaya, tiene cincuenta y dos grados a la sombra. Y si usted adquiere bruscamente ideas suicidas —incuban allá con una rapidez desconcertante—, no tiene más que pasear cien metros al sol, protegido por todos los sombreros que usted quiera: una buena y súbita congestión a la médula lo tiende en medio minuto entre los escorpiones.

¿Cree usted, con esto, que haya muchos oficiales que aspiren seriamente a ir allá? Hay el *cafard*, además . . . ¿Sabe usted lo que pasa y se repite por intervalos? El Gobierno recibe un día cien, quinientas renuncias de empleados de toda categoría. Todas lo mismo . . . "Vida perra . . .[18] Hostilidad de los jefes . . . Insultos de los compañeros . . . Imposibilidad de vivir un solo segundo más con ellos . . .".

—Bueno —dice la Administración—; parece que por allá sopla el sirocco.

Y deja pasar quince días. Al cabo de este tiempo pasa el sirocco, y los nervios recobran su elasticidad normal. Nadie recuerda ya nada, y los renunciantes se quedan atónitos por lo que han hecho.

Esto es el *guebli* . . . Así decimos allá al sirocco —o simún de las geografías . . .—. Observe que en ninguna parte del Sahara del

Norte he oído llamar simún al *guebli*. Bien. ¡Y usted no puede soportar esta lluvia! ¡El *guebli!* . . . Cuando sopla, usted no puede escribir. Moja la pluma en el tintero y ya está seca al llegar al papel. Si usted quiere doblar el papel, se rompe como vidrio. Yo he visto un repollo, fresquísimo al comenzar el viento, doblarse, amarillear y secarse en un minuto. ¿Usted sabe bien lo que es un minuto? Saque el reloj y cuente.

Y los nervios y los golpes de sangre . . . Multiplique usted por diez la tensión de nuestros meridionales cuando llega allá un colazo del *guebli* y apreciará lo que es irritabilidad explosiva.

¿Y sabe usted por qué no quieren ir los oficiales, fuera del tormento corporal? Porque no hay relación, ni amistad, ni amor que resistan a la vida en común en esos parajes . . . ¡Ah! ¿Usted cree que no? Usted es una criatura, ya le he dicho . . . Yo lo fui también, y pedí mis seis meses en un fortín en el Sahara, con un teniente a mis órdenes. Éramos íntimos amigos, infinitamente más de lo que pudiéramos llegar a serlo usted y yo en veinte generaciones.

Bueno; fuimos allá y durante dos meses nos reímos de arena, sol y *cafard*. Hay allá cosas bellas, no se puede negar. Al salir el sol, todos los montículos de arena brillan; es un verdadero mar de olas de oro. De tarde, los crepúsculos son violeta, puramente violeta. Y cuando comienza el *guebli* a soplar sobre los médanos, va rasando las cúspides y arrancando la arena en nubecillas, como humo de diminutos volcanes. Se los ve disminuir, desaparecer, para formarse de nuevo más lejos. Sí, así pasa cuando sopla el sirocco . . . Y esto lo veíamos con gran placer en los primeros tiempos.

Poco a poco el *cafard* comenzó a arañar con sus patas nuestras cabezas debilitadas por la soledad y la luz: un aislamiento tan fuera de la Humanidad, que se comienza a dar paseos cortos de vaivén.[19] La arena constante entre los dientes . . . La piel hiperestesiada hasta convertir en tormento el menor pliegue de la camisa . . . Este es el grado inicial —diremos delicioso aún— de aquello.

Por poca honradez que se tenga, nuestra propia alma es el receptáculo donde guardamos todas esas miserias, pues, comprendiéndonos únicos culpables, cargamos virilmente con la responsabilidad. ¿Quién podría tener la culpa?

Hay, pues, una lucha heroica en eso. Hasta que un día, después de cuatro de sirocco, el *cafard* clava más hondamente sus patas en la cabeza y ésta no es más dueña de sí. Los nervios se ponen tan tirantes, que ya no hay sensaciones, sino heridas y punzadas. El más simple roce es un empujón; una voz amiga es un grito irritante; una mirada de cansancio es una provocación; un detalle diario y anodino cobra una novedad hostil y ultrajante.

¡Ah! Usted no sabe nada ... Oigame: ambos, mi amigo y yo, comprendimos que las cosas iban mal, y dejamos casi de hablar. Uno y otro sentíamos que la culpa estaba en nuestra irritabilidad, exasperada por el aislamiento, el calor —el *cafard*, en fin—. Conservábamos, pues, nuestra razón. Lo poco que hablábamos era en la mesa.

Mi amigo tenía un tic. ¡Figúrese usted si estaría yo acostumbrado a él después de veinte años de estrecha amistad! Consistía simplemente en un movimiento seco[20] de la cabeza, echándola a un lado, como si le apretara o molestara un cuello de camisa.

Ahora bien; un día, bajo amenaza de sirocco, cuya depresión angustiosa es tan terrible como el viento mismo, ese día, al levantar los ojos del plato, *noté* que mi amigo efectuaba su movimiento de cabeza. Volví a bajar los ojos, y cuando los levanté de nuevo, vi que otra vez repetía su tic. Torné a bajar los ojos, pero ya en una tensión nerviosa insufrible. ¿Por qué hacía así? ¿Para provocarme? ¿Qué me importaba que hiciera tiempo que hacía eso? ¿Por qué lo hacía cada vez que lo miraba? Y lo terrible era que estaba seguro —¡seguro!— de que cuando leventara los ojos lo iba a ver sacudiendo la cabeza de lado. Resistí cuanto pude, pero el ansia hostil y enfermiza me hizo mirarlo bruscamente. En ese momento echaba la cabeza a un lado, como si le irritara el cuello de la camisa.

—¡Pero hasta cuándo vas a estar con esas estupideces! —le grité con toda la rabia provocativa que pude.

Mi amigo me miró, estupefacto al principio, y en seguida con rabia también. No había comprendido por qué lo provocaba, pero había allí un brusco escape a su propia tensión nerviosa.

—¡Mejor es que dejemos! —repuso con voz sorda y trémula—. Voy a comer solo en adelante.

Y tiró la servilleta —la estrelló— contra la silla.

Quedé en la mesa, inmóvil, pero en una inmovilidad de resorte tendido. Sólo la pierna derecha, sólo ella, bailaba sobre la punta del pie.

Poco a poco recobré la calma. ¡Pero era idiota lo que había hecho! ¡El, mi amigo más que íntimo, con los lazos de fraternidad que nos unía! Fui a verle y lo tomé del brazo.

—Estamos locos —le dije—. Perdóname.

Esa noche cenamos juntos otra vez. Pero el *guebli* rapaba ya los montículos, nos ahogábamos a cincuenta y dos grados y los nervios punzaban enloquecidos a flor de epidermis. Yo no me atrevía a levantar los ojos porque *sabía* que él estaba en ese momento sacudiendo la cabeza de lado, y me hubiera sido completamente imposible ver con calma eso. Y la tensión crecía, porque había una tortura mayor que aquélla: era *saber* que, sin que yo lo viera, él estaban en ese instante con su tic.

¿Comprende usted esto? El, mi amigo, pasaba por lo mismo que yo, pero exactamente con razonamientos al revés... Y teníamos una precaución inmensa en los movimientos, al alzar un porrón de barro, al apartar un plato, al frotar con pausa un fósforo; porque comprendíamos que al menor movimiento brusco hubiéramos saltado como dos fieras.

No comimos más juntos. Vencidos ambos en la primer batalla del mutuo respeto y la tolerancia, el *cafard* se apoderó del todo de nosotros.

Le he contado con detalles este caso porque fue el primero. Hubo cien más. Llegamos a no hablarnos sino lo estrictamente necesario al servicio, dejamos el *tú* y nos tratamos de *usted*.[21] Además, *capitán* y *teniente*, mutuamente. Si por una circunstancia excepcional, cambiábamos más de dos palabras, no nos mirábamos, de miedo de ver, flagrante, la provocación en los ojos del otro...

Y al no mirarnos sentíamos igualmente la patente hostilidad de esa actitud, atentos ambos al menor gesto a una mano puesta sobre la mesa, al molinete de una silla que se cambia de lugar, para explotar con loco frenesí.

No podíamos más, y pedimos el relevo.

Abrevio. No sé bien, porque aquellos dos meses últimos fueron una pesadilla, qué pasó en ese tiempo. Recuerdo, sí, que yo, por un esfuerzo final de salud o un comienzo real de locura, me di con alma y vida a cuidar de cinco o seis legumbres que defendía a fuerza de diluvios de agua y sábanas mojadas. El, por su parte, y en el otro extremo del fortín, para evitar todo contacto, puso su amor en un chanchito —¡no sé aún de dónde pudo salir!—. Lo que recuerdo muy bien es que una tarde hallé rastros del animal en mi huerta, y cuando llegó esa noche la caravana oficial que nos relevaba, yo estaba agachado, acechando con un fusil al chanchito para matarlo de un tiro.

¿Qué más le puedo decir? ¡Ah! Me olvidaba . . . Una vez por mes, más o menos, acampaba allí una tribu indígena, cuyas bellezas, harto fáciles, quitaban a nuestra tropa, entre sirocco y sirocco, el último resto de solidez que quedaba a sus nervios. Una de ellas, de alta jerarquía,[22] era realmente muy bella . . . Figúrese ahora —en este detalle— cuán bien aceitados estarían en estas ocasiones el revólver de mi teniente y el mío . . .

Bueno, se acabó todo. Ahora estoy aquí, muy tranquilo, tomando caña brasileña con usted, mientras llueve. ¿Desde cuándo? Martes, miércoles . . . siete días. Y con una buena casa, un excelente amigo, aunque muy joven . . . ¿Y quiere usted que me pegue un tiro por esto? Tomemos más caña, si le place, y después cenaremos, cosa siempre agradable con un compañero como usted . . . Mañana —pasado mañana, dicen— debe bajar el *Meteoro*.[23] Se embarca en él y cuando vuelva a hallar pesados estos siete días de lluvia, acuérdese del tic, del *cafard* y del *chanchito* . . .

¡Ah! Y de mascar constantemente arena, sobre todo cuando se está rabioso . . . Le aseguro que es una sensación que vale la pena.

NOTES

1. **El simún:** The simoom: a hot, desert wind
2. **en los países limítrofes:** "in the bordering countries"
3. **de pálpito:** Quiroga evidently here means "by guesswork"
4. **cuyo mecanismo... conocía:** "whose workings I knew so well"
5. **Iguazú:** see atlas
6. **el Paraná hasta Corrientes ...Posadas:** Posadas is a big river port on the upper Paraná. See atlas. Corrientes is a port down river, capital city of a province of Argentina
7. **Aqueronte:** the River Acheron of antiquity which Homer called one of the rivers of hell because of its dead appearance
8. **Briand:** Aristide Briand (1862-1932), French politician who served as Président du Conseil between 1909-11, in 1913 and between 1915-17
9. **lapacho, incienso, peterebí:** all names of trees found in the Paraná region
10. **caña:** a brandy made from sugar-cane
11. **paisaje de Divina Comedia:** "landscape worthy of the Divine Comedy." Quiroga here means something like an "infernal landscape"
12. **tropical farsante... borracho perdido:** These insults cannot, of course, be translated literally but they mean something equivalent to, "tropical humbug", "dissolute drunkard"
13. **su mariposeo mental:** "your intellectual flutterings"
14. **para sobrellevar... aburridos:** "to get through a few days that you find boring." *Antojarse* includes the idea of to desire capriciously
15. **sirocco:** a hot, dry wind
16. **Y en los ojos... cuanta quiera:** "And as much as you like in your eyes— enough to blind eighty per cent of the natives"
17. **el cafard:** French *avoir le cafard:* "to be fed up"
18. **Vida perra:** "a dog's life"
19. **que se comienza... vaivén:** "that you begin to take short, giddy walks"
20. **seco:** normally "dry". Here it means "short"
21. **dejamos... usted:** this implies a real estrangement since *tú* is normally used for friends
22. **de alta jerarquía:** "of high class"
23. **el Meteoro:** the name of the passenger boat navigating the River Paraná

A LA DERIVA*[1]

EL HOMBRE pisó algo blanduzco, y en seguida sintió la mordedura en el pie. Saltó adelante, y al volverse con un juramento, vio a una yararacusú[2] que, arrollada sobre sí misma, esperaba otro ataque.

El hombre echó una veloz ojeada a su pie, donde dos gotitas de sangre engrosaban dificultosamente, y sacó el machete de la cintura. La víbora vio la amenaza y hundió más la cabeza en el centro mismo de su espiral; pero el machete cayó de plano, dislocándole las vértebras.

El hombre se bajó hasta la mordedura, quitó las gotitas de sangre y durante un instante contempló. Un dolor agudo nacía de los dos puntitos violeta y comenzaba a invadir todo el pie. Apresuradamente se ligó el tobillo con su pañuelo y siguió por la picada hacia su rancho.

El dolor en el pie aumentaba, con sensación de tirante abultamiento,[3] y de pronto el hombre sintió dos o tres fulgurantes puntadas que, como relámpagos, habían irradiado desde la herida hasta la mitad de la pantorrilla. Movía la pierna con dificultad; una metálica sequedad de garganta, seguida de sed quemante, le arrancó un nuevo juramento.

Llegó por fin al rancho y se echó de brazos sobre la rueda de un trapiche[4] Los dos puntitos violeta desaparecían ahora en una monstruosa hinchazón del pie entero. La piel parecía adelgazada y a punto de ceder, de tensa.[5] Quiso llamar a su mujer, y la voz se quebró en un ronco arrastre de garganta reseca. La sed lo devoraba.

—¡Dorotea!—alcanzó a lanzar en un estertor—.[6] ¡Dame caña!

* First published 6, 7 June 1912 in *Fray Mocho* and later included in *Cuentos de amor, de locura y de muerte* (1917).

Su mujer corrió con un vaso lleno, que el hombre sorbió en tres tragos. Pero no había sentido gusto alguno.

—¡Te pedí caña, no agua!—rugió de nuevo—. ¡Dame caña!

—¡Pero es caña, Paulino!—protestó la mujer, espantada.

—¡No, me diste agua! ¡Quiero caña, te digo!

La mujer corrió otra vez, volviendo con la damajuana. El hombre tragó uno tras otro dos vasos, pero no sintió nada en la garganta.

—Bueno, esto se pone feo—murmuró entonces, mirando su pie, lívido y con lustre gangrenoso.

Sobre la honda ligadura del pañuelo la carne desbordaba como una monstruosa morcilla.

Los dolores fulgurantes se sucedían en continuos relampagueos y llegaban ahora hasta la ingle. La atroz sequedad de garganta, que el aliento parecía caldear más, aumentaba a la par. Cuando pretendió incorporarse un fulminante vómito lo mantuvo medio minuto con la frente apoyada en la rueda de palo.

Pero el hombre no quería morir, y descendiendo hasta la costa subió a su canoa. Sentóse en la popa y comenzó a palear hasta el centro del Paraná. Allí la corriente del río, que en las inmediaciones de Iguazú corre seis millas, lo llevaría antes de cinco horas a Tacurú-Pacú.[7]

El hombre, con sombría energía, pudo efectivamente llegar hasta el medio del río; pero ahí sus manos dormidas dejaron caer la pala en la canoa y tras un nuevo vómito—de sangre esta vez— dirigió una mirada al sol, que ya transponía el monte.

La pierna entera, hasta medio muslo,[8] era ya un bloque deforme, y durísimo que reventaba la ropa. El hombre cortó la ligadura y abrió el pantalón con su cuchillo: el bajo vientre desbordó hinchado, con grandes manchas lívidas y terriblemente doloroso. El hombre pensó que no podría jamás llegar él solo a Tacurú-Pacú y se decidió a pedir ayuda a su compadre Alves[9] aunque hacía mucho tiempo que estaban disgustados.

La corriente del río se precipitaba ahora hacia la costa brasileña, y el hombre pudo fácilmente atracar. Se arrastró por la picada en cuesta arriba,[10] pero a los veinte metros, exhausto, quedó tendido de pecho.

—¡Alves!—gritó con cuanta fuerza pudo: y prestó oído en vano.

—¡Compadre Alves! No me niegue este favor—clamó de nuevo, alzando la cabeza del suelo.

En el silencio de la selva no se oyó un solo rumor. El hombre tuvo aún valor para llegar hasta su canoa, y la corriente, cogiéndola de nuevo, la llevó velozmente a la deriva.

El Paraná corre allí en el fondo de una inmensa hoya, cuyas paredas, altas, de cien metros, encajonan fúnebremente el río. Desde las orillas, bordeadas de negros bloques de basalto, asciende el bosque, negro también. Adelante, a los costados, detrás, la eterna muralla lúgubre, en cuyo fondo el río arremolinado se precipita en incesantes borbollones de agua fangosa. El paisaje es agresivo y reina en él un silencio de muerte. Al atardecer, sin embargo, su belleza sombría y calma cobra una majestad única.

El sol había caído ya, cuando el hombre, semitendido en el fondo de la canoa, tuvo un violento escalofrío. Y de pronto, con asombro, enderezó pesadamente la cabeza: se sentía mejor. La pierna le dolía apenas, la sed disminuía, y su pecho, libre ya, se abría en lenta inspiración.

El veneno comenzaba a irse, no había duda. Se hallaba casi bien, y aunque no tenía fuerzas para mover la mano, contaba con la caída del rocío para reponerse del todo. Calculó que antes de tres horas estaría en Tacurú-Pacú.

El bienestar avanzaba, y con él una somnolencia llena de recuerdos. No sentía ya nada ni en la pierna ni en el vientre. ¿Viviría aun su compadre Gaona en Tacurú-Pacú? Acaso viera también a su ex patrón míster Dougald y al recibidor del obraje.[11]

¿Llegaría pronto? El cielo, al Poniente, se abría ahora en pantalla de oro, y el río se había coloreado también. Desde la costa paraguaya,[12] ya entenebrecida, el monte dejaba caer sobre el río su frescura crepuscular en penetrantes efluvios de azahar y miel silvestre. Una pareja de guacamayos cruzó muy alto y en silencio hacia el Paraguay.

Allá abajo, sobre el río de oro, la canoa derivaba velozmente, girando a ratos sobre sí misma, ante el borbollón de un remolino. El hombre que iba en ella se sentía cada vez mejor, y pensaba entre tanto en el tiempo justo que había pasado sin ver a su ex patrón Dougald. ¿Tres años? Tal vez no, no tanto. ¿Dos años y nueve meses? Acaso. ¿Ocho meses y medio? Eso sí, seguramente.

De pronto sintió que estaba helado hasta el pecho. ¿Qué sería? Y la respiración también . . .

Al recibidor de maderas de mister Dougald, Lorenzo Cubilla, lo había conocido en Puerto Esperanza en Viernes Santo . . . ¿Viernes? Si, o jueves . . .

El hombre estiró lentamente los dedos de la mano.

—Un jueves . . .

Y cesó de respirar.

NOTES

1. **A la deriva:** "drifting"
2. **yararacusú:** type of yarará, an extremely poisonous snake. See Anaconda, note 8
3. **con . . . abultamiento:** "with a tight swelling sensation." The detail with which Quiroga describes the pain is characteristic of his interest in physical sensations
4. **un trapiche:** *trapiche* refers to any kind of press used for crushing. In this case, it was probably used for crushing sugar-cane
5. **a punto . . . tensa:** "so taut that it seemed about to give way"
6. **alcanzó . . . estertor:** "He managed to gasp out." Literally, "He managed to throw out in a death rattle"

7. **Iguazú, Tacurú-Pacú:** see atlas
8. **hasta medio muslo:** "to half-way up the thigh"
9. **compadre Alves:** *compadre* literally means godfather but is often used to denote a close friend. Partner, mate
10. **la picada en cuesta arriba:** "the upward-sloping trail"
11. **recibidor del obraje:** *obraje* means any work-site. Here Quiroga is referring to a logging camp so that the *recibidor* would be the man who received and collected the felled logs
12. **la costa paraguaya:** "The Paraguayan coast." The Paraná separates Paraguay and Argentina

EL HOMBRE MUERTO*

EL HOMBRE y su machete acababan de limpiar la quinta calle del bananal.[1] Faltábanles aún dos calles; pero como en éstas abundaban las chircas y malvas silvestres, la tarea que tenían por delante era muy poca cosa. El hombre echó, en consecuencia, una mirada satisfecha a los arbustos rozados, y cruzó el alambrado para tenderse un rato en la gramilla.

Mas al bajar el alambre de púa y pasar el cuerpo, su pie izquierdo resbaló sobre un trozo de corteza desprendida del poste, a tiempo que el machete se le escapaba de la mano. Mientras caía, el hombre tuvo la impresión sumamente lejana de no ver el machete de plano en el suelo.

Ya estaba tendido en la gramilla, acostado sobre el lado derecho, tal como él quería. La boca, que acababa de abrírsele en toda su extensión, acababa también de cerrarse. Estaba como hubiera deseado estar, las rodillas dobladas y la mano izquierda sobre el pecho. Sólo que tras el antebrazo, e inmediatamente por debajo del cinto, surgían de su camisa el puño y la mitad de la hoja del machete; pero el resto no se veía.

El hombre intentó mover la cabeza, en vano. Echó una mirada de reojo a la empuñadura del machete, húmeda aún del sudor de su mano. Apreció mentalmente la extensión y la trayectoria del machete dentro de su vientre, y adquirió, fría, matemática e inexorable, la seguridad de que acababa de llegar al término de su existencia.

La muerte. En el transcurso de la vida se piensa muchas veces en que un día, tras años, meses, semanas y días preparatorios, llegaremos a nuestro turno al umbral de la muerte. Es la ley

* First published 27 June 1927 in *La nación* and later included in *Los desterrados* (1926).

fatal, aceptada y prevista; tanto, que solemos dejarnos llevar placenteramente por la imaginación a ese momento, supremo entre todos, en que lanzamos el último suspiro.

Pero entre el instante actual y esa postrera espiración, ¡qué de sueños, trastornos, esperanzas y dramas presumimos de nuestra vida! ¡Qué nos reserva aún esta existencia llena de vigor, antes de su eliminación del escenario humano! Es éste el consuelo, el placer y la razón de nuestras divagaciones mortuorias:[2] ¡tan lejos está la muerte, y tan imprevisto lo que debemos vivir aún!

¿Aún . . .? No han pasado dos segundos: el sol está exactamente a la misma altura; las sombras no han avanzado un milímetro. Bruscamente, acaban de resolverse para el hombre tendido las divagaciones a largo plazo:[3] se está muriendo.

Muerto. Puede considerarse muerto en su cómoda postura.

Pero el hombre abre los ojos y mira. ¿Qué tiempo ha pasado? ¿Qué cataclismo ha sobrevenido en el mundo? ¿Qué trastorno de la naturaleza trasuda[4] el horrible acontecimiento?

Va a morir. Fría, fatal e ineludiblemente, va a morir.

El hombre resiste —¡es tan imprevisto ese horror! Y piensa: es una pesadilla; ¡eso es! ¿Qué ha cambiado? Nada. Y mira: ¿no es acaso ese bananal su bananal? ¿No viene todas las mañanas a limpiarlo? ¿Quién lo conoce como él? Ve perfectamente el bananal, muy raleado, y las anchas hojas desnudas al sol. Allí están, muy cerca, deshilachadas por el viento. Pero ahora no se mueven . . . Es la calma de mediodía; pronto deben ser las doce.

Por entre los bananos, allá arriba, el hombre ve desde el duro suelo el techo rojo de su casa. A la izquierda, entrevé el monte y la capuera de canelas. No alcanza a ver más, pero sabe muy bien que a sus espaldas está el camino al puerto nuevo; y que en la dirección de su cabeza, allá abajo, yace en el fondo del valle el Paraná dormido como un lago. Todo, todo exactamente como siempre; el sol de fuego, el aire vibrante y solitario, los bananos inmóviles, el alambrado de postes muy gruesos y altos que pronto tendrá que cambiar.

¡Muerto! ¿Pero es posible? ¿No es éste uno de los tantos días en que ha salido al amanecer de su casa con el machete en la mano? ¿No está allí mismo, a cuatro metros de él, su caballo, su malacara, oliendo parsimoniosamente el alambre de púa?

¡Pero sí! Alguien silba ... No puede ver, porque está de espaldas al camino; mas siente resonar en el puentecito los pasos del caballo ... Es el muchacho que pasa todas las mañanas hacia el puerto nuevo, a las once y media. Y siempre silbando ... Desde el poste descascarado que toca casi con las botas, hasta el cerco vivo de monte que separa el bananal del camino, hay quince metros largos. Lo sabe perfectamente bien, porque él mismo, al levantar el alambrado, midió la distancia.

¿Qué pasa, entonces? ¿Es ése o no un natural mediodía de los tantos en Misiones, en su monte, en su potrero, en su bananal ralo? ¡Sin duda! Gramilla corta, conos de hormigas,[5] silencio, sol a plomo ...

Nada, nada ha cambiado. Sólo él es distinto. Desde hace dos minutos su persona, su personalidad viviente, nada tiene ya que ver ni con el potrero, que formó él mismo a azada,[6] durante cinco meses consecutivos; ni con el bananal, obra de sus solas manos. Ni con su familia. Ha sido arrancado bruscamente, naturalmente, por obra de una cáscara lustrosa y un machete en el vientre. Hace dos minutos: se muere.

El hombre, muy fatigado y tendido en la gramilla sobre el costado derecho, se resiste siempre a admitir un fenómeno de esa trascendencia, ante el aspecto normal y monótono de cuanto mira. Sabe bien la hora: las once y media ... El muchacho de todos los días acaba de pasar sobre el puente.

¡Pero no es posible que haya resbalado ...! El mango de su machete (pronto deberá cambiarlo por otro; tiene ya poco vuelo) estaba perfectamente oprimido entre su mano izquierda y el alambre de púa. Tras diez años de bosque, él sabe muy bien cómo se maneja un machete de monte. Está solamente muy fatigado del trabajo de esa mañana, y descansa un rato como de costumbre.

¿La prueba ....? ¡Pero esa gramilla que entra ahora por la comisura[7] de su boca la plantó él mismo, en panes de tierra distantes un metro uno de otro! ¡Y ése es su bananal; y ése es su malacara,

resoplando cauteloso ante las púas del alambre! Lo ve perfectamente; sabe que no se atreve a doblar la esquina del alambrado,
porque él está echado casi al pie del poste. Lo distingue muy bien;
y ve los hilos oscuros de sudor que arrancan de la cruz y del anca.
El sol cae a plomo, y la calma es muy grande, pues ni un fleco de
los bananos se mueve. Todos los días, como *ése*, ha visto las mismas
cosas.

. . . Muy fatigado, pero descansa sólo. Deben de haber pasado
ya varios minutos . . . y a las doce menos cuarto, desde allá
arriba, desde el chalet de techo rojo, se desprenderán hacia el
bananal su mujer y sus dos hijos, a buscarlo para almorzar. Oye
siempre, antes que las demás, la voz de su chico menor que quiere
soltarse de la mano de su madre: ¡Piapiá! ¡Piapiá!

—¿No es eso . . . ? ¡Claro, oye! Ya es la hora. Oye efectivamente la voz de su hijo . . .

¡Qué pesadilla . . . ! ¡Pero es uno de los tantos días, trivial como
todos, claro está! Luz excesiva, sombras amarillentas, calor silencioso de horno sobre la carne, que hace sudar al malacara inmóvil ante el bananal prohibido.

. . . Muy cansado, mucho, pero nada más. ¡Cuántas veces, a
mediodía como ahora, ha cruzado volviendo a casa ese potrero,
que era capuera cuando él llegó, y que antes había sido monte
virgen! Volvía entonces, muy fatigado también, con su machete
pendiente de la mano izquierda, a lentos pasos.

Puede aún alejarse con la mente, si quiere; puede si quiere
abandonar un instante su cuerpo y ver desde el tajamar[8] por él
construido, el trivial paisaje de siempre: el pedregullo volcánico
con gramas rígidas; el bananal y su arena roja; el alambrado
empequeñecido en la pendiente, que se acoda hacia el camino.[9]
Y más lejos aún ver el potrero, obra sola de sus manos. Y al pie de
un poste descascarado, echado sobre el costado derecho y las
piernas recogidas, exactamente como todos los días, puede verse a
él mismo, como un pequeño bulto asoleado sobre la gramilla,
descansando, porque está muy cansado . . .

Pero el caballo rayado de sudor, e inmóvil de cautela ante el
esquinado del alambrado,[10] ve también al hombre en el suelo y no

se atreve a costear el bananal, como desearía. Ante las voces que ya están próximas —¡Piapiá!—, vuelve un largo, largo rato las orejas inmóviles al bulto: y tranquilizado al fin, se decide a pasar entre el poste y el hombre tendido —que ya ha descansado.

NOTES

1. **la quinta calle del bananal:** "the fifth row of the banana plantation"
2. **nuestras divagaciones mortuorias:** "our musings about death"
3. **Bruscamente . . . a largo plazo:** "Suddenly, for the man lying (on the ground), the long-distance musings were over"
4. **trasudar** normally means "to sweat". Here it can be translated by "to mark" or "to denote"
5. **conos de hormigas:** Some types of ant raise earth mounds when building their nests. These are the *conos*
6. **a azada:** the preposition *a* is here used to denote manner or means, "by means of a hoe"
7. **la comisura:** refers to the part where the lips or eyelids join together. Here it could be translated by "the edges of the mouth"
8. **tajamar** is here used in a specialized Argentinian sense to mean a deep ditch or basin near a river, dug to counteract the effects of flooding
9. **que . . . camino:** "which slopes downwards towards the road"
10. **el esquinado del alambrado:** Literally "the squared-off end of the barbed wire fence" but here it can be translated simply by the "corner of the barbed wire fence"

EL YACIYATERÉ*[1]

CUANDO uno ha visto a un chiquilín reírse a las dos de la mañana como un loco, con una fiebre de cuarenta y dos grados, mientras afuera ronda un yaciyateré, se adquiere de golpe sobre las supersticiones ideas que van hasta el fondo de los nervios.

Se trata aquí de una simple superstición. La gente del Sur dice que el yaciyateré es un pajarraco desgarbado que canta de noche. Yo no lo he visto, pero lo he oído mil veces. El cantito es muy fino y melancólico. Repetido y obsediante, como el que más.[2] Pero en el Norte, el yaciyateré es otra cosa.

Una tarde, en Misiones, fuimos un amigo y yo a probar una vela nueva en el Paraná, pues la latina[3] no nos había dado resultado con un río de corriente feroz y en una canoa que rasaba el agua. La canoa era también obra nuestra, construida en la bizarra proporción de 1 : 8. Poco estable, como se ve, pero capaz de filar como una torpedera.

Salimos a las cinco de la tarde, en verano. Desde la mañana no había viento. Se aprontaba una magnífica tormenta, y el calor pasaba de lo soportable. El río corría untuoso bajo el cielo blanco. No podíamos quitarnos un instante los anteojos amarillos, pues la doble reverberación de cielo y agua enceguecía. Además, principio de jaqueca en mi compañero. Y ni el más leve soplo de aire.

Pero una tarde así en Misiones, con una atmósfera de ésas tras cinco días de viento norte, no indica nada bueno para el sujeto que está derivando por el Paraná en canoa de carrera. Nada más difícil, por otro lado, que remar en ese ambiente.

---

* First published 19 November 1917 in *Plus Ultra* and later included in *Anaconda*.

Seguimos a la deriva, atentos al horizonte del sur, hasta llegar al Teyucuaré. La tormenta venía.

Estos cerros de Teyucuaré, tronchados a pico sobre el río en enormes cantiles de asperón rosado, por los que se descuelgan las lianas del bosque, entran profundamente en el Paraná formando hacia San Ignacio una honda ensenada, a perfecto resguardo del viento sur. Grandes bloques de piedra desprendidos del acantilado erizan el litoral, contra el cual el Paraná entero tropieza, remolinea y se escapa por fin aguas abajo, en rápidos agujereados de remolinos. Pero desde el cabo final, y contra la costa misma, el agua remansa lamiendo lentamente el Teyucuaré hasta el fondo del golfo.

En dicho cabo, y a resguardo de un inmenso bloque para evitar las sorpresas del viento, encallamos la canoa y nos sentamos a esperar. Pero las piedras barnizadas quemaban literalmente, aunque no había sol, y bajamos a aguardar en cuclillas a orillas del agua.

El sur, sin embargo, había cambiado de aspecto. Sobre el monte lejano, un blanco rollo de viento ascendía en curva, arrastrando tras él un toldo azul de lluvia. El río, súbitamente opaco, se había rizado.

Todo esto es rápido. Alzamos la vela, empujamos la canoa, y bruscamente, tras el negro bloque, el viento pasó rapando el agua. Fue una sola sacudida de cinco segundos; y ya había olas. Remamos hacia la punta de la restinga, pues tras el parapeto del acantilado no se movía aún una hoja. De pronto cruzamos la línea —imaginaria, si se quiere, pero perfectamente definida—, y el viento nos cogió.

Véase ahora: nuestra vela tenía tres metros cuadrados, lo que es bien poco, y entramos con 35 grados en el viento.[4] Pues bien; la vela voló, arrancada como un simple pañuelo y sin que la canoa hubiera tenido tiempo de sentir la sacudida. Instantáneamente el viento nos arrastró. No mordía sino en nuestros cuerpos poca vela, como se ve, pero era bastante para contrarrestar remos, timón, todo lo que hiciéramos. Y ni siquiera de popa; nos llevaba de costado, borda tumbada como una cosa náufraga.

Viento y agua, ahora. Todo el río, sobre la cresta de las olas, estaba blanco por el chal de lluvia que el viento llevaba de una ola a otra, rompía y anudaba en bruscas sacudidas convulsivas. Luego, la fulminante rapidez con que se forman las olas a contracorriente en un río que no da fondo allí a sesenta brazas. En un solo minuto el Paraná se había transformado en un lugar huracanado, y nosotros, en dos náufragos. Ibamos siempre empujados de costado, tumbados, cargando veinte litros de agua a cada golpe de ola, ciegos de agua, con la cara dolorida por los latigazos de la lluvia y temblando de frío.

En Misiones, con una tempestad de verano, se pasa muy fácilmente de cuarenta grados a quince, y en un solo cuarto de hora. No se enferma nadie, porque el país es así, pero se muere uno de frío.

Plena mar, en fin. Nuestra única esperanza era la playa de Blosset —playa de arcilla, felizmente—, contra la cual nos precipitábamos. No se si la canoa hubiera resistido a flote un golpe de agua más; pero cuando una ola nos lanzó a cinco metros dentro de tierra, nos consideramos bien felices. Aun así tuvimos que salvar la canoa, que bajaba y subía al pajonal como un corcho, mientras nos hundíamos en la arcilla podrida y la lluvia nos golpeaba como piedras.

Salimos de allí; pero a las cinco cuadras estábamos muertos de fatiga —bien calientes esta vez—. ¿Continuar por la playa? Imposible. Y cortar el monte en una noche de tinta,[5] aunque se tenga un Collins en la mano, es cosa de locos.

Esto hicimos, no obstante. Alguien ladró de pronto —o, mejor, aulló; porque los perros de monte sólo aúllan—, y tropezamos con un rancho. En el rancho había, no muy visibles a la llama del fogón, un peón, su mujer y tres chiquilines. Además, una arpillera tendida como hamaca, dentro de la cual una criatura se moría con un ataque cerebral.

—¿Que tiene? —preguntamos.

—Es un daño[6] —respondieron los padres, después de volver un instante la cabeza a la arpillera.

Estaban sentados, indiferentes. Los chicos en cambio, eran

todo ojos hacia afuera. En ese momento, lejos, cantó el yaciyateré. Instantáneamente los muchachos se taparon cara y cabeza con los brazos.

—¡Ah! El yaciyateré —pensamos—. Viene a buscar al chiquilín. Por lo menos lo dejará loco.

El viento y el agua habían pasado, pero la atmósfera estaba muy fría. Un rato después, pero mucho más cerca, el yaciyateré cantó de nuevo. El chico enfermo se agitó en la hamaca. Los padres miraban siempre el fogón, indiferentes. Les hablamos de paños de agua fría en la cabeza. No nos entendían, ni valía la pena, por lo demás. ¿Qué iba a hacer eso contra el yaciyateré?

Creo que mi compañero había notado, como yo, la agitación del chico al acercarse el pájaro. Proseguimos tomando mate,[1] desnudos de cintura arriba, mientras nuestras camisas humeaban secándose contra el fuego. No hablábamos; pero en el rincón lóbrego se veían muy bien los ojos espantados de los muchachos.

Afuera, el monte goteaba aún. De pronto, a media cuadra escasa, el yaciyateré cantó. La criatura enferma respondió con una carcajada.

Bueno. El chico volaba de fiebre porque tenía una meningitis y respondía con una carcajada al llamado del yaciyateré.

Nosotros tomábamos mate. Nuestras camisas se secaban. La criatura estaba ahora inmóvil. Sólo de vez en cuando roncaba, con un sacudón de cabeza hacia atrás.

Afuera en el bananal esta vez, el yaciyateré cantó. La criatura respondió en seguida con otra carcajada. Los muchachos dieron un grito y la llama del fogón se apagó.

A nosotros, un escalofrío nos corrió de arriba a abajo. Alguien, que cantaba afuera, se iba acercando. y de esto no había duda. Un pájaro; muy bien y nosotros lo sabíamos. Y a ese pájaro que venía a robar o enloquecer a la criatura, la criatura misma respondía con una carcajada a cuarenta y dos grados.

La leña húmeda llameaba de nuevo, y los inmensos ojos de los chicos lucían otra vez. Salimos un instante afuera. La noche había aclarado, y podríamos encontrar la picada. Algo de humo había todavía en nuestras camisas: pero cualquier cosa antes que aquella risa de meningitis . . .

Llegamos a las tres de la mañana a casa. Días después pasó el padre por allí, y me dijo que el chico seguía bien, y que se levantaba ya. Sano, en suma.[8]

Cuatro años después de esto, estando yo allá, debí contribuir a levantar el censo de 1914,[9] correspondiéndome el sector Yabebirí-Teyucuaré. Fui por agua, en la misma canoa, pero esta vez a simple remo. Era también de tarde.

Pasé por el rancho en cuestión y no hallé a nadie. De vuelta, y ya al crepúsculo, tampoco vi a nadie. Pero veinte metros más adelante, parado en el ribazo del arroyo y contra el bananal obscuro, estaba un muchacho desnudo, de siete a ocho años. Tenía las piernas sumamente flacas —los muslos más aún que las pantorrillas— y el vientre enorme. Llevaba una vara de pescar en la mano derecha, y en la izquierda sujetaba una banana a medio comer. Me miraba inmóvil, sin decidirse a comer ni a bajar del todo el brazo.

Le hablé, inútilmente. Insistí aún, preguntándole por los habitantes del rancho. Echó, por fin, a reír, mientras le caía un espeso hilo de baba hasta el vientre. Era el muchacho de la meningitis.

Salí de la ensenada; el chico me había seguido furtivamente hasta la playa, admirando con abiertos ojos mi canoa. Tiré los remos y me dejé llevar por el remanso, a la vista siempre del idiota crepuscular,[10] que no se decidía a concluir su banana por admirar la canoa blanca.

NOTES

1. **El Yaciyateré:** I have been unable to find other references to this bird

2. **y obsediante, como el que más:** "and most obsessive."

3. **la latina:** triangular sail used on shallow-draught boats

4. **entramos...el viento:** "we headed into the wind at an angle of 35 degrees"

5. **Y cortar...tinta:** "and to take a short cut through the bush on a pitch-black night..."

6. **Es un daño:** "It's an illness"

7. **mate:** see note 5 of "El alambre de púa"

8. **Sano en suma:** "in short, healthy"

9. **a levantar el censo de 1914:** "to take the 1914 census." Quiroga did in fact fulfil

such official functions in the region

10. **del idiota crepuscular:** Literally "of the twilight idiot." Quiroga means "the idiot seen in the twilight"

TACUARA-MANSIÓN*[1]

FRENTE al rancho de don Juan Brown, en Misiones, se levanta un árbol de gran diámetro y ramas retorcidas, que presta a aquél frondosísimo amparo. Bajo este árbol murió, mientras esperaba el día para irse a su casa, Santiago Rivet, en circunstancias bastante singulares para que merezcan ser contadas.

Misiones, colocada a la vera de un bosque que comienza allí y termina en el Amazonas, guarece a una serie de tipos a quienes podría lógicamente imputarse cualquier cosa, menos el ser aburridos.[2] La vida más desprovista de interés[3] al norte de Posadas, encierra dos o tres pequeñas epopeyas de trabajo o de carácter, si no. de sangre. Pues bien se comprende que no son tímidos gatitos de civilización los tipos que del primer chapuzón o en el reflujo final de sus vidas, han ido a encallar allá.[4]

Sin alcanzar los contornos pintorescos de un João Pedro,[5] por ser otros los tiempos y otro el carácter del personaje, don Juan Brown merece mención especial entre los tipos de aquel ambiente.

Brown era argentino y totalmente criollo,[6] a despecho de una gran reserva británica. Había cursado en La Plata dos o tres brillantes años de ingeniería. Un día, sin que sepamos por qué, cortó sus estudios y derivó hasta Misiones. Creo haberle oído decir que llegó a Iviraromí[7] por un par de horas, asunto de ver las ruinas.[8] Mandó más tarde buscar sus valijas a Posadas para quedarse dos días más, y allí lo encontré yo quince años después, sin que en todo ese tiempo hubiera abandonado una sola hora el lugar. No le interesaba mayormente el país; se quedaba allí, simplemente por no valer sin duda la pena hacer otra cosa.

---

* First published 27 August 1920 in *El Hogar* and later included in *Los desterrados.*

Era un hombre joven todavía, grueso y más que grueso muy alto, pues pesaba 100 kilos. Cuando galopaba —por excepción— era fama que se veía al caballo doblarse por el espinazo y a don Juan sostenerlo con los pies en tierra.

En relación con su grave empaque, don Juan era poco amigo de palabras. Su rostro ancho y rapado bajo un largo pelo hacia atrás, recordaba bastante al de un tribuno del noventa y tres.[9] Respiraba con cierta dificultad, a causa de su corpulencia. Cenaba siempre a las cuatro de la tarde, y al anochecer llegaba infaliblemente al bar, fuere el tiempo que hubiere, al paso de su heroico caballito, para retirarse también infaliblemente el último de todos. Llamábasele "don Juan" a secas,[10] e inspiraba tanto respeto su volumen como su carácter. He aquí dos muestras de ese raro carácter.

Cierta noche, jugando al truco[11] con el juez de Paz de entonces, el juez se vio en mal trance e intentó una trampa. Don Juan miró a su adversario sin decir palabra, y prosiguió jugando. Alentado el mestizo, y como la suerte continuara favoreciendo a don Juan, tentó una nueva trampa. Juan Brown echó una ojeada a las cartas, y dijo tranquilo al juez:

—Hiciste trampa de nuevo; da las cartas otra vez.[12]

Disculpas efusivas del mestizo, y nueva reincidencia. Con igual calma, don Juan le advirtió:

—Has vuelto a hacer trampa; da las cartas de nuevo.

Cierta noche, durante una partida de ajedrez, se le cayó a don Juan el revólver, y el tiro partió.[13] Brown recogió su revólver sin decir una palabra y prosiguió jugando, ante los bulliciosos comentarios de los contertulios, cada uno de los cuales, por lo menos, creía haber recibido la bala. Sólo al final se supo que quien la había recibido en una pierna, era el mismo don Juan.

Brown vivía solo en Tacuara-Mansión (así llamada porque estaba en verdad construida de caña tacuara, y por otro malicioso motivo). Servíale de cocinero un húngaro de mirada muy dura y abierta, y que parecía echar las palabras en explosiones a través de los dientes. Veneraba a don Juan, el cual, por su parte, apenas le dirigía la palabra.

Final de este carácter: muchos años después, cuando en Ivira-romí[14] hubo un piano, se supo recién entonces que don Juan era un eximio ejecutante.[15]

Lo más particular de don Juan Brown, sin embargo, eran las relaciones que cultivaba con monsieur Rivet, llamado oficialmente Santiago-Guido-Luciano-María Rivet.

Era éste un perfecto ex hombre, arrojado hasta Iviraromí por la última oleada de su vida. Llegado al país veinte años atrás, y con muy brillante actuación luego en la dirección técnica de una destilería de Tucumán, redujo poco a poco el límite de sus actividades intelectuales, hasta encallar por fin en Iviraromí, en carácter de despojo humano.[16]

Nada sabemos de su llegada allá. Un crepúsculo, sentados a las puertas del bar, lo vimos desembocar del monte de las ruinas en compañía de Luisser, un mecánico, tan pobre como alegre, y que decía siempre no faltarle nada a pesar de que le faltaba un brazo.

En esos momentos el optimista sujeto se ocupaba de la destilación de hojas de naranjo, en el alambique más original que darse pueda.[17] Ya volveremos sobre esta fase suya.[18] Pero en aquellos instantes de fiebre destilatoria[19] la llegada de un químico industrial de la talla de Rivet fue un latigazo de excitación para las fantasías del pobre manco.[20] El nos informó de la personalidad de monsieur Rivet, presentándolo un sábado de noche en el bar, que desde entonces honró con su presencia.

Monsieur Rivet era un hombrecillo diminuto, muy flaco, y que los domingos se peinaba el cabello en dos grasientas ondas a ambos lados de la frente. Entre sus barbas siempre sin afeitar pero nunca largas, tendíanse constantemente adelante sus labios en un profundo desprecio por todos, y en particular por los *doctores*[21] de Iviraromí. El más discreto ensayo de sapecadoras y secadoras de yerba mate[22] que se comentaba en el bar, apenas arrancaba al químico otra cosa que salivazos de desprecio, y frases entrecortadas:

—¡Tzsh...! Doctorcitos... No saben nada... ¡Tzsh...! Porquería...

Desde todos o casi todos los puntos de vista, nuestro hombre era el polo opuesto[23] del impasible Juan Brown. Y nada decimos de la corpulencia de ambos, por cuanto nunca llegó a verse en boliche alguno del Alto Paraná, ser de hombros más angostos y flacura más raquítica que la de mosiú Rivet.[24] Aunque esto sólo llegamos a apreciarlo en forma,[25] la noche del domingo en que el químico hizo su entrada en el bar vestido con un flamante trajecillo negro de adolescente, aun angosto de espalda y piernas para él mismo. Pero Rivet parecía orgulloso de él, y sólo se lo ponía los sábados y domingos de noche.

El bar de que hemos hecho referencia era un pequeño hotel para refrigerio de los turistas que llegaban en invierno hasta Ivriaromí a visitar las famosas ruinas jesuíticas, y que después de almorzar proseguían viaje hasta el Iguazú, o regresaban a Posadas.[26] En el resto de las horas, el bar nos pertenecía. Servía de infalible punto de reunión a los pobladores con alguna cultura de Ivriaromí: 17 en total. Y era una de las mayores curiosidades en aquella amalgama de fronterizos del bosque,[27] el que los 17 jugaran al ajedrez, y bien. De modo que la tertulia desarrollábase a veces en silencio entre espaldas dobladas sobre cinco o seis tableros, entre sujetos la mitad de los cuales no podían concluir de firmar sin secarse dos o tres veces la mano.[28]

A las doce de la noche el bar quedaba desierto, salvo las ocasiones en que don Juan había pasado toda la mañana y toda la tarde espaldas al mostrador[29] de todos los boliches de Ivriaromí. Don Juan era entonces inconmovible. Malas noches éstas para el barman, pues Brown poseía la más sólida cabeza del país. Recostado al despacho de bebidas,[30] veía pasar las horas una tras otra, sin moverse ni oír al barman, que para advertir a don Juan salía a cada instante afuera a pronosticar lluvia.

Como monsieur Rivet demostraba a su vez una gran resistencia[31] pronto llegaron el ex ingeniero y el ex químico a encontrarse en frecuentes vis-à-vis.[32] No vaya a creerse, sin embargo, que esta común finalidad[33] y fin de vida hubiera creado el menor asomo de amistad entre ellos. Don Juan, en pos de un *Buenas noches*, más indicado que dicho, no volvía a acordarse para nada de su compañero. Mr. Rivet, por su parte, no disminuía en honor de Juan Brown el desprecio que le inspiraban los doctores de Ivíraromí, entre los cuales contaba naturalmente a don Juan. Pasaban la noche juntos y solos, y a veces proseguían la mañana entera en el primer boliche abierto; pero sin mirarse siquiera.

Estos originales encuentros se tornaron más frecuentes al mediar el invierno, en que el socio de Rivet emprendió la fabricación de alcohol de naranja, bajo la dirección del químico. Concluida esta empresa con la catástrofe de que damos cuenta en otro relato, Rivet concurrió todas las noches al bar, con su esbeltito traje negro. Y como don Juan pasaba en esos momentos por una de sus malas crisis, tuvieron ambos ocasión de celebrar vis-à-vis fantásticos, hasta llegar al último, que fue el decisivo.

Por las razones antedichas y el manifiesto lucro que el dueño del bar obtenía con ellas, éste pasaba las noches en blanco, sin otra ocupación que atender los vasos de los dos socios, y cargar de nuevo la lámpara de alcohol. Frío, habrá que suponerlo en esas crudas noches de junio.[34] Por ello el bolichero se rindió una noche, y después de confiar a la honorabilidad de Brown el resto de la damajuana de caña, se fue a acostar. Demás está decir que Brown era únicamente quien respondía de estos gastos a dúo.

Don Juan, pues, y monsieur Rivet quedaron solos a las dos de la mañana, el primero en su lugar habitual, *duro* e impasible como siempre, y el químico paseando agitado con la frente en sudor, mientras afuera caía una cortante helada.[35]

Durante dos horas no hubo novedad alguna; pero al dar las tres, la damajuana se vació. Ambos lo advirtieron, y por un largo rato los ojos globosos y muertos de don Juan se fijaron en el vacío delante de él. Al fin, volviéndose a medias, echó una ojeada a la damajuana agotada, y recuperó tras ella su pose.[36] Otro largo rato transcurrió y de nuevo volvióse a observar el recipiente. Cogiéndolo por fin, lo mantuvo boca abajo sobre el cinc;[37] nada: ni una gota.

Una crisis de dipsomanía puede ser derivada con lo que se quiera, menos con la brusca supresión de la droga.[38] De vez en cuando, y a las puertas mismas del bar, rompía el canto estridente de un gallo, que hacía resoplar a Juan Brown, y perder el compás de su marcha a Rivet.[39] Al final, el gallo desató la lengua del químico en improperios pastosos contra los doctorcitos. Don Juan no prestaba a su cháchara convulsiva la menor atención; pero ante el constante: "Porquería ... no saben nada ..." del ex químico, Juan Brown volvió a él sus pesados ojos, y le dijo:

—¿Y vos qué sabés?[40]

Rivet, al trote y salivando, se lanzó entonces en insultos del mismo jaez contra don Juan, quien lo siguió obstinadamente con los ojos. Al fin resopló, apartando de nuevo la vista:

—Francés del diablo ...[41]

La situación, sin embargo, se volvía intolerable. La mirada de don Juan, fija desde hacía rato en la lampara, cayó por fin de costado sobre su socio:

—Vos que sabés de todo, industrial ... ¿Se puede tomar el alcohol carburado?

¡Alcohol! La sola palabra sofocó, como un soplo de fuego, la irritación de Rivet. Tartamudeó, contemplando la lámpara:

—¿Carburado ...? ¡Tzsh ...! Porquería ... Bencinas ... Piridinas ...[42] ¡Tzsh ...! Se puede tomar.

No bastó más. Los socios encendieron una vela, vertieron en la damajuana el alcohol con el mismo pestilente embudo, y ambos volvieron a la vida.

El alcohol carburado no es una bebida para seres humanos. Cuando hubieron vaciado la damajuana hasta la última gota, don Juan perdió por primera vez en la vida su impasible línea, y cayó, se desplomó como un elefante en la silla. Rivet sudaba hasta las mechas del cabello,[43] y no podía arrancarse de la baranda del billar.

—Vamos —le dijo don Juan, arrastrando consigo a Rivet, que resistía. Brown logró cinchar su caballo, pudo izar al químico a la grupa, y a las tres de la mañana partieron del bar al paso del flete de Brown, que siendo capaz de trotar con 100 kilos encima, bien podía caminar cargado con 140.

La noche, muy fría y clara, debía estar ya velada de neblina en la cuenca de las vertientes. En efecto, apenas a la vista del valle del Yabebirí, pudieron ver la bruma, acostada desde temprano a lo largo del río, ascender desflecada en jirones por la falda de la serranía.[44] Más en lo hondo aún, el bosque tibio debía estar ya blanco de vapores.

Fue lo que aconteció. Los viajeros tropezaron de pronto con el monte, cuando debían estar ya en Tacuara-Mansión. El caballo, fatigado, se resistía a abandonar el lugar. Don Juan volvió grupa, y un rato después tenían de nuevo el bosque por delante.

—Perdidos . . . —pensó don Juan, castañeteando a pesar suyo,[45] pues aun cuando la cerrazón impedía la helada, el frío no mordía menos. Tomó otro rumbo, confiando esta vez en el caballo. Bajo su saco de astracán, Brown se sentía empapado en sudor de hielo. El químico, más lesionado, bailoteaba en ancas de un lado para otro, inconsciente del todo.

El monte los detuvo de nuevo. Don Juan consideró entonces que había hecho cuanto era posible para llegar a su casa. Allí mismo ató su caballo en el primer árbol, y tendiendo a Rivet al lado suyo se acostó al pie de aquél. El químico, muy encogido, había doblado las rodillas hasta el pecho, y temblaba sin tregua. No ocupaba más espacio que una criatura—, y eso, flaca.[46] Don Juan lo contempló un momento; y encogiéndose ligeramente de hombros, apartó de sí el mandil que se había echado encima, y cubrió con él a Rivet, hecho lo cual, se tendió de espaldas sobre el pasto de hielo.[47]

. . . .

Cuando volvió en sí, el sol estaba ya muy alto. Y a diez metros de ellos, su propia casa.

Lo que había pasado era muy sencillo: ni un solo momento se habían extraviado la noche anterior. El caballo habíase detenido la primera vez —y todas—ante el gran árbol de Tacuara-Mansión, que el alcohol de lámparas y la niebla había impedido ver a su dueño. Las marchas y contramarchas, al parecer interminables, habíanse concretado a sencillos rodeos alrededor del árbol familiar.

De cualquier modo, acababan de ser descubiertos por el húngaro de don Juan. Entre ambos transportaron al rancho a monsieur Rivet, en la misma postura de niño con frío en que había muerto. Juan Brown, por su parte, y a pesar de los porrones calientes[48] no pudo dormirse en largo tiempo, calculando obstinadamente, ante su tabique de cedro, el número de tablas que necesitaría el cajón de su socio.

Y a la mañana siguiente las vecinas del pedregoso camino del Yabebirí oyeron desde lejos y vieron pasar el saltarín carrito de ruedas macizas y seguido aprisa por el manco, que se llevaba los restos del difunto químico.

Maltrecho a pesar de su enorme resistencia, don Juan no abandonó en diez días Tacuara-Mansión. No faltó, sin embargo, quien fuera a informarse de lo que había pasado, so pretexto de[49] consolar a don Juan y de cantar aleluyas al ilustre químico fallecido.[50]

Don Juan lo dejó hablar sin interrumpirlo. Al fin, ante nuevas loas al intelectual desterrado en país salvaje que acababa de morir, don Juan se encogió de hombros:

—Gringo de porquería...[51] murmuró apartando la vista.

Y esta fue toda la oración fúnebre de monsieur Rivet.

NOTES

1. **Tacuara-Mansión**. *Tacuara* is a kind of reed which was (presumably) used in the building of the house
2. **a quienes ... aburridos:** "who can be accused of anything except of being boring"
3. **La vida...interés:** "The dullest life"
4. **que del primer...allá:** "who at the first soaking or at the final ebb of their lives have grounded here", i.e. people who escape to the area after the first bitter experience or in order to end their lives away from society
5. **João Pedro**. This is a character in one of the stories included in *Los desterrados*
6. **criollo:** an American-born inhabitant of European origin
7. **Iviraromí:** see atlas
8. **para ver las ruinas:** i.e. the Jesuit ruins already referred to in the introduction
9. **un tribuno de '93:** i.e. his face and hair recalled those of the French Revolutionary tribunes

10. **a secas:** "and that's all", i.e. "they just called him Don Juan"

11. **jugando al truco:** *truco* is a card game in which the partners communicate by facial signs. As in poker the players must use deception

12. **da las cartas otra vez:** "deal the cards again"

13. **se le cayó...partió:** "Don Juan's revolver fell and went off"

14. **Iviraromí:** see atlas

15. **un eximio ejecutante:** "an excellent player"

16. **hasta encaller...despojo humano:** "till he landed in Iviraromí as a piece of human débris"

17. **en el alambique...pueda:** "in the most original still that could be conceived"

18. **esta fase suya:** This episode is to be found in "Los destiladores de naranjas" which was included in the collection *Los desterrados*, Buenos Aires, 1926

19. **fiebre destilatoria:** "distilling fever"

20. **fue un latigazo de excitación...manco:** "...provided a whiplash of excitement for the imagination of the poor cripple." A better translation would be "excited the imagination of..."

21. **dotores,** i.e. "intellectuals". In Spanish America most university students take a doctorate

22. **El más discreto ensayo de sapecadoras y secadoras de yerba mate:** "The most careful test of driers for *yerba mate*..." The cultivation and preparation of *yerba mate* is similar to that of tea. The different stages in the preparation of yerba

mate includes the *sapecado*, *quebrado*, *secado*, *canchado*, *estacionado*, *molido* and *envasado*. In the first stage or *sapecado*, the branches are partly dried out in a revolving drum or *sapecadora* after which the leaves are separated and then dried, *secado*, on a wooden grill or *secador*

23. **al polo opuesto:** "the opposite pole", i.e. the exact opposite

24. **por cuanto...mosiú Rivet.** The Spanish is clumsy: "In as much as there was never seen in any Alto Paraná store a being with narrower shoulders and of more rachitic thinness than Monsieur Rivet." *Mosiú* is a transcription of the local pronunciation of monsieur

25. **apreciarlo en forma:** "to really appreciate it"

26. **Iguazú, Posadas:** see atlas

27. **en aquella amalgama de frontierizos del bosque:** "in that meeting place of jungle-frontiers"

28. **la mitad...mano:** The sentence reads: "half of whom could not finish signing without drying their hands two or three times." They were semi-literate and possibly heavy drinkers

29. **espaldas al mostrador:** "with his back up against the bar"

30. **al despacho de bebidas:** "at the drinks counter." The *boliche* served both as a store and a bar with one counter reserved for selling drinks

31. **una gran resistencia:** *resistencia* refers to the amount of drink they could take

32. **vis-à-vis** (French). Literally "facing". Here it could be translated by "encounters"

33. **común finalidad:** "their common purpose and aim in life"

34. **Frío...noches de junio:** "Cold. One must expect that in those harsh June nights." Note that the winter months in Argentina are between April and September

35. **una cortante helada:** "a biting frost"

36. **y recuperó...pose:** "and then resumed his position." *pose* is a French word, another example of Quiroga's frequent use of Gallicisms

37. **el cinc:** The "zinc" here stands for "the counter"

38. **Una crisis de dipsomanía ...droga:** "An attack of dipsomania may be caused by anything barring the removal of the drug "

39. **que hacía...Rivet:** "which made John Brown snort and Rivet go out of step in his marching"

40. **Y vos que sabés?:** "What do you know about it?" *Vos* with a singular or plural second-person verb is the familiar form in Argentina, cf. note 17, p. 115

41. **Francés del diablo :** "infernal Frenchman"

42. **Bencinas:Piridinas:** Benzine mixture of hydrocarbons of the paraffin series. Piridina

43. **hasta las mechas de su cabello:** "to the roots of his hair"

44. **pudieron ver...serranía:** "they could see the mist which had settled early on along the river, rise, torn into shreds by the spurs of the mountain ridge"

45. **a pesar suyo:** "despite himself"

46. **No ocupaba...y eso, flaca:** "He did not take more space than a baby and a thin one at that"

47. **el pasto de hielo:** "the icy grass"

48. **a pesar de los porrones calientes:** "in spite of the hot-water bottles"

49. **so pretexto de:** *so* is a preposition meaning "under", cf. *so capa de, so color de*

50. **de cantar...fallecido:** "to sing the praises of the illustrious dead chemist"

51. **Gringo de porquería:** "Filthy foreigner"

SELECT WORD LIST

Abbreviations used: *Am.* Hispanic American; *f.*, feminine; *m.*, masculine; *pl.*, plural.

abalanzarse, to rush forward
abarcar, to embrace, contain
abatir, to throw down, cut down, knock down
abeja (*f.*), bee
abolir, to abolish
abollado, dented
abordaje (*m.*), boarding (of a ship)
abra (*f.*), valley, opening
abrasado, burned
abrevadero (*m.*), watering place
abrumado, overwhelmed
absorto, absorbed
abultado, swollen
aburridor, boring
acaecer, to happen
acalambrado, cramped with cramp
acantilado (*m.*), cliff
acaparar, to monopolize
acariciado, caressed
acechar, to spy on
aceitado, oiled
aceite (*m.*), oil
acero (*m.*). steel
acertar, to be right
aclarar, to explain
acorralar, to shut in
acre, acrid
actuación (*f.*), activity
acusar, to note, acknowledge
achatarse, to flatten oneself, to be flattened
adelgazar, to grow thin
adiestrado, trained
adormecer, to send to sleep
adormilado, sleepy, drowsy

administración (*f.*), headquarters of a concern
adquirir, to acquire
afecto a, fond of
afeitarse, to shave
aferrado a, fastened onto
afilado, pointed
afilar, to sharpen
afirmado, secured
aflojar, to loosen
agachado, crouched
agachar, to lower
agacharse, to bend down, crouch
agobiado, oppressed
agotado, exhausted
agotar, to exhaust, finish
agravar, to grow worse
agregar, to add
agua: agua abajo, downstream
agujero (*m.*), hole
aguijón (*m.*), sting, prick
agujerado, pierced
ahogar, to stifle, drown
ahorrar, to save
ahumado, smoky; **lentes ahumados,** sun-glasses
aislador, isolated
ajedrez (*m.*), chess
ajeno, belonging to another person
ají macho (*m.*), species of chilli plant
ajuste (*m.*), adjustment
alabar, to praise
alambique (*m.*), still
alambrado (*m.*), wire-fence, wire-netting

181

alambre (*m.*), wire; **alambre de púa,** barbed wire

alazán (*m.*), sorrel-coloured horse

albergar, to shelter

alejarse, to go away

alfombra (*f.*), carpet

algodonal (*m.*), cotton plantation

algodonero (*m.*), cotton plant

alentar, to encourage

aliciente (*m.*), inducement

aliado (*m.*), ally

aliento (*m.*), breath; **dar aliento a,** to encourage

alimentado, fed

aljibe (*m.*), cistern

alma (*f.*), soul; strength

almacén (*m.*), store

almácigo (*m.*), seed bed

almíbar (*m.*), sugar syrup

alocado, maddened, frenzied

alquitrán (*m.*), tar, pitch; **alquitrán de hulla,** coal-tar

alquitranado, tarred

alrededores (*m. pl.*), outskirts

altanero, arrogant

altivez (*f.*), haughtiness

altivo, haughty

alzaprima (*f. Am.*), cart with big wheels used for moving logs

amaestrado, tamed

amanecer (*m.*), dawn

amenazar, to threaten

amo (*m.*), owner, master

amontonado, heaped, piled up

amparo (*m.*), shelter

anca (*m.*), croup

angarilla (*f.*), hand-barrow

angostura (*f.*), narrow gap

angustia (*f.*), anxiety, anguish

anidar, to nestle

anillo (*m.*), ring

animar, to encourage

animoso, courageous

aniquilar, to wipe out

anodino, soothing, able to assuage pain

anta (*f.*), tapir

antebrazo (*m.*), forearm

antedicho, aforesaid

antemano: de antemano, beforehand

anteojo (*m.*): **anteojo telescopeado,** telescope

antipatía (*f.*), dislike

antojarse, to fancy oneself

antro (*m.*), cavern

anudar, to knot

anzuelo (*m.*), hook

aparador (*m.*), sideboard

aparato (*m.*), machine

apartado, separated

apartar, to take away, separate, remove

apisonar, to tread down

aplastado, collapsed

aplastar, to flatten, crush

aplazar, to postpone

apoyar, to support, confirm

apremiar, to be pressing

aprendizaje (*m.*), apprenticeship

aprestarse, to prepare oneself

apretar, to squeeze

aproximarse, to approach

apoderarse, to take possession of

apuntar, to aim

apurar, to hurry

arañar, to scratch

arar, to plough

arcilla (*f.*), clay

arenisca: piedra de arenisca, sandstone

armadura (*f.*), mounting, erection

armar, to put up, put together

arpillera (*f.*), sackcloth

arquearse, to arch oneself

arrancar, to draw out, tear out; **arrancarse,** to tear oneself away

arrasar, to demolish

arrastrar, to drag; **arrastrarse,** to crawl

arrastre (*m.*), dragging

arrebatar, to seize

arrecife (*m.*), reef

arremangado, rolled up (of sleeves)

arrimar, to bring near

arrobado, carried away, fascinated

arrobar, to carry away
arrojar, to throw
arrollar, to sweep away; arrollarse, to coil
arrollo (m.), coil
arroyo (m.), stream
arrugar, to sprinkle
asco; dar asco, to disgust
ascua (f.), red-hot coal
asegurar, to fasten
asentar, to settle
aserrado, sawn
asoleado, exposed to the sun
asombro (m.), astonishment
asomo (m.), indication
asperón (m.), sandstone
astracán: saco de astracán, astrakhan coat
atado (m.), bundle
atar, to tie up
atender, to attend to
atenerse, to depend on
aterrado, frightened, appalled
atizar el fuego, to poke the fire
atónito, astounded, astonished
atracar, to moor
atravesar, to cross
atreverse, to venture
atrevido, daring
atribuirse, to assume
atropellar, to trample, knock down
atroz, atrocious
augurio (m.), augury, sign
aullar, to howl
aullido (m.), howl
autómata (m.), automaton
avena (f.), oats
avenal (m.), oatfield
avergonzado, ashamed
avispa (f.), wasp
avivar, to revive
azada (f.), hoe
azahar (m.), orange blossom
azotado, scourged
azularse, to go blue

baba (f.), dribble
babear, to dribble

babor (m.), port (side of a boat)
bailotear, to dance up and down
bala (f.), bullet
balancear, to sway
balde (m.), bucket; en balde, in vain
bañadera (f.), bathing place
bananal (m.), banana plantation
baño (m.), bath
baranda (f.), railing, edge
barbicha (f.), beard
barnizado, varnished
barra (f.), sand bar
barranca (f.), ravine
barrer, to sweep away
barrera (f.), barrier
barro (m.), mud
basalto (m.), basalt
batallador, fighting
benjamín (m.), the youngest (of a group or family)
berreante, bellowing
bicho (m.), grub, insect; (m. pl.), vermin
bienestar (m.), well-being
billar (m.), billiard-table
blanco; en blanco, blank, unoccupied
blancuzco, whitish
blanqueado, whitewashed
blanquear, to whitewash
blanquecino, whitish
bloquear, to blockade
boca; de boca, face downwards; a boca llena, openly; boca abajo, upside down
boliche (m. Am.), store
boquete (m.), narrow opening
boquilla (f.), stem (of pipe)
borbollón (m.), bubbling, gush (of water)
bordalesa (f.), wine-barrel of 225 litres
borda (f.), gunwale
borde (m.), border, edge
bordear, to go round the edge, skirt
borrar, to eliminate, rub out
boscoso, wooded

bóveda (*f.*), vault

bracear, to make a swimming motion, swing the arms

bramar, to roar

bramido (*m.*), howl

bravata (*f.*), bragging

bravo, harsh

braza (*f.*), fathom

brea (*f.*), tar

brecha (*f.*), breach

brillo (*m.*), shine

brizna (*f.*), blade (e.g. of straw)

brocal (*m.*), curbstone (of well)

bromista, joking

brotación (*f.*), sprouting

bruma (*f.*), mist

brumoso, misty

buey (*m.*), ox

bullicioso, noisy

burbuja (*f.*), bubble

burlón, jesting

caballeriza (*f.*), stables

cabizbajo, crestfallen

cabo (*m.*), cape, headland

cabeceo (*m.*), shaking of the head

cabriola (*f.*), skip

cacería (*f.*), hunt, hunting party

cachorro (*m.*), puppy

cadena (*f.*), chain

cadera (*f.*), hip

caído, languid

cajón (*m.*), box, coffin

calar, to soak, descend

calcinante, desiccating

caldera (*f.*), boiler

calefacción (*f.*), heating

camalote (*m.*), aquatic plant of S. America

cámara de tiro (*f.*) draught of a chimney

camarote (*m.*), cabin

camino (*m.*); **camino real,** main road

campamento (*m.*), camp

cana (*f.*), grey hair

canastilla (*f.*), basket

canalizado, grooved

cancha (*f. Am.*), broad part of a river

canela (*f.*), cinnamon

cantil (*m.*), steep rock

caña (*f.*), reed, brandy made from sugar-cane

cañaveral (*m.*), reed bed

cañonazo (*m.*), cannon shot

capa (*f.*), layer

capataz (*m.*), foreman

capuchón (*m.*), hood

capuera (*f. Am.*), bush, outback

caraguatá (*f.*), a kind of sisal native to Misiones

carava (*f.*), party, group

carbón (*m.*), charcoal

carcajada (*f.*), burst of laughter

carencia (*f.*), scarcity

cargado, overcast (of weather)

cargar, to fill up

cargarse, to become heavy or overcast (of weather)

carnear, to slaughter (cattle)

carpición (*f. Am.*), weeding (of land)

carpidora (*f.*), weeder

carpir, to weed, clear ground

carrera (*f.*), race

cascabel; serpiente de cascabel, rattlesnake

cáscara (*f.*), skin, peel

casco (*m.*), helmet

caspa (*f.*), scurf

castañetear, to chatter (of teeth)

catiguá (*m.*), tree native to Argentina

catre (*m.*), bed; **catre de varas,** tressle bed

cauteloso, cautious

caza; caza menor, small game

cazador, hunting

cazar, to hunt, chase

cauce (*m.*), bed (of river)

cautela (*f.*), caution

cazurro, sullen

cedro (*m.*), cedar

ceja (*f.*), eyebrow

celoso, jealous

cenicero (*m.*), ash-pan

cenit (*m.*), zenith

ceñir, to girdle
ceño, frown
cera (f.), wax
cercar, to surround
cerco (m.), fence
cerne (m.), heart of a tree
cernirse, to hover, loom over
cerrazón (f.), dark clouds preceding a storm
cesta (f.), basket
cetrino, jaundiced, lemon-coloured
cicatriz (f.), scar
cima (f.), summit
cinc (m.), zinc
cinchar, to strap up
cinto (m.), belt
cintura (f.), waist
cinturón (m.), belt
circunspecto, cautious
citado, above-mentioned
clavar, to pierce
clavo (m.), nail
cobrar, to take on
cocina (f.); cocina económica, cooking range
cocinera (f.), cook
coco (m.), coconut
codo (m.), elbow
cohete (m.), rocket
colazo (m.), blow with the tail
colcha (f.), quilt
colear, to wag
colgazo (m.), cluster
colmillo (m.), tooth, fang
colocarse, to station oneself
combinación (f.), strategy
comisura (f.), point where eyelids or lips meet
compadecer, to sympathize
comprobar, to confirm
concretarse, to be limited to
condensador (m.), condenser
confiar, to trust
confín (m.), limit, boundary
congestión (f.), congestion
congestionar, to congest, become congested
conmover, to move

cono (m.), cone
conserva (f.), safety
consigna (f.), order
contador (m.), accountant
contener, to hold back
contertulio (m.), guest
contorno (m.), environs or vicinity, contour
contracorriente; a contracorriente, against the stream
contragolpe (m.), counterstroke
contraído, contracted
contrarrestar, to offset
contratiempo (m.), mishap, misfortune
contrincante (m.), competitor
coquetear, to flirt, play with
corcho (m.), cork
cornada (f.), goring
cortar, to cut off
corva (f.), bend of the knee
corredera (f.), track
correntada (f.), swift current
corretear, to rove
corrida (f.), course
corriente (f.), current
cortafierro (m.), cutting iron
corteza (f.), bark
cosecha (f.), harvest
coser, to sew
costado (m.), side; de costado sideways
costalada (f.), blow from a fall
costurón (m.), big scar
crecida (f.), freshet, flood
creciente (f.), swell, flood
creolina (f.), creolin, preparation of coal-tar creosote
crepuscular, twilight
creyente, gullible
criatura (f.), infant
cribar, to riddle
crisálida (f.), chrysalis
crispar, to clench
crisparse, to twitch
cristalizarse, to crystallize
cruce (m.), cruce de senderos, crossroads

crujido (*m.*), creak, rustle

crujir, to rustle

cruz (*f.*), withers (of an animal)

cuaderna (*f.*), frame (of a boat)

cuajado, set, curdled

cuajar, to set, curdle

cuajo; arrancar de cuajo, tear up by the roots

cubil (*m.*), lair

cuello (*m.*), neck

cuenca (*f.*), basin, bed (of river), hollow

cuenta (*f.*); **por su cuenta**, on their own account; **a cuenta de**, in payment for

cuesta (*f.*), slope

cuerno (*m.*), horn

culantrillo (*m.*), maidenhead fern

cumplir, to accomplish

cúmulo (*m.*), cumulus cloud

cuña (*f.*), wedge

curiosear, to pry

cursar, to study

cúspide (*f.*), summit, peak

cuzco (*m.*), puppy dog

chacarero (*m.*), owner of **chacra** (see below)

cháchara (*f.*), chitchat

chacra (*f. Am.*), small farm or small-holding

chal (*m.*), shawl

chalana (*f.*), scow, lighter

chancho (*m. Am.*), pig

chapa (*f.*), sheet (of metal)

charanga (*f.*), brass band

charco (*m.*), pool, puddle

chato, squat, flat

chillar, to whimper

chirca (*f. Am.*), hardwood tree, native to America

chircal (*m.*), grove of **chircas**

chirrido (*m.*), creaking

chispa (*f.*), spark

chispear, to spark

choclo (*m. Am.*), tender ear of maize

chorro (*m.*), stream

chubasco (*m.*), rainstorm

chusma (*f.*), rabble

chupar, to suck

damajuana (*f.*), demijohn, bulging, narrow-necked bottle

dañar, to hurt

dechado (*m.*), model, example

degollar, to destroy

deglutir, to swallow

delantal (*m.*), apron

delantero, forefront

demorar, to remain

dentellada (*f.*), bite

denunciar, to denounce

deparar, to offer

depósito (*m.*), bowl (of pipe)

deriva (*f.*), drift; **a la deriva**, drifting, sideways

derivar, to drift

desafío (*m.*), challenge

desahogo (*m.*), relief

desanimar, to discourage

desarraigado, uprooted

desarrollarse, to develop, evolve

desatar, to loosen

desbandar, to disband; **desbandarse**, disperse

desbordar, to overflow

descalzo, barefoot

descaminarse, to go astray

descargar, to unload, bring down (of a stick or cudgel)

descascararse, to peel off

descascarado, peeled

descolgar, to take down, hang down

descompuesto, disordered

desconfiado, distrustful

descorazonado, disheartened

desembocar, to emerge

desempeñar, to perform, discharge

desenfundar, to take out of protecting cover

desengaño (*m.*), disillusionment

desenredarse, to untangle or extricate oneself

desensillar, to unsaddle

desenterrar, to unearth

desenvuelto, easy

desgano (*m.*), lack of appetite

desgarbado, ungainly

desgarrón (m.), a tear (of clothes)

deshilachado, ruffled

deshojar, to take the leaves of trees

deslizarse, to glide

deslumbramiento (m.), glare

deslumbrar, to dazzle

desmontante, felled (of timber)

desmonte (m.), felled timber

desmoronamiento (m.), crumbling

desosiego (m.), anxiety

despavorido, terrified

despecho: a despecho suyo, despite himself

despellejar, to skin

despeñar, to fling down a precipice

desplomarse, to collapse

despreciar, to despise

despreciativo, contemptuous

desprecio (m.), contempt

desprenderse (de), to part with, separate oneself from, to come out of

desprendido, loosened, separated from

desprendimiento (m.), parting with

despreocupado, unperturbed

desprovisto (de), unprovided with

despuntar, to crop

destacarse, to stand out

desterrar, to exile

destierro (m.), exile

destilación (f.), filtration

destilería (f.), distillery

destrozar, to destroy

destrozo (m.), destruction

desvanecerse, to disappear, fade away

desvariado, delirious

detención (f.), halt

detenerse, to stop

diablo (m.), devil; **ir al diablo,** to go to the devil

diaspis (m.), scale insect

dignarse, to deign

dilatado, wide open

dilatar, to widen, distend

diluvial, diluvial, of a flood

diluvio (m.), flood

dintel (m.), lintel, doorway

disco (m.), record (of gramophone)

disculpa (f.), apology

disfrutar, to enjoy

disnea (f.), difficult breathing (dyspnoea)

disparar, to shoot

displicente, peevish

disparate (m.), absurdity, blunder

disponerse, to get ready

disponibilidad (f.); **en disponibilidad,** in readiness

distraerse, to amuse oneself

doblar, to double

doradilla (f.), type of fern

dueño (m.), owner

dulcificar, to sweeten

durazno, peach; **duraznero,** orchard of peach trees

efluvio (m.), exhalation

emanar, to emanate

embicar, to run aground

embudo (m.), funnel

empapar, to soak

empaque (m.), appearance

empenacharse, to be plumed

empeño (m.), determination

empresa (f.), undertaking

empuje (m.), thrust

empujón (m.), violent push

empuñadura (f.), hilt

empurpurarse, to grow purple

encajonar, to narrow (of a river)

encallar, to run aground

encallecido, callous

encaminarse, to take the road to

encargado (m.), person in charge, overseer; (adj.), in charge

encargarse, to take charge of

enceguecer, to blind

encendido, inflamed

encimado, placed on top

enclavar, to embed

encoger, to shrink, contract; **encogerse,** to shrug (of shoulders)

encogimiento (m.), shrug

encomendar, to recommend, entrust
enderezar, to straighten
enervar, to enervate
enfermarse, to fall ill
enfermizo, morbid
enlazar, to rope
enloquecer, to go mad, make mad
enredadera (*f.*), climbing plant, creeper
enredo (*m.*), tangle
ensancharse, to widen
ensangrentado, covered in blood
ensebado, greasy
enseñada (*f.*), inlet
entablar, to begin
entenebrecerse, to grow dark
enterar, to inform, report; **enterarse,** to find out
enterrado, buried
entornado, half-closed (of eyes)
entrañable, precious
entrañas (*f. pl.*), entrails
entrecejo (*m.*), frown; space between eyebrows
entrecerrar, to half-close
entrecortado, disconnected
entregar, to give up, abandon
entreoír, to hear indistinctly
entretejer, to interweave
entrever, to glimpse
envidioso, envious
enviudar, to widow
envoltura (*f.*), wrapping
epopeya (*f.*), epic
equivocar, to make a mistake
erizar, to bristle, stand up in a rough outline
esbelto, slender
escala (*f.*), call (of a boat), port of call
escalofrío (*m.*), shiver
escalón (*m.*), step, stepping-stone
escama (*f.*), scale (of snake)
escapatoria (*f.*), flight
escarchado, frosted
escarpa (*f.*), declivity
escocer, to scorch
escondite (*m.*), hiding-place

escopeta (*f.*), shot-gun
escorpión (*m.*), scorpion
escudriñar, to search
escudriñante, searching
escupir, to spit
escurrir, to flow
esfuerzo (*m.*), effort
eslavo, Slav
espantoso, frightful
espartillo (*m.*), esparto grass
espejismo (*m.*), mirage, illusion
específico (*m.*), medicine
espiga (*f.*), ear of corn
espinazo (*m.*), spine
espiral (*m.*), spiral
esqueleto (*m.*), skeleton
esquivar, to avoid, shun
estacionarse, to station oneself
estada (*f.*), stay
estampido (*m.*), crash
estigma (*m.*), stigma
estirar, to stretch
estirado, stretched
estrafalario, crazy
estridente, strident
estrangular, to strangle
estrategia (*f.*), strategy
estrellar, to shatter; **estrellarse,** to be dashed to pieces
estremecerse, to tremble, shudder
estribar (**en**), to be based on
estruendo (*m.*), din
evolucionar, to manœuvre
exánime, lifeless
éxito (*m.*), success
extenuarse, to waste away
extrañarse, to be surprised, wonder
extraviar, to be lost

facilitar, to make easy
facultar, to authorize
falaz, untrustworthy
falda (*f.*), slope (of mountain)
falla (*f.*), defect
famélico, starving
fangoso, muddy
farol (*m.*); **farol de viento,** hurricane lamp

fase (*f.*), phase
fastidio (*m.*), weariness
fatídico, fateful
fe (*f.*), faith
fiebre (*f.*), fever
fiera (*f.*), wild beast
fierro (*m.*), iron
fijarse (en), to be fixed, rivetted
  to
fijeza (*f.*), fixity
fijo, fixed
filar, to cut
filo (*m.*), edge
fin (*m.*), aim, purpose
flaco, thin
flacura (*f.*), leanness
flamante, splendid
flecha (*f.*), arrow
fleco (*m.*), fringe
flete (*m. Am.*), good horse
flor; a flor de, flush with
florecimiento (*m.*), flowering
flotilla (*f.*), flotilla
flote; a flote, afloat
fogata (*m.*), bonfire, fire
fogón (*m.*), hearth
foguista (*m.*), fireman
fomentar, to encourage
fondo (*m.*), background, bottom;
  dar fondo, to touch bottom
fonógrafo (*m.*), gramophone
fortín (*m.*), fort; fortín avanzado,
  an advance fort
forzar, to force
foso (*m.*), ditch
fracaso (*m.*), failure
franja (*f.*), fringe
frase (*f.*), sentence
frescura (*f.*), freshness
frondoso, leafy
frotar, to rub
fruncir (el ceño), to frown
fuente (*f.*), fountain, spring
fulgor (*m.*), brilliancy
fulgurante, flashing
fulminante, violent
funda (*f.*), lining
fúnebre, funereal

usilado, shot
fusión (*f.*), melting

gallinero (*m.*), hen-house
galpón (*m.*), outhouse
galope; al galope, galloping
galvanizado, galvanized
gangrenoso, gangrenous
garganta (*f.*), throat
gargantilla (*f.*), type of bird
gato onza (*Am.*), American tiger or
  jaguar
gemido, (*m.*), moan
gerente (*m.*), manager
gimotear, to whine
girar, to turn, whirl
giro (*m.*), turn
globoso, bulging
glorieta (*f.*), flower-bed, arbor
goloso, greedy
golpe (*m.*), blow; de golpe, suddenly
goma (*f.*), rubber; capa de goma,
  rubber cape
gotear, to drip
gotera (*f.*), dripping (of rain)
grabar, to engrave
grada (*f.*), step
gramilla (*f.*), grass, pasture
grampa (*f.*), staple
grasa (*f.*), fat, lard
grasiento, greasy
gratificar, to reward
greda (*f.*), clay
gruñir, to growl, snarl
grupa (*f.*), rump; volver grupa, to
  turn round
gruta (*f.*), cavern
guabiroba (*f. Am.*), canoe
guarecer, to shelter
guarida (*f.*), lair, den
guacamayo (*m.*), macaw
gula (*f.*), gluttony
gusano (*m.*), worm, caterpillar

hacer: hacer de las suyas, to have
  one's own way
hachear, to hew
halagar, to flatter

halagueño, flattering
halago (*m.*), flattery
halar, to tow
halcón (*m.*), falcon
haragán, lazy
harto; estar harto, to be fed up
hazaña (*f.*), deed
hechizo (*m.*), fascination ; magic spell
helada (*f.*), frost
helarse, to freeze
helado, frozen
helecho (*m.*), fern
hercúleo, herculean
herencia (*f.*), inheritance
herramienta (*f.*), working tool, set of tools
hielo (*m.*), ice
hierro (*m.*), iron
hígado (*m.*), liver
higuera (*f.*), fig-tree
hilo (*m.*), thread, wire
hinchar, to swell
hinchazón (*m.*), swelling
hiperestesiado, hypersensitive
hocico (*m.*), snout, muzzle
hoja (*f.*), blade (of knife)
hojarasca (*f.*), foliage
hollar, trample
hollín (*m.*), soot
honda (*f.*), sling
hondo, deep
hondura (*f.*), deep
hongo (*m.*), fungus
hormiga (*f.*), ant
hormiguicida, ant-killing
horno (*m.*), oven
horqueta (*f.*), forked pole
hosco, sullen
hoya (*f.*), pit
huelga (*f.*), strike
huella (*f.*), sign
huerta (*f.*), orchard
huésped (*m.*), guest
hule (*m.*), rubber
humear, to smoke
humedad (*f.*), dampness
hundir, to bury, sink
húngaro (*m.*), Hungarian

hurón (*m.*), ferret
huronear, to pry out
husmear, to scent, nose into
huyente, fleeing

ijar (*m.*), flank (of animal)
implume, featherless
imprescindible, indispensable
imprevisto, unexpected
imprimir, to impress
improperio (*m.*), insult
impunidad (*f.*), impunity
inabordable, unapproachable
inalcanzable, unattainable
incesante, ceaseless
incienso (*m.*), Argentinian tree, incense tree
incindir, to cut into
incomodar, to disturb
inconcluso, unfinished
inconmovible, immovable
incorporamiento (*m.*), incorporation
incorporarse, to straighten up
incrédulo, unbelieving
incubar, to hatch, incubate
indecible, inexpressible
indeciso, undecided
indígena, native; (*m.* or *f.*) Indian man or woman
ineludible, unavoidable
inequívoco, unmistakable
infranqueable, impassable
ingeniería (*f.*), engineering
ingeniero (*m.*), engineer
ingenio (*m.*), talent; machine
ingle (*f.*), groin
inmaculado, immaculate
inmediato, adjoining
inmóvil, motionless
inmovilizar, to immobilize
inmutarse, to lose one's calm
inquietar, to worry
insalvable, uncrossable
insolación (*f.*), sunstroke
insólito, unusual
internarse, to go into
intersticio (*m.*), interstice, space

intruso (*m.*), intruder
inundar, to flood
inusitado, unusual
inyección (*f.*), injection
irara (*f.*), for **hirara** (*f. Am.*), species of ferret
irremisiblemente, without hope of pardon; inevitably
izar, to hoist

jaez (*m.*), kind
jadeante, panting, out of breath
jadear, to pant
jadeo, (*m.*), panting
jangada (*f. Am.*), raft
jaque; en jaque, in check
jaqueca (*f.*), headache, migraine
jaula (*f.*), cage
jauría (*f.*), pack of hounds
juego; juego de comedor, dining-room suite
juramento (*m.*), oath
juramento; lanzar un juramento, utter an oath
jurar, to swear
justo, exact

lacio, flaccid
ladrar, to bark
ladrido (*m.*), barking of dog
lagartija (*f.*), small lizard
lamer, to lick
lámpara (*f.*); **lámpara de alcohol,** spirit lamp
lancha (*f.*); **lancha de vapor,** steam-launch
lanudo, woolly
lanzar, to launch, fling
lastimar, to hurt
lata (*f.*), tin
latido (*m.*), throb
latigazo (*m.*), whip lash
lazo (*m.*), tie, bond, link
legua (*f.*), league (distance)
leña (*f.*), wood
lentes (*m. pl.*), glasses; **lentes negros,** dark glasses
lesionar, to injure

liana (*f. Am.*), tropical climbing plant, rattan
libreta (*f.*), notebook
lícito, permitted
ligadura (*f.*), ligature, binding
ligarse, to tie up, bind
limosna (*f.*), charity
linde (*m. and f.*), edge
liquidar, to settle (e.g. an account)
liso, smooth
listón (*m.*), ribbon
litoral, coastal
liviano, light
loa (*f.*), praise
lóbrego, murky
locro (*m. Am.*), type of stew
locuaz, loquacious
loma (*f.*), hillock
lomo (*m.*), back
loro (*m.*), parrot
lote (*m.*), lot
lucir, to shine
lucro (*m.*), profit
luchar, to struggle
lúgubre, gloomy
lustre (*m.*), lustre
lustroso, shiny, shining
luto (*m.*), mourning

llamarada (*f.*), blaze
llamear, to blaze
llanta (*f.*), tyre
llanura (*f.*), plain
lloroso, weeping, tearful
llovizna (*f.*), drizzle

maceta (*f.*), flower-pot
macizo (*m.*), solid rock; clump
macizo, solid
machetazo (*m.*), blow with machete
machete (*m. Am.*), long knife
machucarse, to bruise oneself
madeja (*f.*), hank, skein
madera (*f.*), wood
madriguera (*f.*), lair
magullar, to bruise, mangle
maíz (*m.*), maize
maizal (*m.*), maize field

malacara (*f.*), mare with white marking on forehead
malbaratar, to squander
maleta (*f.*), boot or trunk of vehicle, suitcase
maleza (*f.*), weeds, undergrowth
malgastar, to waste
malhadado, ill-omened
maligno, wicked
malla (*f.*), mesh
maltrecho, in bad condition
malva (*f.*), mallow; **malva silvestre,** wild mallow
manco, one-armed
mancha (*f.*), stain
mandíbula (*f.*), jaw
mandil (*m.*), piece of leather
manejar, to manipulate
manga (*f.*), **mangas de camisa,** shirt-sleeves
mango (*m.*), handle
maniobra (*f.*), operation, manoeuvre
maniobrar, to manoeuvre
mansamente, gently
manso, calm (of river)
maquinista (*m.*), man who works a machine
mareante, sickening
marearse, to grow dizzy
mariposa (*f.*), butterfly
marlo (*m.*), bare stalk of maize without grain
maroma (*f.*), rope
martillo (*m.*), hammer
martineta (*f. Am.*), partridge native to the pampa
mascar, to chew
masilla, (*f.*), putty
mata (*f.*), plant, sprig
mate, dull
mayúscula (*f.*), capital letter
médano (*m.*), sand dune
mediar, to be at the middle
medirse, to size up, scan; **medir,** to measure
médula (*f.*), marrow
membrillo (*m.*), quince
menear, to wag

menguante, waning (of moon)
mentón (*m.*), chin
mercado (*m.*), bargaining
merodear, to maraud
meseta (*f.*), plateau, small rising on which a house is built
mezquino, paltry
miel (*f.*), honey
mimbre (*m.*), willow
mineral (*m.*); **mineral de hierro,** iron-ore
mojado, wet
mole (*f.*), mass
molicie (*f.*), softness
molinete (*m.*), wheelback (of chair)
montaje (*m.*), assembling (of a machine)
montar, to put up
monte (*m.*), bush
montículo (*m.*), mound
moralizador, moralizing
morcilla (*f.*), pudding
mordedura (*f.*), bite
morder, to bite
movilización (*f.*), mobilization
mudanza (*f.*), removal
mudo, silent
mueca (*f.*), grimace
muestra (*f.*), example
mugido (*m.*), mooing
muñeca (*f.*), wrist
muralla (*f.*), wall
músculo (*m.*), muscle
muslo (*m.*), thigh
mutismo (*m.*), muteness, obstinate silence

naúfrago, shipwrecked
nauseabundo, nauseating
neblina (*f.*), mist
nefasto, ominous
negocio (*m.*), business
negrura (*f.*), blackness
nitidez (*f.*), brightness
nítido, clear
nudoso, knotty

oblicuo, oblique

obraje (m.), job, work-site
obsediante, obsessive
obsediar, to obsess
obstar, to prevent
oficio (m.), employment
ofidio (m.), ophidian
ofiófago, snake-eating
ofuscado, dazzling
ofuscante, dazzling
oleada, (f.), wave
olfatear, to sniff
olfato (m.), scent, flair
olla (f.), pot
ojeada (f.), glance
onda (f.), wave
ondulante, undulating, rippling
oprimir, to compress
oración (f.), speech; **oración fúnebre,** funeral oration
orla (f.), fringe
oscilante, wavering
otorgar, to bestow

pabellón (m.), canopy
padrastro (m.), stepfather
paja (f.), straw, blade of grass; **paja podrida,** putrefied straw
pajonal (m. Am.), grassy place
pala (f.), oar
palanca (f.), stake
palear, to pound
palmar (m.), grove of palm trees
palo (m.), stick, log, tree; **palo rosa,** rosewood
pan; pan de tierra, cake of earth
paño (m.), cloth
pantalla (f.), screen
pantorrilla (f.), calf (of leg)
papel (m.); **papel de fumar,** cigarette paper
papilla (f.), pap
paraíso (m.), paradise
paraje (m.), place, spot
páramo (m.), waste, desert place
parasiticida (m.), substance for killing parasites
par; a la par, equally
páramo (m.), waste land

pareja (f.), pair
parpadear, to blink
párpado (m.), eyelid
parsimoniosamente, prudently
pasajero, traveller
pasmoso, astonishing
paso (m.), pace, step
pastar, to pasture
pastizal (m.), pasture land
pasto (m.), grass
pastoso, soft, slurring
pata (f.), foot
pata (f.); **patas de gallo,** crows-feet
patada (f.), kick
patear, to kick, trample
patrón (m.), boss, master
pava (f.); **pava del monte,** wild turkey-hen
paulatinamente, slowly, gradually
payaso (m.), clown
paz (f.), **hacer las paces,** to make peace with, to make it up with
peca (f.), freckle, spot
pecho (m.), breast
pector (m.), chest muscle
pedregoso, stony
pedregullo (m.), gravel
pegado, stuck to
pegajoso, sticky
pegar, to hit
pegotear, to sponge, get free food
peinarse, to comb one's hair
peludo, hairy
pelusa (f.), down, fluff
pender, to hang
pendiente, hanging, drooping
penumbra (f.), shade
peñasco (m.), large rock
peñon (m.), peak, rock
peón (m.), labourer
peral (m.), orchard of pear trees
percatarse, to perceive
perdigón (m.), bird shot
perecer, to perish
perezoso, lazy
perjudicar, to damage
perjudicial, harmful

perjuicio (*m.*), damage

pesadilla (*f.*), nightmare

pesado, heavy

pescuezo (*m.*), neck

pesebre (*m.*), manger

peso (*m.*), unit of money

pestañar, to match two surfaces

pestañear, to wink, blink

pestañeo, (*m.*), blinking

picada (*f. Am.*), trail

picadura (*f.*), sting, cut

pico (*m.*), beak; **a pico,** in a sharp point

pila (*f.*), battery

pillaje (*m.*), plunder

pique (*m.*), spite

piratería (*f.*), robbery

piroleñoso (*m.*), combustible wood

pisada (*f.*), footstep

pisar, to trample on, tread on

piso (*m.*), floor

pisotear, to trample

pista (*f.*), trail

plano; **de plano,** flat

plantío (*m.*), plantation

plata (*f.*), money

plateada, silvered, silvery

pleno; **de pleno,** fully

pliegue (*m.*), crease, wrinkle

plomo; **a plomo,** vertical

plomo (*m.*), lead

poblador (*m.*), settler

podestad (*f.*), power

podrido, rotten

polaco (*m.*), Pole

polvo (*m.*), dust

popa (*f.*), stern

pormenor (*m.*), detail

poroto (*m. Am.*), variety of pea

porrón (*m.*), special jug for drinking without use of glass

poste (*m.*), post

postrero, last

postura (*f.*), posture

potrero (*m.*), pasture ground

pozo (*m.*), well

precipitarse, to rush

precisar, to determine

prejuicio (*m.*), prejudice

premura (*f.*), haste

prensa (*f.*), vice, clamp

presa (*f.*), prey

prescindir, to do without

prestar; **prestar oído,** to listen, to prick up the ears

presumido, conceited

presuroso, hurried

pretender, to seek

privar, to prevail

proa (*f.*), prow

proeza (*f.*), exploit

prolijamente, very carefully, deliberately

prolijo, lengthy

pronosticar, to forecast

propagarse, to spread

proseguir, to go on with

prueba (*f.*), proof

puchero (*m.*); **hacer pucheros,** to pout

pulcritud (*f.*), neatness, beauty

pulga (*f.*), flea

pulgada (*f.*), inch

pulir, to clean

pulpo (*m.*), octopus

pundonoroso, punctilious

punta (*f.*), promontory

puntada (*f.*), stab, stitch

punzada (*f.*), shooting pain

punzar, to punch, prick

puñado (*m.*), handful

puño (*m.*), handle

quebradizo, fragile

quebrantar, to break

quebrantado, crushed with fatigue

quejarse, to complain

quejido (*m.*), moan

quemante, burning

quemazón (*f.*), fire

químico (*m.*), chemist

quinina (*f.*), quinine

quinta, (*f.*), villa

rabo (*m.*), tail

raigón (*m.*), large root, root of tooth

rajado, split
raleado, thinned out
ralo, sparse, thin
rancho (m.), hut, cabin, farmhouse
rapar, to shave
rasar, graze, skim lightly, shave
rascar, to scratch
rasgadura (f.), tear, rent
rasguño (m.), scratch
raspaje (m.), scraping
rastra; a la rastra, dragging
rastreante, trailing
rastrear, to rake, trail, track
rastro (m.), scent, track, sign
raya (f.), line, groove, sting-ray
reanudar, to resume
rebenque (m.), whip
rebrotar, to re-bud, germinate
rebrote (m.), resprouting, regrowth
recibidor (m.), receiver
recipiente (m.), receptacle
recoger, to pick up
recóndito, hidden
recortarse, to be silhouetted
recostar, to lean
recto, erect
recurso (m.), resource, recourse
reforzar, to strengthen
refrescar, to refresh
refrigerio (m.), refreshment
refuerzo (m.), strengthening piece,
    reinforcement
regar, to water
régimen (m.), rule, system
registrar, to register, mark
reincidencia (f.), repetition
reja (f.), blade of plough
relegar, to relegate
relampagueo (m.), lightning
relincho (m.), neighing
remachar, to rivet
remache (m.), rivet, rivetting
remanso (m.), backwater
remar, to row, paddle
remo (m.), oar
remolcador (m.), tugboat
remolino (m.), whirl, whirlpool
remolque; a remolque, in tow

remontar, to remount, raise
rendimiento (m.), production
rendirse, to give oneself up, to give
    up
renuncia (f.), resignation
reojo (m.); de reojo, askance, sus-
    piciously
reparo (m.), shelter
repartir, to divide
replegarse, to fall back
reponerse, to recover
resbalar, to slip
reseco, very dry
resguardar, to protect
resguardo (m.), protection
resonar, to clatter
resoplar, to snort
resorte (m.), spring
resquebrajar, to crack
restallante, crackling
restar, to take away
restinga (f.), shoal
restregar, to rub
retoñar, to sprout
retorcido, twisted
reventar, to burst
reverberar, to reverberate
rezar, to pray; rezar con, to be the
    concern of
rezongar, to mutter
riacho (m.), rivulet
ribereño, coastal
rictus (m.), convulsive grin
rigidez (f.), rigidity
riñón (m.), kidney
roce (m.), friction, rub
rocío (m.), dew
rodar, to roll
rodear, to surround
rodeo (m.), roundabout course
rodilla (f.), knee
roedor (m.), rodent
roer, to gnaw
rojizo, reddish
rollo (m.), column
rombo (m.), rhombus
roncar, to snore
rondar, to prowl

rozar, to graze, clear land
rubio, blond
rugir, to roar
rugoso, wrinkled
rumbo (*m.*), direction
rumiar, to ruminate

sacudida (*f.*), shake, shock
salivazo (*m.*), spit
salivar, to dribble
salpicar, to spatter
saltarín, springing, jogging
salto (*m.*), waterfall
salvaje, wild
salvar, to overcome (a difficulty)
sancochar, to boil with water and salt
sangriento, bloody
sanguinolento, bloody
sapo (*m.*), frog
sarnoso, mangy
saurio, pertaining to the saurian family, i.e. like the lizard or crocodile
seca (*f.*), drought
secadora (*f.*), dryer
seducir, to attract
selva (*f.*), jungle
semblante (*m.*), look, aspect, face
semientendido, half-conscious
sentar (a una persona), to suit
sensiblemente, appreciably
señalar, to point
sentido; sin sentido, unconsciously
sequedad (*f.*), dryness
sequía (*f.*), drought.
seroso, thin, watery
serranía (*f.*), mountain ridge
sien (*f.*), temple
sibilante, hissing
sigilo (*m.*), secrecy
sillón; sillón de tela, deckchair
sinuosidad (*f.*), sinuosity, curving
sobrar, to be left over
sobrellevar, to get through (time)
sobrepasar, to exceed
sobresalto (*m.*), sudden dread
sobrevenir, to happen

socio (*m.*), partner
sofocamiento (*m.*), suffocation
sofocar, to extinguish
soga (*f.*), rope
soler, to be used to
solicitar, to seek after
sombrío, shady, gloomy
sonar, to sound
sondar, to sound (e.g. of a river bed)
soplar, to blow
soplo (*m.*), breath
sorber, to sip
sordo, muffled, dull
sosiego (*m.*), calm
sostener, to hold up
suavizar, to soften
sudar, to sweat
sudor (*m.*), sweat
suero (*m.*), serum
suerte (*f.*), luck
sujetar, to fasten, grasp
sujeto (*m.*), person
sulky (*m. Eng.*), two-wheeled, one-horse vehicle
sumar, to gather
superficie (*f.*), area
surtir, to supply
susto (*m.*), fright

tábano (*m.*), horse-fly
tabique (*m.*), partition wall
tabla (*f.*), plank, wooden board
tablero (*m.*), board
tacuapí (*m. Am.*), type of reed
tacuara (*f. Am.*), giant bamboo-type plant
tajamar (*m.*), pier, dike; (*Am.*) ditch dug to prevent flooding
talla (*f.*), stature
tallo (*m.*), stalk
tapado, covered
taparse, to cover
tapa (*f.*), lid, cover
tardar, to take (time)
tardo, slow
tarea (*f.*), task
tartamudear, to stutter

tateto: (see note 14—Yaguí)
tejer, to weave
tejido: tejido de alambre, wire-netting
temeroso, fearful
templar, to temper
temporal (*m.*), storm
temblor (*m.*), trembling
tender, to stretch
tenderse, to lie down
tendido, stretched
tendón (*m.*), tendon
teniente (*m.*), lieutenant
tentador, tempting
ternero (*m.*), calf
tertulia (*f.*), social gathering
testuz (*m.*), forehead
tétrico, gloomy
tic (*m.*), nervous tic
tierno, tender
timón (*m.*), rudder
tinieblas (*f. pl.*), shadows
tira (*f.*), a large strip
tirante, taut
tirar, to draw
tiritar, to shiver
tiro (*m.*), **pegar un tiro,** to fire a shot
titubear, to hesitate, waver
título (*m.*), academic degree
tobillo (*m.*), ankle
toldo (*m.*), tent
toma; toma de aire, air intake
torbellino (*m.*), whirlwind, avalanche
torcido, twisted
tornadizo, changeable
tornillo (*m.*), screw
torpedera (*f.*), torpedo boat
torpemente, clumsily
torta (*f.*), cake
trabar, enter into (a friendship, relationship, etc.)
trago (*m.*), draught, mouthful
traicionero, treacherous
traílla (*f.*), leash
traje (*m.*), suit
trampa (*f.*), trap, trick

trampolín (*m.*), springboard
tranca (*f.*), prop
trance (*m.*), critical moment
tranquera (*f. Am.*), rustic gate
transcurso (*m.*), course (of time)
transpatentar, to show through
transpirar, to perspire
trapo (*m.*), rag
trascendencia (*f.*), importance
trascender, to betray (the presence of)
trasero (*m.*), back (of legs)
trasladarse, to remove
trasponer, to transfer, pass
trastornar, to upset
trastorno (*m.*), double, upheaval
travesura (*f.*), escapade, prank
traviesa (*f.*), cross tie, transverse
trayecto (*m.*), distance
trecho (*m.*), stretch (of ground)
trémolo (*m.*), tremolo
tregua (*f.*), truce; **sin tregua,** ceaselessly
tren (*m.*), equipment
trepar, to climb
trinchera (*f.*), trench
trompeteo (*m.*), trumpeting
tronar, to thunder
tronco (*m.*), tree-trunk
tropel (*m.*); **en tropel,** in a rush
tropezar (**con**), to meet, run into
tropiezo (*m.*), meeting
trote (*m.*), **al trote,** trotting
trozo (*m.*), piece
trunco, mutilated
tubo (*m.*), **tubo de ensayo,** test-tube; **tubo de escape,** outlet
tumbaje (*m.*), felling
tumbar, to heel over, bring down;
tumbarse, to run aground
tumbo; dar tumbos, somersault
tuna (*f.*), prickly pear
tupido, thick
turno (*m.*), turn

ubicado, situated
ultrajante, outrageous
umbral (*m.*), threshold

uncir, to yoke
untar, to grease
untuosidad (*f.*), greasiness
uña (*f.*), nail (of hands or feet)
urgir, to be urgent
urú (*m. Am.*), partridge-like bird native to Argentina

vaciar, to empty
vaciedad (*f.*), emptiness
vacío (*m.*), emptiness
vado (*m.*), ford
vaho (*m.*), vapour
valija (*f.*), suitcase
valorar, to weigh up
valle (*m.*), valley
vapor (*m.*), steam-boat
vara (*f.*), stick; **vara mágica,** magic wand
varilla (*f.*); **varilla de cortina,** curtain-rod
vela (*f.*), sail; candle; **en vela,** in vigil
velador (*m.*), bed-side table
velar, to veil, stay awake
velo (*m.*), veil
vena (*f.*), vein
venado (*m.*), deer
veneno (*m.*), poison
vera (*f.*), edge, border
verdulero (*m.*), greengrocer
verdura (*f.*), foliage

vergonzoso, shameful
verter, to pour
vertiente (*f.*), slope
vertiginoso, dizzying
vértigo (*m.*), fit of giddiness
vetear, to vein, streak
vibrátil, vibratory
vicio, vice
vidrio (*m.*), glass, pane of glass
vigilar, to look after
vientre (*m.*), belly
virar, to veer
virolento, suffering from smallpox
viruela (*f.*), smallpox
vivo; piedra viva; solid rock
volar, to fly, disappear
volcar, to overturn
vuelo (*m.*), flight, grip (of handle)
vuelta; vuelta de carnero, somersault

yacer, to lie
yaguaretei (for **yaguareté,** *m. Am.*) American tiger, ounce
yuyo (*m. Am.*), weed

zafadura (*f.*), loosening, untying
zancada (*f.*), long stride
zarpa (*f.*), paw
zonzo (*m.*), fool
zorro (*m.*), fox
zumbido (*m.*), thud